草魔法師クロエの二度目の人生
3
自由になって子ドラゴンと
レベルMAX薬師ライフ
エメル
クロエ・
ローゼンバルク
元・モルガン侯爵令嬢。
適性は〈草魔法〉で、
レベルMAX超え！
エメルの魔親。

嬉しいことも、
悲しいことも、
全部ひっくるめて私の人生だから――
ルル
マリア
ベルン
ローランド
ホーク
カーラ

サザーランド
教授
エリザベス
王女
アーシェル
今、全てとの
決着に立ち向かう!!

「クロエ、自分の好きなように生きていいんだ。
それが正しい生き方であれば」
「おじい様、私はローゼンバルクを好きで好きでたまらない。
おじい様やお兄様に気に入られたくて言ってるんじゃない。
自分の意思で、愛してるから守りたくて発展させたいの」
「ならば……わしから離れるな。ジュードと共に」
リチャード
クロエの
祖父。
レナドからの帰り道

草魔法師クロエの二度目の人生
3
自由になって子ドラゴンとレベルMAX薬師ライフ
小田ヒロ
illust
パルプピロシ

口絵・本文イラスト
パルプピロシ

装丁
しおざわりな（ムシカゴグラフィクス）

Contents

序章

十五歳になった私は、リールド王立高等学校年度末の卒業パーティーでアベル殿下やシエル様とお別れした後、どうしても祖父に会いたくなり、ローゼンバルクへの帰省を強行した。

そしてエネルギーを充填《じゅうてん》して王都に戻り、二年生の始業式や義務付けられた実技演習を済ませると、再び即行でローゼンバルクに戻った。なぜならば、マリアのお産が間もなくだからだ。

マリアの子宮は傷があるため厳戒態勢となる。医療部隊としてドーマ様、領内のベテラン医師と助産師、〈光魔法〉マスターの神官二人、そして私とエメル。それだけの人数を集めてお産できる場所なんて、この領主邸しかない。

「わ、私が領主邸でお産など……ありえません！　使用人としてお部屋をいただくのと、お産をさせていただくのではわけが違いますっ！」

マリアは顔を引きつらせたが、祖父が言い聞かせた。

「……家とは、『誕生』と『婚礼』と『死』によって清められるのだ。この数年は『死』しか近づかなかった。お前がここで子を産んでくれれば、我らの屋敷も喜ぶだろう」

「お館《やかた》様……お心遣い、感謝いたします」

マリアとベルンが頭を下げた。

辺境に遅い春が訪れ、木々にピンクの小さな花が咲き始めた時、マリアは産気づいた。

丸二日の陣痛、そしてかなりの出血を伴うお産だったが、小さな男の子が誕生した。

「マリア……ありがとう」

ベルンがそっとマリアにキスし、赤ちゃんと助産師と共に出ていった後からが戦場だった。

「後産は終わった！〈光魔法〉を絶やすな。交代で癒しを続けよ！」

『おい、出血が多すぎる！　クロエ、止血薬を医者に渡せ。直接入れろ！』

「先生、この栄養剤は血管に直接入れても大丈夫です。静脈注射を！」

『いや、それでは遅い！　クロエ貸せ！』

エメルは私の手から薬を引ったくると一気に飲み干して、マリアの首に噛《か》みついた。

逼迫《ひっぱく》しているのだ。額を触ると熱い。かなり熱が出てしまった。私は〈氷魔法〉で自分の手に氷を纏《まと》わせ、マリアの両方の腋《わき》に手を入れて冷やす。

「マリア、根性出して！　私にしてくれてきたことを、今度は自分の赤ちゃんにしなくちゃ。私よりも百倍は可愛《かわい》いから今だけ持ちこたえて。元気になったら、いっぱい寝かせてあげるから！」

朦朧《もうろう》としていたマリアが、眉間《みけん》にシワを寄せて不意にまぶたを開けた。

「……私のお嬢様は……世界で一番可愛いのです……」

「マリア……」

「息子は……まあ同率一位ですわね……」

ドーマ様がペチッとマリアの頬《ほお》を叩《たた》く。

「よく目を覚ました！　子宮の治療を行う。クロエ、マリアの意識を保ったまま二時間麻痺《まひ》させよ。

マリアは見えていたほうが安心じゃろう。こやつはこの私の信頼する医者だ。案ずるな」

私はマリアの目の前に二時間に調整したピンク色の麻酔薬をかざした。

「よりによって……この色……」

マリアが消耗した筋肉で苦笑いする。

「惚《ほ》れ薬じゃないよ。そんなの飲まなくても、今日のマリアは世界一綺麗《きれい》だわ」

マリアはいつもどおり、いかがわしい私の薬を何の躊躇《ためら》いもなく飲み干した。


三日間続いた激闘は、皆の協力のもと、勝利に終わった。

マリアは当分絶対安静だが、命の危険は去った。助産師とダイアナが交代でついていてくれている。

私たち医療部隊は最後に皆でがっちり握手し、それぞれ私の上級ポーションを三本ずつ持って、ヨロヨロと帰っていった。私とエメルもそのポーションをがぶ飲みして、ベッドの上だ。

「クロエ、エメル、お疲れ様」

兄がベッドの横に椅子《いす》を寄せて座り、優しく微笑《ほほえ》んで労《ねぎら》ってくれた。

私も笑顔を返す。クタクタだけれど気分はいい。素晴らしい結果だったのだから。

「それにしても、あのベルンが倒れるところなど初めて見たな」

『それだけ心配してたんだよ。ようやく出会えた最愛の女が死にかけている。しかし自分にできることはなく、腕の中には守るべき小さな命。全てが終わるまで取り乱さなかったベルンは大したもんだ。ジュードも、マリアをクロエと置き換えて考えてみろ』

「クロエが死にかける？　そんなこと許されない。俺は……」

「ちょっと二人とも、縁起でもないこと言わないで！　私は寝れば全快しますっ。それよりも赤ちゃんに早く会いたいなあ」

赤ちゃんは、ゴーシュの奥様はじめ子育て経験のある女性たちが交代で面倒を見てくれている。

『赤子は元気いっぱいだ。時間はこれからいくらでもある』

「抱っこしてみたいなあ。私が親になり、自分の子どもを抱くことなんて想像もつかないもの」

あの両親から生まれた私に、結婚し、子育てする能力があるとは思えない。

「クロエが……どこかの男と結婚？」

そう言って、兄も私をまじまじと見つめる。やはり私には縁遠いことだと思ったのだろう。

『おいクロエ、ジュード、忘れてないか？　お前たちはオレの〈魔親《まおや》〉だ』

「「あ！」」

そうだった。私には既に立派な子どもがいた。エメルがいてマリアがいて、赤ちゃんも産まれた。巻き戻り前の人生から、随分とかけ離れた。幸せだ。

私がエメルを抱き上げると、首元からちゅーっと魔力を抜かれた。ふざけてばたっと背中から倒れ、笑った。

そんな私たちを、なぜか兄は真剣に、どこか切なげに見守っていた。

第一章　弟

「ローランドー、お散歩行くよー！」

「んんっ、あーあー」

　私の背中には小さな赤子が、草のおんぶ紐《ひも》でキッチリ優しく縛られている。まだポヤポヤとした黒髪はベルンのもの、茶色の穏やかで優しい瞳《ひとみ》はマリアのもの。

　ベルンとマリアの息子はローランドと名付けられた。祖父の名、リチャードとどれだけ近づけるかで考えた名前だそうだ。二人の祖父への忠誠心が伝わってくる。

　お産からやがて三カ月、ベルンはほぼ通常業務に戻ったが、マリアはお産の時の傷の痛みがまだ取れないので、あまり動かないで済む仕事から復帰している。

　まだ休んでいいのでは？　と思ったけれど、本人が働きたいと言うからしょうがない。

「マリア、わしは親を喪《うしな》った子どもの絶望を目の前で見てきた。……無理をしたら、ベッドにくくりつける。いいな！」

　そう祖父に言われたマリアはブルブルと震えていたので、決して無理はしないだろう。

　なので、マリアがローランドをお腹《なか》いっぱいにしたところで、私がおんぶして農作業という散歩に連れていく。マリアのデスクワークが進むように。一息つけるように。

「クロエ様、その体勢きついんじゃなーい？」

護衛のミラーが心配そうに声をかけてくれる。確かにおんぶしての中腰作業はきつい。ゆっくり立ち上がって腰をトントンと叩くと、ローランドがピクリと一瞬起きて、またスヤリと寝た。

「まあでも……一言で言えば幸せよ」

ローランドの温かさ、柔らかさ、ミルクの匂《にお》い。何もかもにニンマリする。

ずっと昔、小さな私が無理して膝《ひざ》に抱いてあやしていた、同じように小さかった存在を思い出す。あの子もとてもいい匂いがした。

「確かにローランドは可愛いよねえ。あの無表情な執事長の子とは思えない」

ベルンの機微がわからないなんて、ミラーもまだまだだ。

ミラーがローランドの頬をツンツンとつつくと、ローランドは眠りながら笑顔になった。

「可愛いなあ。クロエ様も可愛いし、この光景、もはや癒しだよ」

「え？　子どもが子どもをあやしてて微笑ましいってこと？　それよりもお母さんに見えない？ほら、ミラーと三人家族、的な？」

ミラーの顔がサッと青ざめ、小刻みに顔を横に振る。

「……それ、絶対、言っちゃダメです。よりによって私と夫婦設定なんて殺されます」

『クロエ、お前の設定は姉だ！　ジュードとリチャードがキレるぞ？』

「え、それどういう意味……」

「……う…うう……あぁーんあんあん！」

「ああ、ローランドどうしたの？　もうお腹空《す》いちゃった？」

私の疑問はローランドの泣き声で中断した。

『クロエ、まだローランドはあまり長く屋外にいるのは良くない。そろそろ戻るぞ』

エメルがローランドの前にぷかぷか浮かび、泣き止《や》ませようとあやしている。

「わかった。ミラー、先に帰るね。悪いけれど、後片付けをお願い」

最近の私の作業はかなり中途半端だけれど、皆が助けてくれるし、ローランドのためだし、遠慮なく甘えよう。私は弟？　を前に抱き直して、のんびりした歩調で帰った。


帰宅すると、屋敷がどことなくソワソワしていた。出迎えた使用人に尋ねる。

「何かあったの？　マリアは？」

「急なお客様のようです。マリアさんもバタバタとされていて……ああ、ローランドが泣きそうですね。見つけたらすぐに部屋に戻るように伝えます」

エメルが渋い顔をして、スッと透明になり、探索に消えた。

厄介な相手のようだ。王家がらみだろうか？　ならば我が家であれ慎重に動いたほうがいい。静かにマリアたちの部屋に入り、ローランドを寝かせていると、マリアが戻ってきた。

「お、お嬢様！」

「マリア、そんなにバタバタ動き回って大丈夫なの？　一体誰が来てるの？」

「王都からっ、アーシェル坊っちゃまです！　今、お館様と対面中です」

アーシェル？　モルガン侯爵家の弟が？　……どうして？

「私はアーシェル様が本物かどうか見定めるよう言われて呼ばれたのですが、私が知るのは四歳の坊っちゃまでしょう？　でも面影はありますし、赤い髪がモルガン侯爵そのもので……間違いないと、お伝えして下がってきました」

「なんのために来たのかわかる？」

「……正直、お館様を前にして、お行儀が良いとは言えませんでした。ケンカ腰でお前のせいだ！というようなことを怒鳴っていました」

祖父に怒鳴る？　アーシェルはなんてことを！　思わず頭を抱える。母は自分の偉大な父の功績を、何も伝えていないの？　いや、母は何一つわかっていないのかもしれない。

孫だから、祖父は一応会ったのだろう。本来は辺境伯領主など簡単に目通りが叶《かな》う相手ではない。ましてモルガンの父は大っぴらにローゼンバルクと敵対し、刺客を送りつけてきていたのだ。

マリアの姿を見つけたローランドは可愛い声をあげ、マリアは彼をそっと抱き上げた。

「マリア、ごめんなさい。心労をかけてしまって」

マリアはローランドをあやしながら首を横に振る。

「私はアーシェル様のお世話をしていたこともあるのです。アーシェル様とお嬢様が仲良く遊んでいたことも思い出せます。お嬢様と同じ、やるせなさを感じています」

マリアは右腕で息子を抱いたまま、左手で私を抱き寄せた。マリアの懐は思った以上に広くて、ローランドと分け合っても十分だった。

そうしていると、エメルがフラリと戻ってきた。客が弟、アーシェルであることを伝える。

『確かにクロエと血がそっくりだったよ。金の無心に来たみたい。モルガンが度重なる失態をおかして以降、挽回《ばんかい》しようと大口を叩くがパッとした働きもできず、辺境伯への恨み言ばかり言うからどんどん敬遠され、アベル殿下に引導を渡され、完全に貴族社会から見放されたようだ』

父、モルガン侯爵の転落具合は、ある意味想像どおりだ。

「でもね、モルガン侯爵領は豊かな土地なの。なぜお金に困ってるんだろう……」

「金はいくらあっても無くなる時はあっという間だ。大方つまらんバクチまがいの投資にでも手を出したんじゃないか？　起死回生を狙って」

「お兄様」

いつの間にか、兄もやってきていた。

「本当にクロエと同じ両親から生まれた弟なのか？　あまりに幼い。トリーが大人に見える。クロエにも会いたがっているようだけど、どうする？」

「……会うわ。そして私のことが目障りならば、きちんとお別れする」

弟と祖父が対面中の応接室からは、ドアの外まで変声期前の甲高い少年の大声が聞こえてくる。聞くに耐えない罵声《ばせい》に思わず顔を歪《ゆが》めると、兄がそっと後ろから抱きしめてくれた。

「クロエには、ちょっとはマシなアニキがいるだろう？」

「ちょっとだなんて……最高のお兄様だよ」

そっと背伸びをして、頬にキスをする。

会うと決めたのは私。気を引き締めて扉をノックし、中に入った。

立ったまま祖父を指差して喚《わめ》き散らす姿は可愛《かわい》い三歳のアーシェルとは程遠く、一度目の人生で私をドンと押し倒して、『一族の面汚しめ！』と罵《ののし》った弟に随分似ていた。

身構えていたからか、ドミニク殿下との遭遇の時のように倒れたりしない。ただ苦しいだけだ。

私と目が合うと、アーシェルの眉間《みけん》にシワが寄る。

「あ、あんたが……」

九年ぶりの再会なのに、「あんた」呼びなんて……。私は覚悟を決めて指をパチンと鳴らした。

部屋中から仕込んでいる草の蔓《つる》が伸び、アーシェルと、付き添いのモルガン邸で私を邪険にしていた使用人一人を縛り上げ、平身低頭の姿勢を取らせる。

「なっ！」

これ以上余計なことを言えぬように、口も草で封じる。

「……アーシェル、あなたは我々の祖父であるローゼンバルク辺境伯がどのような立場にいる方なのかも教わっていないのですか？」

私はアーシェルの横に跪《ひざまず》き、共に頭を下げる。

「おじい様、本当に申し訳ありません。アーシェルは私の弟。私が責任をもって教育いたします」

祖父は一瞬躊躇《ちゆうちよ》するような顔をしたけれど、結局私に任せる気持ちになったようだ。

「……弱い奴《やつ》ほどよく吠《ほ》えるとはうまいこと言ったものだ。アーシェル、お前はモルガンのような空っぽのバカ貴族になるか、実のある人間になるか、瀬戸際に立っている。よく考えることだ」

祖父がホークを引き連れ立ち去ると、私は祖父の座っていた席に静かに腰を下ろした。エメルは私の右上に透明で浮かび、兄はドアにもたれて腕を組んでいる。

アーシェルに、せめてモルガンの傲慢《ごうまん》な考え方では生きていけぬこと、真の友と出会えなくなってしまうことをわからせなければ。私の思い、伝わるだろうか？

「アーシェル、おじい様に怒鳴ったりして死にたいの？　おじい様は先の戦争の最大の功労者で、今も年に二十は大型魔獣を屠《ほふ》り、国を守っている。そんな敬意を持って然《しか》るべき相手に、なんの功績もない若造が、何を根拠に怒鳴りこんできたのかしら？」

私はアーシェルを見つめたまま、マジックルームから小瓶を取り出してテーブルに置いた。

「アーシェル、私は遠回しな表現をされても察することができないし、嘘《うそ》も嫌。だから、私の作った自白剤を飲んでもらう。そうね、半分こして私も飲むわ。それなら安心だし平等でしょう？」

兄が視界の端で眉《まゆ》を顰《ひそ》めているが、止める気はないようだ。

「これを飲んで、私はあなたがここに来た理由を尋ねる。私もあなたも質問に事実だけを答える。それに納得するならば、草を外すわ。もちろん約束を守れなかったら一秒で捻《ひね》り潰《つぶ》す。どう？」

アーシェルは私を睨《にら》みつけながらも渋々頷《うなず》いたので、私は彼の口と手を自由にした。私が栓を抜いて半分飲みアーシェルに渡す。弟は尻込みする様子だったが残りを飲み干した。

「ではアーシェル。私は女だ、と言ってみて？」

「私はおん……んんっ⁉」

アーシェルが驚愕《きょうがく》したように目を見開いた。

「問題なく効いてるね。ではアーシェル、私への質問と今日の来訪目的をどうぞ？」

「……あんたは、第一王子に取り入って、妃《きさき》になるつもりなのか？」

「いいえ。アベル殿下のことは尊敬してるけど、妃なんて絶対嫌よ」

「なぜ、殿下を使って父を国の重職から外し、表舞台から遠ざけ、モルガン家を追い詰めた！」

「殿下にそんなこと頼んでないわ。私が思い当たる理由は二つ。モルガン侯爵は、私が〈草魔法〉とわかった瞬間、食事も衣類も愛も何一つ与えなくなった。そして私がここの養子になると、刺客を送り込んできた。そんな恐ろしい人間を、政治の中枢に置きたくなかったんじゃないの？」

アーシェルは半信半疑の表情を浮かべた。私が自白剤を飲んでいることをよく考えてほしい。

「もう一つは、殿下よりも弱いから、かしら。自分よりも弱く、他に得意分野もなく、ただ侯爵であることだけでいばり散らす人って、厄介なだけじゃない？　重用する意味がない」

「ち、父は弱くない！」

「私が以前会った時はレベル40そこそこだったわ。ならば、〈光魔法〉ＭＡＸの殿下より弱い」

アーシェルが拳《こぶし》をぎゅっと握りしめて喚いた。

「〈草魔法〉のくせに、生意気な！」

「生意気かもしれないけれど、私は父よりも強いわよ。気づかれぬうちに殺せるわ」

「あんたは……実の親を殺せるっていうのか？」

「私はこれまで魔獣を五十は殺してる。もし自らに危険が及べば相手が誰であれ殺すけど」

「…………」

『導く者がいないということは……哀れだな』

エメルの呟《つぶや》きが宙に浮く。

「そろそろ、ここに来た目的を私にも教えてもらえる？」

アーシェルがギリギリと歯を食いしばった後、絞り出すような声で言う。

「あんたたちは……金を出すべきだ」

「……なんの？　というかなぜ？」

「あんたが父のしつけやちょっとした考え方の違いを殿下に言って事を荒立てたせいで、金が入らなくなったんだ！　だから私たちは困窮し、来年入学予定のリールド高等学校への入学金も用意することができない。あんたたちが責任を取るべきだ！」

「つまり貴様は、姉であるクロエはあのまま侯爵邸で我慢して、孤独なまま餓死すればよかったと言っているのだな？」

兄が底冷えするような声で言う。

「部外者が口を挟むな！」

「挟むね。クロエは俺の最愛の……妹なのだから」

アーシェルに熱くなられては困る。とりあえず最後まで話を聞きたい。

「お兄様、もう少し私に話をさせて。アーシェル。国の名誉職の給金などたかがしれているわ。モルガン領は王都近郊の肥沃《ひよく》な土地。何もしなくともお金が転がり込んでくるはずだけど。ここ数年、天候も安定しているもの。それに騎士団のお給料も高額でしょう？」

「騎士団は……辞めてしまわれた」

モルガン侯爵家は〈火魔法〉を操る戦上手として何人もの騎士団長を輩出してきた武の名家。それこそがモルガンの誉であり、時期がくれば父も当然なるものだと本人も家族も思っていた。

『弱くて団長になれず、拗《す》ねて辞めたってところか？』

エメルの言葉にストンと腑《ふ》に落ちる。父は……弱すぎる。

「領地の件はきっと代官……くっ、私にはわからない！　でも金がないと父は金策に走りまわり、母は泣いてばかりいる。それもこれも、あんたが薬で稼いだお金を送らないからだと！」

「つまり、きちんと領地経営できなかった自分の手腕を棚に上げて、昔切り捨てた娘が金になる木だったと遅まきながら気がついて、金を巻き上げに来たと。浅ましい」

兄が凍るような眼差《まなざ》しでアーシェルを睨みつけながら、吐き捨てるように言った。

はあと思わずため息をつく。どうすればアーシェルに常識が伝わるだろうか？

「アーシェル。私は一文無しの役立たずだった」

「クロエ！」

「お兄様、今はわかっているの。子どもは役に立とうなんて思わなくてもいいと。でもモルガンで、使用人からもずっとそう言われて過ごしてきた私は、役に立たなければこのローゼンバルクから追い出されてしまうと、ヒヤヒヤして生きていたわ」

兄が痛ましげに私を見つめる。

「だから必死に努力し働いて、薬を作った。少しずつお金を稼いだ。そうして生きるために私が六歳から全力で貯《た》めたお金を、父の散財の穴埋めに使えとあなたは言うの？」

「私が借金を作ったわけではないっ！　私だって、自力でできる努力はなんでもしてきた。なのに、まさか入学できないとはっ！」

その言葉に思わずアーシェルの全身を凝視する。――なるほど、アーシェルはレベル40台後半、マスター目前だ。十三歳にしてはレベルが高い。既に父を超えている。

「そうみたいね……やはり愚かなのは、あの人たち」

プライドが高い父は、自分を超える火魔法師をアーシェルに与えなかったはず。全部独学だ。

「では勝負しましょう。あなたが私に勝てば、あなたの学費は私が姉として全額負担するわ」

リールド王立高等学校に行かないということは、貴族としての命を絶たれることだ。

『情けをかけるのか。クロエは甘い。しかしコイツは今のところバカなだけで実害はないからな』

勝負して、彼の〈火魔法〉で草盾を燃やさせて一本取らせてやろう。幼い頃私を慕ってくれた愛らしいアーシェルへの恩返しだ。私は彼を縛りつけていた草を解き、芝庭に誘った。

アーシェルは先程の勝ち気な様子はどこかにいって、そわそわと躊躇《ためら》っている。彼は有る事無い事両親に吹き込まれ私を恨んでいるはずで、私をやっつけるチャンスなのになぜか動かない。

「アーシェル、私が女だからと遠慮しなくていい。モルガンのお家芸の〈火魔法〉を存分に見せてちょうだい。この屋敷はドラゴン様に護《まも》られているから延焼しないの。全力でおいで」

「っ！　なぜ、私が〈火魔法〉と！」

なぜって……確か、アーシェルが五歳になった頃に祖父から聞いた覚えがある。

「だって、モルガン侯爵が王宮で嫡男は〈火魔法〉だと誇らしげに言いふらしたと聞いたわ」

「こんな……辺境まで……」

アーシェルはボソボソと呟くと、俯《うつむ》いてしまった。

これでは埒《らち》があかない。私はもうこの辛《つら》い対面の時間を一刻も早く終わらせたいのだ。

「では、私から行くわよ。飛棘《ヒキョク》！」

私は無数の人差し指サイズの草の棘《とげ》をアーシェルに向けて飛ばす。〈草魔法〉のレベル40の魔法。

〈火魔法〉のレベル30程度で簡単に燃やせるはずだ。

しかしアーシェルはなぜか瞳《ひとみ》に悲しみをのせて、右手を突き出し呟いた。途端に彼の目の前に人間の大きさのつむじ風が発生し、私の棘を風の渦に巻き込みながら上空に弾《はじ》きとばした。

これは……。エメルが私の前に出て、アーシェルを見極める。

『クロエ……こいつは〈風魔法〉適性だ』

思わず息を呑《の》む。攻撃の手を止めて、戸惑いつつ尋ねた。

「アーシェル……あなた……〈火魔法〉ではなかったの？」

「わ、私は、火……ぐほっ……」

前回のあなたは〈火魔法〉を誇り、私を散々馬鹿《ばか》にした。だから今回も祖父が仕入れてきた情報にやっぱりと思った。

でもアーシェルは今、嘘がつけない。あの両親は私の時も〈火魔法〉と偽装させ、王家に放り込もうとした。バレた時の私への処罰など気にも留めずに。アーシェルにも、同じ仕打ちを？

「アーシェル……まさか五歳からずっと、偽って生きてきたの？」

「っ！　逃げ出したあなたに何がわかる——っ‼」

アーシェルが泣きながら癇癪《かんしゃく》を起こし、〈風魔法〉の風切を全力で全方向に放った！

「アーシェル！」

私はアーシェルに向かって飛び出す。頬《ほお》が、服が、風の刃《やいば》でビシビシと切れる。

「クロエ、危ない！」

兄は私に止まるよう叫びながらも、屋敷の人間を守るために、氷盾を四方に張りめぐらせた。

傷を負いながらも自分に向かって突進する私に怯《おび》えた表情をしたアーシェルに、私は問答無用で飛びかかり、地面に倒し、拘束するように抱きしめる。

「くっ、放せ！　放せったら！」

なんてことなの……アーシェルまで偽装させていたなんて。あの二人……許せない！

「ごめん……アーシェル、ごめんね……」

私は……姉だったのに彼の苦境も知らず、見当違いにも叱《しか》りつけた。悔しくて情けなくて、思わず涙が溢《あふ》れ、弟のもう柔らかくない頬に、ポタポタと落ちた。

するとアーシェルの力がふっと抜けた。そして聞こえた小さな声は震え、悲鳴のようだった。

「なんで僕を置いていったの……僕だって一緒だったのに……おねえさま……」

可愛《かわい》い弟を、〈火魔法〉ではない弟を、結果的にあの地獄の家に置き去りにしてしまった。私しか弟を救えなかったのに。ああ……罪深いのは私も同じだ。

アーシェルを客室に連れていき信用できる使用人に任せ、一旦《いったん》自室に下がった。

部屋に入るなり胸にさまざまな感情がせり上がり、ベッドに走り、枕《まくら》に顔を埋《うず》める。

「う……うわあああ……ああ……ああ……」

体全体を震わせているとエメルが本来の姿に戻り、私を包み込んだ。

『クロエ、泣くな……クロエのせいじゃない。またしても領の神殿ぐるみで偽装してたんだ。誰も気がつけない』

「でも、私だけは知ってたのよ！　あいつらが自分の子どもに対して平気でそんなことをしでかす奴《やつ》らだって！　私だけはその可能性に、アーシェルの窮地に気がつくべきだった」

『クロエは子どもだっただろ？』

「子どもでも前回の記憶がある！　だからおじい様に助けを求めることができた。でもアーシェルにはそれもできなかった。ずっとあの屋敷で一人、苦しんで……」

前回の私と同じだ。涙が止まらない。

『……結局ヤツは、クロエに救ってほしくて、あれこれ理由をつけて、ここまでやってきたんだな』

助けてほしくて気づいてほしくて……こんな非情な姉なのに、他に誰もいないから。

『じゃあ……泣いてないで手を貸すしかないんじゃない？　おねえさま？』

エメルがチュッと私の涙を吸い取った。私は下唇を噛《か》み締《し》め、手の甲で涙を拭《ぬぐ》った。

祖父の書斎に行くと、仕事中の祖父と兄が手を止めて、私を招き入れてくれた。

「アーシェルの従者を締め上げたところ、モルガンは次々と若手に階級を抜かれ、とうとう騎士団を辞めたそうだ。しかし鬱憤《うっぷん》ばらしか虚勢なのか生活はますます派手になり……これまでの蓄えを食《く》い潰《つぶ》した。そして息子の学費まで使い込み、奥方の発案でここにせびりに来たそうだ」

兄が自ら、私のカップにお茶を注《つ》ぎながら教えてくれる。

リールド王立高等学校の学費は高額だが、まともに領地運営している貴族ならば無理なく支払える金額で、そもそも子どもを産んだ時点でわかっている経費だ。それすら食い潰すなんて……。

「アーシェルの学費は、私が工面します」

祖父の目を真《ま》っ直《す》ぐに見て宣言する。

「クロエ、バカなことを言うな！」

兄が顔を顰《しか》めて怒鳴った。

「ちっともバカじゃない！　おじい様のお金はローゼンバルクのものよ。そのお金をモルガンに使うなんて、民がいい気持ちがするはずがない」

私は自分の財布の中身をざっと計算する。私の薬の売り上げは一応私の資産だ。今あるストックの薬も吐き出せば……なんとか足りる。

「クロエ、わしは祖父だ。百パーセント親族で関係者だな。お前がそう言えばきっとわしが金を出すとエリーが見越していたのなら、大したもんだ」

「おじい様……」

「はあ。罪深いのはこのわしよ。あやつらは自分たちの見栄のためならば、子の人生など簡単に捻《ね》じ曲げると知っておったのに。うちの監視はクロエの時と違い、目に見えた虐待がなかったから見抜けなかったのだろう。アーシェルの内面の葛藤《かっとう》までは、草にはわからん」

祖父が両手でこめかみを揉《も》み込む。

「それにアーシェルはクロエと違って侯爵家の嫡男だ。事態を知ったところでここに連れてくることなど、結局難しかっただろうよ」

アーシェルの過去を思うと心が鉛を呑んだように重くなるが、これからのことを考えなければ。

「おじい様、私はドーマ様に相談ののちに、アーシェルと大神殿に出向こうと思ってる。そこで改めて鑑定をして、〈風魔法〉だと国に修正申告しようかと」

一つずつ、できることから進めよう。〈火魔法〉と偽ったまま生きていくことなどできない。学校ではギリギリごまかせても次期侯爵、次期騎士団長として社会に出れば、全力で魔法を行使せねばならない敵と戦うことになるのだ。

「大神殿に私の頭でよければ何度でも下げるよ。でも神官もグルでなければできないことだから、痛み分けで国に登録し直せないかなと……私の時のように。甘い……かな?」

「「甘い」」

祖父と兄が口を揃《そろ》えて言い切った。

「クロエの時はまだ鑑定から一年足らずで、本来は魔法も使えぬ年頃だったから『うっかり』というごまかしが通った。しかしアーシェルは時間が経ち過ぎている。故意であることが明らかだ」

兄は背もたれに寄りかかり、私を見据える。

「でも、神殿相手にあまり策を弄《ろう》するのも悪手だと思うの。いっそ完全に大っぴらにしたほうがいいんじゃないかと。何か無茶を言われたら、無理ですと泣いて帰ってくるよ」

「はあ……おじい様、俺がクロエに付き添います」

「お兄様、ダメです。お断りします。私は今回のアーシェルの問題に、いっぺんたりともローゼンバルクを関《かか》わらせたくない。お兄様はローゼンバルクそのものだわ」

兄の眉間《みけん》の皺《しわ》がますます深くなった。それを見て、祖父はふぅとため息をついた。

「……クロエ、とりあえず、ドーマに会ってこい」


翌日、ローゼンバルク神殿にアーシェルを連れ、ローランドを背負いやってきた。

「クロエは……とことんついてないのう……」

神官長室に通されて、ドーマ様につくづくそう言われてめげそうになる。

指示されるままアーシェルは、皆の前で鑑定石に手を乗せた。目の前に結果が浮かび上がる。

適性　：〈風魔法〉レベル48
その他：〈火魔法〉レベル2

「ふむ。十三歳でマスター目前とはかなりきつい鍛錬を行ってきたのだろう。素晴らしいぞ！」

アーシェルはドーマ様の優しい褒め言葉に一瞬瞳を揺らしたが、また無表情に戻った。

「……アーシェル、神殿の茶畑に風を循環させてくれると助かるわ。神官様に案内してもらって」

顔なじみのネル神官がアーシェルの手を引いて部屋を出てくれた。彼から見ればアーシェルなど子どもで、癇癪を起こしてもどうってことないだろう。

ドアが閉まると、フワッとエメルが姿を現す。ドーマ様が立ち上がってお辞儀をした。

「ドーマ様、嘘《うそ》の鑑定を行った神官はどうなるかしら？　そしてそれを正す手順なんてある？」

「そんなものはない。神官は『絶対に過ちを犯さぬ』のだから。なぜこうも浅はかな真似《まね》を……」

「父に……領主に弱みでも握られて、やむにやまれずだったのかもしれないわ」

「言ったじゃろう？　『絶対に過ちを犯さぬ』のじゃ。そもそも質に取られて困るような執着を持つことも禁忌。神官は唯一神のみを信仰し、民草に平等であらねばならん……表向きはな」

そう言いつつ自ら出産に立ち会ったローランドを私の背中から取り上げて抱き、目に入れても痛くないという視線で見つめ、優しく頭を撫《な》でて、念入りに健やかであれと祈祷《きとう》するドーマ様。

「虚偽の申請をしたその神官はすぐ堕落者の烙印《らくいん》を押されて、神殿から追放されるだろう」

ドーマ様は右眉《まゆ》を上げて私の覚悟を問いただす。

「……容赦しないわ。情けなどかけない。私とアーシェル二人の平穏な人生を奪ったのだから。その神官に恨まれても……跳ね返す。相手が違うと」

そう、諸悪の根源はモルガンの両親。私が神殿に適性魔法の訂正を願い出れば、一瞬で王家に伝わり、約束どおりアベル殿下が裁くだろう。

「……大神殿に面会申請の手紙を出しておこう。返事があり次第、出立するといい」

「ごめんね、ドーマ様。モルガンのせいで面倒くさいことをさせて」

「ふん、このくらい手間でもなんでもない。そう年寄り扱いするな。しかしクロエ、その後の弟の処遇はきちんとお館《やかた》様とご相談するのだよ」

「うん。私一人で、アーシェルとモルガン領の面倒を見るなんて無理だってわかってる」

ローランドはドーマ様の腕の中で幸せそうに眠ってしまった。ぷくぷくのほっぺが、アーシェルの幼い頃と重なり、再び胸にズキンと痛みが走る。思わず顔が歪《ゆが》む。

「クロエ、神殿は避難場所でもある。アーシェルは落ち着くまでここに置いてもいい。もちろんクロエも。疲れたらここでも養育院でも、ダイアナと共に骨休めに来るといい」

ドーマ様はそっと私の頭を撫でてくれた。弱った心に優しさが染み入る。

「ありがとう。ドーマ様」

◇◇◇

草木が生い茂り、ぎらぎらと太陽が照りつける夏、人生二度目の大神殿を訪ねることにした。

私とエメルとミラーと当事者のアーシェル、そして心優しきドーマ様とドーマ様の付き人の六人で王都に向かう。アーシェルは現時点ではローゼンバルクの人間ではないし、今後の処遇がどうなるかわからないのでエメルには姿を消してもらう。

王都に到着の旨をドーマ様に伝えてもらうと、翌日あっさりと大神殿に招かれた。

「ドーマ様、なんかキラキラしたマフラーが増えてない？」

普段質素なドーマ様には違和感のある、金糸銀糸の刺繍《ししゅう》入りの幅広な布が、首から垂れている。

「私はこの数年で階級が三つも上がってね。その前は四十年もの間存在すら忘れていたくせに。まあそんなことでケンカしても大人げない。有効に使わせてもらうさ」

その装飾のおかげか時間になり大神殿に赴くと、入口の神官はドーマ様に深々と頭を下げ、用件を告げるとすぐに中に案内してくれた。前回と打って変わった応対だ。

ここまで人形のようだったアーシェルは、急にギクシャクとした動きになった。

「大神殿は初めて？」

アーシェルは緊張気味に頷《うなず》いた。この大神殿の荘厳な雰囲気に呑《の》まれるのは仕方ない。

「今日誰が応対してくれるかわからないけれど、間違いなく私たちなんかが敵《かな》わない相手よ。正直にお話しするのが一番だわ。当時あなたは……私も、子どもだったのだから」

「クロエ、稀代《きたい》の『薬師クロエ』が来るんだ。相手は決まっておろうが」

ドーマ様が呆《あき》れたように言った。

王宮のような色彩はないが、白を基調とした上品な小部屋に通されると、ドーマ様の予想どおり、大神官様が供を二人連れて入ってきた。

一斉に立ち上がり、ドーマ様は神官式の礼を執り、私たちは神像を前にするがごとく、膝《ひざ》をつき頭を下げる。戸惑うアーシェルにも同じようにするように示す。ここは虚勢を張る時ではない。

「おや、久しぶりのお客様だねえ。皆、座って楽になさい。ドーマ、息災で何より。そしてクロエ、会うたびに大人になって……後の二人は初対面だね？」

「大神官様、ごきげんよう」

ドーマ様が神官の挨拶《あいさつ》をして革張りのソファーに腰掛けた。私たちもそれに倣う。ミラーはソファーの背に回った。エメルは念のため一切の気配を消している。

「大神官様、お久しぶりでございます。こちらは私の供のミラーとモルガン侯爵家嫡男、アーシェル、私の血縁上の弟です。本日はお忙しいところ、お時間をとっていただき感謝いたします」

「ほう、モルガン侯爵家の……クロエは完全にあちらとは切れているものと思っていたが？」

「完全に切れております。ですが、私にも関係することでしたので、一緒にご相談に参りました」

「ドーマでは解決できなかったのかな？」

大神官がドーマ様に向けて首を傾《かし》げる。

「私の力が及ばぬ問題です。大神殿の知恵を授かるように申しました」

私は居ずまいを正し、大神官を真っ直ぐに見た。

「大神官様は、私が五歳の適性検査で〈火魔法〉と鑑定されたのをお聞き及びでしょうか？」

「……記録を間違えたと、訂正があったと聞いている。モルガン管轄の神官には口頭で厳重に注意したんだったか。それがどうかしたか？」

「このアーシェルも〈火魔法〉という神殿の鑑定を受け、国に登録されています。しかし……」

「つまり、もう一度同じ過ちが起きて、そのまま正されていないということか？」

「はい」

「……情けない」

大神官は目を細め、不愉快そうに唸《うな》った。神官の偽証を取り繕うつもりはなさそうだ。

「大神官様、クロエもアーシェルも鑑定時はまだ五歳の幼子。本人らにはなんの手立てもありません。偽りの適性で生きてきた苦しみを思って、なにとぞ穏便にアーシェル殿の適性訂正を、私からもよろしくお願いします」

ドーマ様が言葉を添えてくださる。

「うむ。直ちにアーシェル殿の再鑑定をして、その結果を国に報告しよう。……モルガン領の神官は交代させる。他にもくだらぬ真似をしていないか、調査せねばなるまい」

大神官がそのまま付き人に頷くと、付き人は一礼して早足で退室した。

「クロエ、この件を王家に伝えた時点で、どうなるかわかっておるな？」

父は鑑定をねじ曲げ、王家に嘘の届けを出した。貴族として大罪だ。それに加え、アベル殿下が既に最終通告をしていたのだ。モルガン侯爵家はこれで終わりだ。

私はしっかりと頷いた。自分の行いから目を背けるつもりはない。

「では、再鑑定の準備ができたようだ。アーシェル殿、この神官についていきなさい」

「アーシェル、ちゃんと待ってるわ。一緒に帰るから」

瞳《ひとみ》に不安な気持ちをのせたアーシェルを励まし、彼を送り出した。パタンと扉が閉まると、残った一同はふう、と息を吐《つ》いた。

「クロエ、私に神殿代表者として謝ってほしいかい？」

「いいえ。大神官様が直接話を聞いてくださったから、こうもスムーズに解決できました」

私は手元の鞄《かばん》から避妊薬を十本取り出し、机に差し出す。

「本日のお礼に寄進いたします」

「……クロエはこういうことが嫌いだと思っておったが？」

大神官がニコニコと私に問う。しかし元凶はモルガンの父なのだ。モルガン領の神官はいくらか父から金銭を受領したかもしれないけれど、組織としての神殿は完全にとばっちり。

「私どもの面倒な手続きで、お手間を取らせることなどわかりきっております。それに避妊薬は避妊薬でしかありません。結果的に神殿に助けを求める人々の役に立つのであれば、正しい寄進だと思います。大神官様も以前、美味《おい》しいお菓子で私の頑張りを労《ねぎら》ってくださいました」

「ふむ。プレゼントで労い合う関係も悪くない。クロエ、必要な場面で使わせてもらうよ」

大神官は一区切りついたとばかりに、穏やかな声で話を変えた。

「ところでクロエは学校を卒業後、どのように動く予定かな？　まだ婚約者はおらぬようだが？」

貴族はリールド王立高等学校を卒業後、半数は結婚する。女性はそれよりも多い。

「大神官様、ご存じのとおりクロエは自分よりも強い男でないと、結婚する気はないそうです」

ドーマ様が出されたお茶を飲みながらクスリと笑った。

「それは……なかなかのハードルだなあ」

「一人前の薬師として身を立てられるように、研究生活をする予定です」

結婚など自分には縁遠い話だ。前回の不幸な縁を断ち切って、生き抜くことだけが目下の願い。

「そうか……どうだろうクロエ、ここに学びに来ないか？」

そう言って大神官に微笑《ほほえ》みかけられたが、意味がよくわからない。

「神殿を訪れる民の声を聞き寄り添う気持ちを学ぶことは、薬師として必ず役に立つ。神殿の薬師との情報交換もね。それに――今回の件でアーシェルは微妙な立場となる。本来は被害者だが不正を働いた家の嫡男なのだ。侯爵家を継ぐにしても風当たりは当然厳しくなる」

私は小さく頷いた。わかっていたことだが改めて人の口から言葉にされると、心が重くなる。

「私が……姉として守ろうと……守るしか……」

私に守る力などないことはわかっているけれど、そう答えるしかない。下唇を噛《か》む。

「彼を預かることはローゼンバルクのためになるか？　そしてその環境で彼は休まると思うか？」

アーシェルはローゼンバルクを敵と刷り込まれてきた。できることなら別の土地のほうがいいのだろう。でも、他に穏やかに過ごせる土地のアテなどない。

「クロエ、アーシェルを一旦《いったん》神殿預かりにしてはどうか？　ということだ。提案だよ？」

「神殿……預かり……」

「特別なことではない。神殿は苦しむ者らに常にドアを開いている」

領でドーマ様もそうおっしゃった。でも大神殿は……違うでしょう？　と心で異議を唱える。ここは権力の中枢。そんな穏やかな場所ではないはずだ。

「心配ならばクロエも当面、アーシェルに付き添えばよかろう」

二人揃《そろ》って神殿に身を寄せるように、と言っているのだ。たしかに行き場のないアーシェルには願ってもないお声がけだ。でもこれは、私一人では決断できない。

「アーシェルの希望を聞いてから、お返事してもよろしいでしょうか？」

「かまわんよ」

付き人の神官が戻ってきて、大神官に耳打ちした。

「〈風魔法〉に間違いないそうだ。では早急に訂正し、国に報告しよう。そして魔力量も抜きん出ている。さすがクロエの弟だねえ……素晴らしい」

『魔力量は遺伝の要素は薄い。何度も空っぽになるまで励んだんだろうね。クロエと一緒で努力家なんだろうな』

エメルの見直した風な発言に、心の中で思わず反発する。努力家なんかじゃない！　私もアーシェルも生きるために仕方なしにやっただけだ、と。

それにしても、大神殿の鑑定石は魔力量まで測ってしまうのか……。いい気持ちはしない。

王都の屋敷に帰宅後、アーシェルに尋ねる。

「アーシェル、大神官様がしばらく神殿で世間から距離を置き、神に祈りつつ休んではどうかとおっしゃっていたわ。それともローゼンバルクに来る？　アーシェルが望むならローゼンバルクの郊外に小さな家を借りて、二人で静かに過ごしてもいいよ」

「……ローゼンバルクには……戻れない。おじい……様に顔向けできない」

祖父はそうしたことを根に持つタイプではないけれど、よく知らないアーシェルにそれを言ってもしょうがない。顔向けできないことをしたという意識があるだけよかった。

腕力でならアーシェルを守る力はある。でも権力や、汚い、予想もつかない手を使って攻撃されたら私では太刀打ちできない。私は所詮《しょせん》子どもだ。ローゼンバルクが嫌ならば、神殿しかない。

ドーマ様に相談の上、祖父にタンポポ手紙を出し、細々とした準備を始めた。

◇◇◇

大神殿は約束通り、時を置くことなくアーシェルの適性審査の誤りを、国に報告訂正した。神殿サイドは一介の神官が勝手なことをした監督不行き届きということで、大神殿は世間に深々と頭を下げた。……それで終了。

そして貴族社会には激震が走った。人々の注目は当然に、モルガン侯爵の不正申告に移った。誰もが、父は自分のメンツのために神官を懐柔し、子どもの将来を潰《つぶ》したのだろうという結論に至る。上の娘の時も偽装したという話もある……という噂《うわさ》も駆け巡る。その出どころは神殿だろう。

その頃にはもう、一神官の失態など誰も思い出さない。大神殿はほぼ無傷だ。

王家は事態を重くみて、関係者を王の御前で取り調べることになった。

「クロエ、アーシェル、こちらへおいで」

大神殿に呼び出されて刻限ちょうどに来てみると、先に事情を聞いているらしいドーマ様に先導され、奥の部屋に通される。中には三人の神官がいて、水を張った大きな甕《かめ》があった。

一人の神官は随分と若いが、ドーマ様よりも凝った刺繍の神官服を着ている。前回お会いしたカダール副神官長と同じくらいの金糸の刺繍――これからのイベント（？）の責任者だろうか？　金眼で紫の長い髪を背中で結わえて超然とした雰囲気で、生粋の神官といった感じだ。魔法のレベルも高い。少なくともマスターだ。

「ドーマ様、ここは？」

「水鏡の間じゃ。高レベルの水魔法師の魔法によって遠方の様子を見ることができる。他言無用……お館《やかた》様以外には秘密じゃよ？　今回は大神官様のご厚意で、入室を許された」

ここにいながら各地の様子を知ることができるということ？　私も〈水魔法〉レベルはそこそこなのだが、全く仕組みがわからない。独学ではたどり着けないものなのだろう。

ドーマ様が控えている神官に頷くと、一人の年配の神官が甕に近づき両手のひらを水面スレスレに広げ、複雑そうな魔法を繰り出した。この部屋の天井を映していた水面がゆらりと波打ち、青白く光る。すると、ワインレッドの壁の部屋と複数の人間が映し出された。

『へえ……これまた古い魔法がよく伝わっていたもんだ。さすが大神殿ってとこだな』

上空からエメルが呟《つぶや》く。甕の真上に陣取ったようだ。

「ああ、大神官様の指輪が見える。術師は大神官様の左横から、部屋全体を映しているようだねえ」

「もしや、水面に映っているのは王宮ですか？　大神官様自ら出向かれていらっしゃるの？」

「うむ」

だとしたら、水鏡には映っていないけれど、上座に座る大神官の右隣には国王陛下がいるはずだ。

水鏡に衛兵に挟まれた、モルガンの両親が現れた。

「ひっ！」

アーシェルがビクッと体を揺らすので、思わず肩を抱く。

両親が陛下に向かって跪《ひざまず》くと、久しぶりに見る背中が映し出された。アベル殿下だ。

「さてモルガン侯爵、単刀直入に聞く。なぜ、嫡子アーシェルの魔法適性を〈火魔法〉と偽って申告した？」

アベル殿下自ら問いただすようだ。学生ではなくなった殿下の声は聞いたことのない厳しさで、ピリピリとした緊張感が水鏡越しでも伝わってくる。

「恐れながら、私には身に覚えがありません！」

父が必死の形相で反論する。

「おや？　モルガン領の神官は既に懺悔《ざんげ》をしているんだけどねえ。〈火魔法〉と偽ることで、多額の報酬と、高位の神官になる口利きを約束してもらったから嘘《うそ》の届出を書いた、と」

「知らん！　殿下、本当に知らんのです。何かの間違いだ！」

「ふふ、侯爵は大神殿の厳正なる結論に異議を申されるか？」

大神官の声だ。今更だがここまでクリアに声まで届けるこの魔法、素晴らしい。

「い、いえ、大神殿に楯突《たてつ》く気など毛頭ない。その神官がデタラメを言っているのだ。あの、モルガン領の神官は平民あがりだった。侯爵である私とどちらが正しいか、皆わかるはずだ」

「ええ、わかります。うちの神官の懺悔が正しいと。何しろ……自白剤を使ったからねえ」

画面に映る、全ての人々の目が大きく見開かれた。

私がアーシェルに自白剤を使った話をすると、大神官に譲ってほしいと頼まれた。侯爵家を相手にするのだから、慎重であらねばならぬと。祖父に相談の上、予備込みで二本お渡しした。

「……欲に目が眩《くら》んだと言っておった。二度ともな。そして、言うとおりにしたのに大神殿に戻れなかったと腹を立てておった。愚かなことよ。モルガン侯爵に神官の出世の口利きが出来るとは……ふふ、知りませんでした」

「つ、作り話だ！　そいつをここに連れてこい！　これまでの恩も忘れおって」

「残念ながら、呼びたくとも呼べませんなあ。彼はもう、彼岸に行きましたゆえ」

「な……」

父が絶句する。

「当然でしょう？　民を導く神官が道を誤るなどあってはならぬこと。神殿は独立組織。ゆえに規律はどの国よりも厳しい。ただの平民である彼はきちんと自分で責任を取りましたよ」

罪をなすりつける相手がいなくなり、茫然《ぼうぜん》とする父に、アベル殿下が追い討ちをかける。

「神官の証言には『二度偽装した』とある。つまり、姉であるクロエ嬢の時も作為的だったということだね。あの時は目をつむったが……二度も見逃すわけがないだろう？」

「し、しかし！」

「侯爵はどうにも神官だけの責任にしたいようだ。アベル殿下、組織を守るものとして私は自白剤を飲みましょう。侯爵と共に。それでどちらが潔白かわかるというもの」

大神官は私の自白剤を一本温存していたようだ。

「自白剤だと⁉　なぜそんなもの、侯爵たる私が飲まねばならぬ！」

父の声が見苦しくも裏返る。すると、

「もう良い。大神官よ、希少な自白剤など使うまでもない。侯爵、残念だ」

ずっと昔に聞いたのと同じ、陛下の声が響いた。

アベル殿下が振り向いて陛下に頷《うなず》く。数カ月ぶりに見た殿下は、もう為政者の顔になっていた。

彼は陛下のかたわらに戻って言い渡した。

「モルガン侯爵夫妻にバッガード島への終生の収監を言い渡す。領地やその他の件は王家及び閣僚にて時間をかけて取り決める」

すると、それまでずっと床を見ていた母が、錯乱したように泣き叫びだした。

「私は知らない！　知らないのです。陛下、私は関係ありませんっ！」

「関係ない、と言うことが罪ぞ。侯爵夫人」

冷たい声が響き、近衛兵《このえへい》が動いた。陛下が退出しているのだろう。

「陛下！　お、お待ちくださいい！」

父が立ち上がり、追い縋《すが》ろうとするのを両脇の衛兵が取り押さえた。

「モルガン、私はもう後がないことを伝えておいたはずだ。もはや何一つ温情はない。王家を謀《たばか》った罪、謀りおおせると侮った罪、そしてクロエと弟を苦しめた罪、一生悔いて過ごすがいい」

アベル殿下が手の甲を向こうに払うと、衛兵は両親をズルズルと引きずって退出した。

そして、水鏡は波立ち通信は途絶え、ここの天井のカラフルなステンドグラスが映った。

私とアーシェルは膝《ひざ》の力が抜けてしゃがみ込んだ。とうとう……両親に鉄槌《てっつい》が下された。

「父上も母上も……僕のことなど一言も話さなかった……」

アーシェルが小声で呟いた。

後から聞くと、バッガード島とは船で二日かかる西の海に浮かぶ孤島で、島自体が監獄。一度足を踏み入れれば、二度と本土を踏むことはない、という場所らしい。

これで本当に両親との縁が切れた。二度と彼らに傷つけられることはない。この日を……一度目の人生を思い出した日からずっと願っていた。それなのに――。

隣で、声もなくハラハラと涙を流す弟がいる。胸に込み上げるのは虚《むな》しさだけだった。

モルガン侯爵家は伯爵家に爵位を落とし、領地替えのうえ、アーシェルが当主となった。弱冠十三歳のアーシェルが担えるわけもなく、王家の推薦する人間が領地に入り、実権を握った。

ローゼンバルクと書簡を何度もやりとりし、ドーマ様とも相談してアーシェルと共にしばらく神殿に残る覚悟を決めた頃、祖父がローゼンバルクから王都にやってきた。

「おじい様、何もかもご面倒を……」

思わず声が震える。

「クロエ、何度も言わせるな。アーシェルは孫。モルガンの血筋に保護者がおらんのじゃ。わしが動くことこそ常識ぞ。それにわしも後悔しておる。結局エリーの子育てを失敗したのはわしじゃ。一族から罪人を出してしまった。あの世でダリアが泣いておろう……」

私はただ甘えたくなって、祖父に抱きついて、少し泣いた。

「クロエ……本当に人生とはこの年になっても……ままならぬものだな……」

人払いした二人きりの書斎。弱音を吐いても誰も咎《とが》めない。

祖父もただ私を膝に抱き上げ、無言でお互いに背中をさすり合い、慰め合った。


翌日、祖父と大神官のトップ対談が行われた。私とドーマ様（とエメル）も同席した。

「ふむ。クロエとアーシェルの生活費は辺境伯が持つと……。神殿にとって子ども二人を養うことくらい、大したことではないのですよ」

大神官が穏やかに言う。実際そうなのだろう。

「信仰を誓ったわけでもない孫を二人預けるのじゃ。当然のことよ」

「そしてクロエの期限を次に登校する二カ月後で切り、アーシェルはその時点の状態を見て対応を考えると。心配なさらずとも、きちんとクロエは辺境伯の下にお返ししますよ」

「貴殿はそう思っておっても、末端はどうかわからん。神殿は人間が多すぎる。念のためミラーを護衛としてつける。ゆえに三人の世話を頼む」

大神殿が百パーセント安全とは言い切れない、と取れる発言に、大神官の表情が一瞬固まった。

「……それで、アーシェルはどうなさる？」

「あれは……傷が深い。そして母親から散々わしの悪口を聞かされて育ち、わしには不信感しか持っておらん。何一つ動いてやらなかったことも事実。もはやわしにはどうしてやることが最善かわからん。本心から神に……縋《すが》るしかないと思っておる。特段課題などない。ただアーシェルの心が少しでも安らかになるように」

祖父はそう言うと、軍人らしく背筋を真《ま》っ直《す》ぐにして、大神官に頭を下げた。

大神官は随分遅れて、ふむ、と一言発した。

「二人には見習い神官ということで、その勤めを頼みましょう。空き時間は神殿でしか学べぬことを学ぶといい。できるだけクロエたちの要望を叶《かな》えるよう、丁寧に通達しておきますよ」

「大神官様、ありがとうございます」

双方の話が決着し私たちが大神殿に入ったのを見届けて、祖父とドーマ様は領地に戻った。

第二章　大神殿にて

大神殿での生活を始めて数日経《た》った。真っ白な見習いの神官服を着て、アーシェルとミラーと共に朝の祈祷《きとう》のために部屋を出る。大聖堂では三人で一番後ろに跪き、神官の朝の勤めの祝詞を頭《こうべ》を垂れて聞き、祈る。アーシェルが心穏やかに過ごせますように、と。

エメルはその様子を『つまらない』と言って、初日以降はフラフラと周辺を探索している。

その後はゾロゾロと人波に乗って食事に向かう。席に着いてもアーシェルは何も口にしない。

「アーシェル、感謝して食べるのも神殿のお勤めなんですって。食べよう？」

さりげなく声をかけると、静かにスプーンを手に取り、汁をすする。

そう簡単にアーシェルの心は解けない。心の中でため息をつきながら、パンを口に運ぶ。

ふっとテーブルに影がさした。頭を上げると、珍しい紫色の髪の男性が立っていた。どこかで見たと思ったら、水鏡の間にいた紫の君だ。今日は装飾のない簡素な神官服のせいか……思った以上に年若いことがわかった。まだ少年と言っていい年齢だ。

「クロエ様、おはようございます」

「……おはようございます」

私のことはご存じのようだ。私たちの滞在理由や辺境伯の縁者であることは、身を護《まも》るために隠していないけれど……。私の警戒心を察知したのか、エメルがフワリと肩に戻ってきた。

「あ……もしや私のことをご存じないですか？」

そう言って首を傾《かし》げる紫の君に、私は申し訳なく思いながら頷いてみせた。

「先日、ご一緒したことはわかっておりますが……」

前回関《かか》わった人間ではない。そして避妊薬の件で訪れた時も、神官に子どもはいなかった。

「そうですか。私はリドと申します。祖父よりクロエ様とアーシェル様がこの神殿にてつつがなく過ごせるようお手伝いを言いつかっております。どうぞよろしく」

完全に知っておくべき人間だった。固まる私の代わりにミラーが質問する。

「失礼ですが、祖父というのは？」

「祖父は大神官を務めております」

「大神官様の……お孫様……」

超重要人物の登場……不意打ちだ。そういえば、目元が大神官に似ているかもしれない？

『神殿の次期後継者を出してきたか。リチャードが出張ったからな……そーなるか……』

私が立ち上がって頭を下げようとすると、手を前に出して止められる。

「おやめください。私はクロエ先輩のように民を救った功績などない若輩者です。どうぞお気軽にリドとお呼びください」

「先輩？」

「私はリールド高等学校に今年入学しました」

「まあ……私、あまり登校しておりませんので、存じ上げず申し訳ありません」

「いえいえ。でもクロエ先輩が羨《うらや》ましい。私もあのような学校、行きたくはないのです。神殿で神学を学んでいたほうがよほどためになる。しかしそうもいかず」

リド様はきっと神殿の顔だ。彼が学校に行かないと神殿関係者は全員倣うだろう。

「祖父から、私が付き添いをする限り行動は自由と言われています。ただ私はあの退屈な学校に日中は行っておりますので、夕方や休日にお相手いたします。それ以外は図書室や、畑、庭などでお過ごしいただければと思っています。食後によろしければ打ち合わせをしませんか？」

「はい。よろしくお願いします」


滅多に下々の前に姿を現さない大神官だけでなく、リド様というわかりやすい後ろ盾ができて、神殿での生活は特に縛られないものになった。

私たちの日課は、朝の祈祷、朝食、奉仕作業、昼食、勉強、夕べの祈祷、夕食、入浴、就寝。

その中の私の奉仕作業は、庭の手入れと製薬だ。神殿からかなりの便宜を受けたから、少しは貢献しなければ。神殿に寄進する薬の種類と量は祖父と話し合って決めた。既に市場に流通していて、比較的安価なものを……それすら買えない貧しい人のために。それと避妊薬だ。

その時間、アーシェルは〈風魔法〉を適性に持つ神官に教わっている。実は最初の指導役はアーシェルよりもレベルが下で、拙《つたな》い魔法にアーシェルがイライラしたのか口出しを始めた。

やがてその神官の彼を逆に少し教えたり、感謝されたり励まされたり。そして今、レベル85の神殿で一番の〈風魔法〉使い神官を引っ張り出して、新しい技を学び始めた。

「アーシェル様、術が完成した時はとてもいい顔をしているよ？」

ミラーの報告に頷く。偽らず欲するままに適性魔法を使えて、適性だからこそグングン伸びていくのは快感だろう。〈火魔法〉では全くその喜びを味わえなかっただろうし。

『全て計算ずくなんだろうね。神殿のこの指導術？　あっぱれだ』

「神殿もある意味教育機関だものね。どうあれアーシェルの瞳《ひとみ》に光が戻って……感謝しかないよ」

そして私は常に彼の視界から消えないように努めている。私は二度と、弟を置きざりにしない。

「アーシェルー！　畑にひんやり温度の風を流して〜！」

アーシェルが無言で左手を払うように動かす。夏の昼間に爽《さわ》やかな風が通る。

「ありがとーアーシェル！」

「少しずつ、生気が戻ったようだね」

「リド様」

リド様は思ったよりも頻繁に私たちの前に顔を出す。同じ年頃の人間がいなくて寂しかったというのはまんざらウソでもないのだろう。私にもアーシェルにもすっかり砕けた言葉を使うようになった。私たちは神殿にお世話になっている身、呼び捨てされても構わない。

「アーシェルの境遇に同情はすれど、衣食住は十分に足りていたし友人もいたようだ。大神殿の養育院の子どもたちよりも不遇だったとは思えない」

「衣食住が足りていても、両親揃《そろ》っていても、肝心なものが与えられなければ不幸でしょう？　リド様、私の親は毒なのです。アーシェルは私たちよりも年下、大目に見てあげてください」

リド様は私の一つ下。ちょうど私とアーシェルの間だ。

「でも、クロエはそこから己の力で脱出したんでしょ？」

「……私は運良く師に巡り合い、そこそこの力を手に入れたからです」

私には前回の記憶があり、マリアとトムじいとルルがいた。控えめな愛があった。

「わかったよ、クロエ先輩。今日はポッカリ時間が空いたから神域にご案内しますよ。私としてはあそこにしか自生していない小さな紫色の花を咲かせる植物がなんなのか教えてほしい」

神域の植物？　興味が湧《わ》かないはずがない。でも……。

「あまり秘密を私に晒《さら》してほしくないのですが……」

私は部外者。もしその神域で何か問題が発生すれば、真っ先に疑われる。

「さすがのクロエも神域に一人では入れないから、大丈夫だよ」

そこまで自信を持って言うほどにガードが固いのならば、まあ安心だろうか？

「アーシェルー、リド様と神域に行って、草を見てくるわー！」

アーシェルがチラリと私を見て小さく頷《うなず》いた。ミラーが私を心配そうに見ているが、私が視線を斜め上に上げてエメルがいることを伝えると、ホッとした表情で頭を下げた。

「臣下と以心伝心なんて、ローゼンバルクはカッコいいね。今のはどういう意味？」

リド様が無邪気を装い尋ねてくる。

「リド様は私をまだ品定め中だから、問題ないと」

「はははっ！　違いない」

大神殿の奥にある観音開きの扉の前に立つと、リド様はニッコリ笑って私と手を繋《つな》いだ。私の体をかつて感じたことのある、温《ぬく》もりある柔らかなものが包み込む。

そして鍵《かぎ》も何もかかっていないただの木の扉を、リド様が押し開けて奥に進んだ。

そこには神域と思われる深い森が広がっていた。草の濃い匂《にお》いがツンと鼻につく。

リド様が繋いだ手をゆっくり持ち上げて、私の手の甲にキスをして、そっと手を離した。

「ええと……どういうことですか？」

「ここは一定レベル以上の〈光魔法〉を持っていないと入れない、目に見えない障壁がある。だからどんなに強いクロエでも、ここに一人では立ち入れないよ」

驚いて周りを見渡せど、さっぱりわからなかった。そして慌ててエメルを探すと、既に頭上で興味深そうに飛び回っている。光の障壁がエメルを傷つけなかったことにホッとする。

「つまり、かなり高位の神官しか入れないのですね」

「そうだね。ドーマがギリギリくらいじゃないかな。〈光魔法〉マスターは最低条件だよ」

神官をざっくり説明すると、見習い、下級神官、上級神官、特級神官だ。その中にも細かい階級がある。ドーマ様は出会った頃は下級で今は上級神官の中ほどだ。

そして、目の前のリド様はなんと特級だ。特級は大神官を筆頭に現世で十人と決まっている。この若さで第九位だそうだ。

「リド様、マスターなのですか？　すごいですね！」

「〈草魔法〉ＭＡＸの人に言われてもね……アーシェルも〈風〉はマスターに到達したようだし、アベル殿下も……〈光魔法〉ＭＡＸだろう？」

『よく知ってるな。この小僧』

「……リド様ならばすぐにＭＡＸになれましょう」

だって、神殿には〈光魔法〉の教師も教本も山ほどあるはずだ。手探りのアベル殿下とは違う。

「ふーん、アベル殿下には手助けしたのに、私にはしてくれないんだ？」

リド様が下唇を突き出して拗《す》ねてみせる。その姿は年相応だ。

「アベル殿下に伝えたことでよければお教えしますが、きっと神殿においては目新しいものではないでしょう。それに、高レベルになればなるほど……結局本人の努力以外ありません」

「正論だね。でも一応ローゼンバルクの秘伝の書、私にも見せて？」

秘伝の書はエメルの記憶だ。エメルをチラリと見ると、リド様をじっくり眺めた後に頷いた。

「それで、今回の滞在の対価になるのならば」

「余るほどの価値だよ。ありがとうクロエ。では神域を紹介しよう」

神域の森はどこまでも清浄で原始のままだった。一気に機嫌がよくなったリド様が指さす。

「クロエ、これが私の言ってた花だよ」

紫色の、丸いボンボンのような小さな花が地面近くに咲いている。

「わあ……これは……紫恋草《しれんそう》ですね。初めて見ました。可愛いですね」

脳内のトムじいの知識が、私に囁《ささや》く。

「シレン草？　初めて聞いた。どんな薬効があるの？」

「薬効はありません。神話があるだけです。乙女が神に恋をします。でも乙女には寿命がある。不憫《ふびん》に思った神が乙女をこの花に変えて、そばで自分を彩ることを許した……というお話です」

「それ随分と傲慢《ごうまん》だね。神も人も。その神話はジーノ神のものではないよ、きっと。この花、お気に入りだったのにな。まあ愛だの恋だのにうつつを抜かす神経も、そもそもわからないけど」

「リド様、教義で愛を説く立場なのにそんなこと言って……」

思わず呆《あき》れたふうに言ってしまった。

「神への愛は別だよ。クロエだって婚約者はいないだろう？　そうそう、学校でクロエはアベル殿下といい雰囲気だったという噂《うわさ》を聞いたよ。神殿とこうしてすっかり仲良しのクロエがアベル殿下と結婚してくれれば、いろいろと丸く収まると思ってるんだけど？」

「そんな噂が？　ひょっとして、私を使って王家と神殿を関係強化しようとでも思ってますか？」

「うん。別に恋愛を求めてないならばいいじゃない？　アベル殿下とはレベルＭＡＸ同士だ。クロエよりも強い人、という結婚条件にギリギリ届くでしょ？」

あけすけなリド様の言葉に苦笑する。特級神官に気安く話せる同世代などいなくて、部外者の私に白羽の矢がたったのかもしれない。それとも、相手の口を軽くする技なのか？

「言っておきますが、私だって将来的な恋愛を諦《あきら》めたわけではありませんから。ただ、現在の私の愛と執着は、ローゼンバルクに全《すべ》て注がれています。離れる選択などないのです」

「やっぱり。あーあ。結局私が結婚するしかないんだよねー」

「結婚？　リド様が？　誰と？　……ああ、聞いてはいけないことでしたらおっしゃらないで？」

「クロエは口が固いから構わない。エリザベス王女だよ」

「……エリザベス……王女殿下……」

パチリ、パチリと、空白だったパズルが埋まっていく。ああ、いよいよ彼女も登場するのか。

エリザベス王女は、アベル殿下、ドミニク殿下に続く国王夫妻の第三子。ただ一人の王女だ。王妃殿下の美貌《びぼう》をそっくり受け継ぎ、前回は王族ゆえの尊大さと、愛されるもの特有の傲慢なオーラを纏《まと》う、近寄りがたい存在だった。

ガブリエラのように直接的な虐《いじ》めなどしなかったが、勝手に周囲が王女を慮《おもんぱか》って動き、私を排除しようとした。なぜなら彼女が私を見る目は蔑《さげす》みに満ちていたから。

『全く……本気で〈草魔法〉の人間を王家に入れるつもりなの？　ゾッとするわ』

おそらく私は同じ人間ではなく、虫や石ころと同等と思われていた。それゆえ話しかけられることなどなく、独り言として呟《つぶや》かれるだけだった。

王女は私の二つ年下でアーシェルと同い年。来年、彼女も学校にやってくる――。

『クロエ！　しっかりしろ！』

一気に一度目の記憶が押し寄せ、めまいがしたところでエメルが声をかけてくれた。そっとマジックルームから気付けのハーブを取り出して、指でギュギュッと揉《も》み込み鼻先に当てる。ツンッと痺《しび》れるような刺激が鼻と喉《のど》に突き刺さり、なんとか正気を保つ。

「ええと、神官の女性とアベル殿下の結婚が決まっているのでしょう？　なのにリド様まで？」

「神官の娘では立場が釣り合わず、神殿が下に位置することになる。で、結果私の出番だ。私と王女の婚約が整えば、アベル殿下の話はなくなるかもね」

「なるほど……」

「なるほどじゃないよ。同情してよ。エリザベス王女なんて勘弁してほしい」

リド様は美しい鼻にクシュっと皺《しわ》を寄せた。どうやら乗り気ではないようだ。

「王女様……とても美しいとお聞きしましたが？」

「腐っても神職にある私が顔立ちなんて気にすると思う？　王女はなかなかの人物だよ。王妃よりもよほど頭が回る。神殿を引っ掻《ひか》き回すだろうね。うんざりだ」

「やがて大神官となるリド様の奥様ならば、賢い方のほうがいいのでは？」

リド様が大神官になるのは暗黙の決定事項。遠回しに言うほどでもないだろう。

「賢いだけならばいいが、王女の言葉には全て裏がある。まあ人のことは言えない。同族嫌悪だ」

それはお似合いかもしれない。とりあえず、学校ではこれまで以上に注意して――ダイアナにも伝えなくちゃ――王女が神殿に入ったら、神殿に近づかないようにしよう。

「リド様、そこのコリナ草は疲れが取れる薬ができます。準備がなければ直接かじってもいいものです。とりあえず、薬の製法、神殿の薬師様に伝えておきますね」

「そうなの？　……うわっ！　マズイ。でも良薬口に苦しなんだよね。クロエ、君は思った以上にさっぱりしてて付き合いやすい」

「リド様とは利害関係がありませんもの」

私がそう言うと、リド様は愉快そうに笑った。

『コリナ草、気軽に教えていいのか？』

「現状ここにしか生えていない草だもの。神殿が扱えばいいわよ。……あ」

『どうしたクロエ？』

「ゼロの草だわ……こんなところに……」

『なんの草だ、クロエ』

「……痛み止め」

『……それだけではないだろ？』

「……毒も作れるわ。海藻のピラミの毒とほぼ同じ」

ゼロの草からは、レベルの低い草魔法師は鎮痛剤しか作れないが、ＭＡＸレベルの草魔法師が材料を揃え精製をすれば、スプーン一杯で死に至る毒が生み出される。しかしエメルにも言ったように、劇薬というほどでもなく、同じ程度の致死率の毒は他にもある。

ただ、私が、一度目の人生で唯一、体に慣らしていない、自殺用の毒薬の原料、なのだ。

「ん？　何かあった？」

「リド様、この草で痛み止めを作っても構いませんか？」

「それもうちの神官の前で作ってね」

「はい」

私は衝動的に多めに摘み、そっとマジックルームに忍ばせた。

『……まあいいや。オレも覚えておこう。それよりもちょっとここ、気になる。オレは少し奥まで探索してくるよ。クロエは先に戻っててていいからね』

エメルは私の返事も聞かずに森の奥に飛んでいった。その方角をぼんやり眺めていると、

「そろそろ時間だ。送るよ」

私はリド様の後をついて神域の入口に戻った。リド様は私の手を握り、扉の結界を通過すると、

「私は今一度戻るんだ。奥の祭壇に祈りを捧《ささ》げないといけなくてね。ではクロエ、また誘うね」

ヒラヒラと手を振るリド様に私は頭を下げた。パタンと扉の閉まる音で体を起こす。

「神域で祈祷《きとう》ね……」

敢《あ》えて神殿ではなく神域での祈祷、何を祀《まつ》っているのだろう。リド様とエメルのいる扉の向こうをじっと見つめた。

◇　◇　◇

今日はアーシェルに〈風魔法〉を教えてくれているカリーノ神官の誘いで、馬で半刻《はんとき》ほどの農村に来た。神官のいない小さな村への巡回だ。

カリーノ神官は中年女性の上級神官で、あまり表情を崩さない、自他共に厳しい方だ。

彼女が神殿を清めて村人たちを前に祈りを捧げる。私たちは助手としてそれを手伝い、その後、神殿の裏手に連れていかれた。

頭上に大きなプロペラが現れた。私とアーシェルとミラーはポカンと口を開けて仰ぎ見る。

「カリーノ神官、ここは？」

「風車小屋です。年に数度、私はこちらの風車を回し、臼《うす》をひいて麦やらなんやら粉にする手伝いをしています。ほら、村人たちがもう並んでいますよ？　アーシェル、二分間で一回転をめどに回しなさい。制御の訓練です。クロエは村人たちを取り仕切ってください」

カリーノ神官は私の手のひらに鍵をポタリと落とすと、村長と一緒にスタスタと去っていった。

「ええっと……」

私がいきなり任されて戸惑っていると、

「あの先生、いつもあんな調子なんだ。はあ……」

アーシェルは風車を眺め、適所を見極め右手を突き出した。周囲に爽《さわ》やかな風が巻き起こり、ギギギッと風車が音を立てて動き出す。ゆっくりゆっくり回転速度が上がる。

アーシェルが小難しい顔をしている。案外敵をぶっ飛ばすよりも繊細な作業なのかもしれない。

そんなことよりも、アーシェルが現場に順応し私に説明し、自ら動いている。ドキドキと胸を高鳴らせていると、風車小屋の中から重い音が聞こえてきた。中の臼も動き出したようだ。

「クロエ様、ここは私が。村人の行列が伸びていますす」

「そ、そうね。ぼーっとしてゴメン。ミラー、よろしく」

アーシェルのことはミラーに任せて、私は小屋に走り鍵を開け、順番に作物を受け取った。

長い行列の尻尾《しっぽ》が見えてきた頃、カリーノ神官――私も親しみを込めて先生と呼ばせてもらおう

――が小屋に戻ってきて、床に散った粉を掬《すく》い、親指と人差し指で粒の感触を確かめている。

「粉の大きさにムラがある。力が均等でないということ。アーシェルもまだまだねえ」

「先生、風車で粉を挽《ひ》かなくても、魔法で粉砕すれば良いような気がするのですが」

どの魔法であれ、物質を粉々にする技はある。

「クロエ、村人たちが理解できる仕組みであることが肝心なのです。たまに神殿への信仰を保つためにこうして手伝いますが、普段は風が吹くのを合図に村人たちは交代で使っている。生活は継続していくのだから、気まぐれにやってきた外の人間が、その時だけ解決しても意味がない」

話しているうちに人がいなくなった。私は先生と軽く掃除をして、小屋を出て鍵《かぎ》をかけた。

「クロエ、見てごらん」

視線の先には村人に囲まれて、口々にお礼を言われ、顔を真っ赤にしているアーシェルがいた。

「このような積み重ねが、今のアーシェルには必要だ」

自然界の風よりも少し強い風をコントロールする力、その程度なら〈風魔法〉を知らない民も理解できて怯《おび》えない。過剰な期待を抱くこともなく、屈託なくありがとうと言うことができる。

この匙《さじ》加減《かげん》が神殿の技なのかもしれない。ゆるく民を助け、アーシェルの心を癒《いや》している。

そばに行くと、アーシェルは汗だくだった。ずっと炎天下で風を飛ばしていたのだ。

「アーシェル、お疲れ様。もう全員分挽き終わったわ」

「……そう」

アーシェルは両手を下ろすと、ふうとしゃがみこんだ。

「しんかんさまー！」
五、六歳の女の子がアーシェルにかけ寄り、水が注《つ》がれたコップを差し出す。
「……ありがとう」

アーシェルはうやうやしく受け取って、一気に飲み干した。

「つめたくておいしいでしょう？　いま、いどからくんだばっかりだもーん！」

「……そうだね」

アーシェルがおずおずとコップを女の子に返すと、彼女は飛び跳ねながら、親元に向かった。

「〈風魔法〉なんて、戦闘でしか役に立たないと思ってた……平時に成果の出せる、〈草魔法〉が羨《うらや》ましかった」

アーシェルがポツリとこぼす。〈風魔法〉は四大魔法と世間に尊ばれているのに……など、言いたいことはあったけれど、せっかくアーシェルが話す気になったのだ。私は否定しなかった。

「薬作りは、成果がわかりやすいものね」

「〈風魔法〉でも、工夫次第で日常でも役に立つんだね」

「その工夫が難しいのよ。私だって、一つの薬を作り出すのに、百はデータを集めているわ」

「……知ってる。毎日見てるから。すごく複雑に魔力を練っているところも」

「クロエ様、アーシェル様。馬の準備ができましたー！」

ミラーに声をかけられた。私は勇気を出して、弟を誘う。

「アーシェル、大神殿の厩舎《きゅうしゃ》まで競走しよう？」

「……ずっとここに立ちっぱなしで疲れてるんだけど」

「あ、自信がないなら、ハンデをあげるわよ？」

「……いらない」

「じゃあ、よーい、ドン！」

「ちょっと！　ずるい！」

私はアーシェルの声を背中に受けながら馬に飛び乗り、走り出した。

◇◇◇

少しずつ日が暮れるのが早くなる。毎日同じ時間に同じ祈りを捧げているから、それが顕著にわかる。神殿生活の一応の区切りとした、私の学校に戻るタイミングが間近に迫ってきた。

今後の身の振り方をそろそろ検討すべきだろうと、夕食後、私の部屋にアーシェルとミラーを呼び出した。エメルは最近神域に入り込んでいることが多く、ここにはいない。

「僕は……神殿に残ろうと思う」

「え？　私はどうしても二週間は神殿を離れるわ。アーシェル一人になるのよ？　それに私たちは正式に入信してるわけではない。もう少し休ませてもらいたいのなら、改めて相談しないと」

「ならば……入信するよ」

思いがけない発言に絶句する。

「ちょ、ちょっと待って、そんな簡単なことじゃないよ。神に仕えるということは、己を滅し、神に全《すべ》てを捧げるのよ。今、手にしているものを何もかも捨てるのよ？」

アーシェルはまぶたを伏せてフッと笑った。

「かつて全て捨てたあなたがそれを言うの？　僕ももう捨てた。手の中はとっくに空っぽだ」

「……モルガン伯爵家は？　モルガンにいたからこそ、得ていた恩恵もあったのよ？」

「誰か遠縁の人が継げばいいんじゃない。恩恵なんかあったのかな？　ちっとも幸せじゃなかった」

それは……わかる。でも、

「アーシェル、申し訳ないけれど、たったこの二カ月あまりであなたの心に熱烈な信仰が生まれたとは信じられない。ここでの穏やかな生活が気に入ったからってだけでは、私は背中を押せない。本当の神官見習いになったら、きっととても厳しい修行があるわ」

「……カリーノ先生に聞いたよ」

「一度入信したら俗世には戻れないのよ。何か一つでも納得のいく理由がないと賛同できない」

「賛同なんていらない。あなたも六歳で全て決めたはずだ」

「あの時私は一人だった。でも、今アーシェルはおじい様の庇護《ひご》の下にいるの。ここで生活できるのも、特別待遇なのに表だったやっかみを受けないのも、辺境伯の力があればこそなの」

「やっかみ？　そうなの？　みんな神に仕えているのに？」

神殿は清らかな場所なのだろうけれど、大勢の人間が集まる場所に諍《いさか》いがないわけがない。何の後ろ盾もなくひとりぼっちで出家したら、あっという間に餌食《えじき》になるだろう。

どうしたものか……と頭を抱えていると、

「クロエ様、お一人で悩んじゃダメだよ？」

ミラーに肩をポンポンと叩《たた》かれる。それに促され頷《うなず》いて、祖父にタンポポを飛ばした。


祖父から手紙が来て、私の学校に合わせて一度全員王都のローゼンバルク邸に戻るように指示された。アーシェルの希望をはねつけるわけではない、きちんと意思を確認し、もし入信ならば然《しか》るべき準備をするためだ、と書いてあり、アーシェルもすんなり了承した。

私は神殿に戻るつもりはないので、ミラーと二人でやり残しがないように荷物を纏《まと》めたり庭を整えたりしていると、エメルがいつになく真剣な顔をして飛んできた。

『クロエ、神域に付き合ってほしい』

エメルの様子を見るに、最優先だ。私はお暇《いとま》するので神域の草で製薬して奉納したいと、神域への立ち入り許可を申請した。すると早速午後に許可が下りた。

リド様は学校だということで、祖父と同じ世代の上級神官が付き添ってくれた。

「ほお？」

「神官様、どうされました？」

「私はここに立ち入るのは久しぶりなのですが、そうですね、少々森がざわついております」

間違いなくエメルがいるからだろう。神域にエメルは歓迎されているのか？　それとも……。

神官は中ほどのベンチに腰掛け、胸元から小さな本と水筒を取り出した。

「次のお勤めまで三時間あまりです。私の目の届かぬところには行かないように」

私が返事をして大人しく頭を下げると、彼は本を読み出した。しばらく足元の草を摘んで顔を上げると、神官はお行儀よく座ったまま熟睡していた。上空のエメルを見上げる。

『水筒に睡眠薬の材料のケダ草の絞り汁を入れた』

「ええ？　薄めもしなかったの？　エメル、荒っぽいよ」

『無害に調整した。時間がない。行くぞ！』

エメルは小さいままに両手を私の脇に通し持ち上げ、低空を飛んだ。

「エ、エメルっ！」

私は恐ろしさに顔を引きつらせ、足をぶらぶらさせながら高速移動した。神域はこんなに広かったのか？　というほど深くに入り込んだ。

やがてすっとひらけた野原に出た。石が庭石のように点々と丸く敷かれ、頭上には何やら意味がありそうに木材が組んであり、神殿文字の書かれた紙が等間隔に垂れ下がっている。

その中央には真ん中が窪《くぼ》んだ石の台。その窪みの上には――懐かしの卵があった。

「エメル……これは……」

思いもよらぬ、二度目の出会いに驚愕《きょうがく》する。

『同胞だな』

迂闊《うかつ》に触ることはできない。私の魔力を吸われてしまうから。そっと近づき顔を寄せる。白く、弱々しい光を放っていること以外、何もわからない。

「……生きてるの？」

『ギリギリね。……見てよ。孵化《ふか》できなかった時の、オレだ』

エメルが首を傾けた方向に視線をやると、薄汚れ石化した卵や、割れた殻が転がっていた。

私は思わずジャンプしてエメルを捕まえて、しっかり抱きしめる。

「……母ドラゴン様は？　この卵の親もガイア様なの？」

『ガイアの子はオレだけだ。こいつは別の親だろうが気配はない。とっくに死んだのだろう』

「なんで……親がいないのに、この卵は生きているの？」

『大神殿には何か秘密の方法でもあるんだろう。ただ、何とか卵を生かすことができても、孵化させることにはことごとく失敗し、これが最後の命のようだ。圧倒的に魔力が足りていない』

「でも、ここは大神殿、立派な神官がたくさんいるわ。何人か寄れば……」

『クロエ、数が多ければいいってもんじゃないよ。そう簡単に色の違う魔力を融合させることなどできない。〈魔親〉になれるのはせいぜい三人が限界だ』

「エメルの〈魔親〉は私とお兄様二人で何とかなったじゃない。三人もいれば余裕では？」

『このへんの神官三人合わせても、ジュードの魔力量の半分だろう。そしてクロエはジュードの三倍の魔力量だ。そして薬のおかげでオレの〈魔親〉は回復も早い』

「そうなの？」

『昔はドラゴンに魔力を与えられるボリュームを持つ人間がチラホラいた。しかし今ではすっかり魔法使いのレベルが下がり、希望を失っていたガイアの下へクロエが現れて、必死に捕まえたんだ』

「つまりエメル、私にこの卵の〈魔親〉になってほしいってこと?」

『いや、この卵は神殿で管理されている。横取りしたらタダでは済まないよ』

確かにドラゴンの卵なんて……宝そのものだ。

『それに……クロエはガイアが見つけてくれた、オレだけの〈魔親〉だ。誰とも……分かち合いたくない。ジュードもそうだ』

エメルはどこかバツの悪そうな様子でそう言った。私を他のドラゴンと分け合うのが嫌みたいだ。これまでずっと助け合って生きてきたから? 信頼の一つのようで、ちょっと嬉《うれ》しい。

『……だけど、見つけた以上、このまま腐っていくのを見つめ続けるのは……苦しい』

エメルが顔を歪《ゆが》め、泣きそうな表情を見せた。

「そうだね……この子の今の〈魔親〉って誰かわかる? 大神官様? そもそもこの台座に置いてる状態っていいの?」

『台座は神殿の孵化のルールじゃないのか? クロエのように抱いていると並の人間では魔力が涸《か》れるからね。大神官は〈魔親〉じゃない。年寄りを〈魔親〉にしても、人にとっては益がない。従わせる時間が短くなるだろ? 〈光魔法〉で魔力多めの若手となると……おそらくリドだな』

「リド様か……」

『オレは、クロエがリドの魔力量の底上げに付き合って、誕生させられないかと思ってる。そして神殿に恩を売ることで、〈魔親〉になったのちにふざけた命令をドラゴンに下さない確約が欲しい。オレたちにも心がある。とりあえず孵化させるのが第一だ。じゃないとこれも石になる』

時間がない。でもリド様にどうやって切り出したものやら……。

「ここに押し入った時点で、信頼関係が崩れそう。辻褄《つじつま》合わせにエメルの名前を出すしかないよ?」

『やむを得ない』

二人で、生きるか死ぬか瀬戸際の卵を、眉間《みけん》に皺《しわ》を寄せて眺める。

「ところでエメルが〈魔親〉にはなれないの? 私の魔力を一旦《いったん》エメルに渡してそれをエメルが」

『おかしなことを。ドラゴン同士なら〈魔親〉じゃなくて親だよ。それ以外にない。でも待てよ?

オレの魔力なら人間の魔力と違い馴染《なじ》むか。昔はそんなことも……』

エメルは私の腕から飛び出て、そっと卵に触れた。一瞬薄緑に卵が光った。

『ちょっとだけ魔力を流した。リドが草の気配に気がつかないくらい。これでオレの魔力がこいつの体の一部になって、オレの存在を刻んだ。おそらく本能的にオレに逆らえなくなったはずだ』

「ふーん。大好きだけど、怒るととっても怖いお兄ちゃんみたいな感じかな?」

私の兄のような。

『いや、どちらかというと……番《つがい》だな』

「は? 番って……いいの? 生まれる前からお互いに?」

番とはきっと結婚相手ということだ。思いもよらない展開に、目が丸くなる。

『無事生まれたならば構わない。結局オレが生まれてから今まで、一度も他のドラゴンに出会ったことがない。互いしかいないのであれば、番《つが》うのが必然だ。既に愛《いと》しいよ』

チチチッと小鳥が鳴き、木の枝を揺らして飛んだ。

『そろそろ時間だ。戻ろう』

「うん。あれもこれも全部、きちんと考えなきゃ……」

三日後、エメルが兄を草網に入れて戻ってきた。祖父は私と兄を一度に領外に出すのを渋ったけれど、兄が譲らなかったらしい。エメルが二人を守ると言って加勢して許された。

兄の来訪を受けて、神殿の借り部屋を引き払いローゼンバルク邸に戻る。そして、最善と思われる策をミラーも交え遅くまで話し合い、正式な暇の挨拶《あいさつ》の機会を大神殿に願い出た。

「クロエ。俺に全て任せてくれる？」

「もちろんです」

私に全てを与えてくれた最愛の兄を信じず、この世の何を信じて生きるというのだろう？


「これは……次期辺境伯殿ですか、はじめまして」

「大神官様、この度は妹、並びにアーシェルが大変お世話になりました」

兄が来ると知ったからか、大神殿の謁見の場にはリド様も同席された。次世代の国の重要人物同士、顔を知っておいて損はないというところだろう。

今日の兄は祖父の代理。カチッとしたスーツ姿で水色の髪をオールバックにして襟足で結び、表情ひとつ動かさないさまは少し恐ろしいほどだ。

「いやいや、クロエやアーシェルやミラーという若い世代がこの古い大神殿にやってきてくれて、爽《さわ》やかな風が通ったようでしたよ。ねえ、リド？」

「はい。せっかく同世代の方とお勤めができましたのに、お別れとは残念です。でも、クロエとはリールド王立学校で会えますね？　アーシェルとも来年から。今後とも仲良くしてください」

リド様が、無難な笑みを浮かべてそう言った。

「今回私がお伺いしましたのは、お礼が第一ではありましたが、後二つ目的がありまして」

「ほお、辺境伯に権限を与えられた次期殿直々に出向かれた、その目的とは？」

「一つは、ここにいるアーシェルがジーク神の下に入信したいと申しております。我々としては本人の意思を尊重したいと考えております」

大神官はおや？　という顔をして、アーシェルに向き直った。

アーシェルは緊張した面持ちながらも、真摯《しんし》に自分の思いを言葉にする。

「こ、こちらで過ごしたこの二カ月あまり、私はようやく呼吸ができて、心の不安が消えました。できるならばこれからも日々お勤めして、少しでも困っている人の役に立って生きていけたらいいと思っています。先生のように……〈風魔法〉で。そして先生に本当の師になってほしい……」

ああ……師弟関係を願うほど、カリーノ先生に心を寄せているのか。私はかつて、トムじいのスズランと絡み合っていた、手首の寂しいマーガレットを見下ろす。

「……領地はどうされる？」

「王家にお任せします。無責任なようですが、十三歳の私の手には余るのです」

「ふむ……辺境伯も次期殿もそれでいいと？」

「我らはモルガン領に興味はない。統治はローゼンバルクだけで手一杯です。手放すにあたって、アーシェルが生きていくことができるくらいの金子《きんす》をこれまでの褒賞として国に求め、神殿に入信が叶《かな》った暁にはその一部を寄進させていただくことになると思います」

兄がローゼンバルクは権力を広げるつもりがないことをきっぱりと宣言し、淀《よど》みなく答える。

「……全てアーシェルの裁量内で行うということだね？　なるほどなるほど」

「しかし入信には金銭の寄進以外にも神官の推薦や保証人も必要です。私が推薦人になるとしても、保証人はクリアできますか？　ローゼンバルクがいざという時の後ろ盾と考えても？」

リド様が確認してくる。やがて神殿を背負うものとして、担保が欲しいのだろう。

「アーシェルはローゼンバルク辺境伯の孫で、クロエの弟。辺境伯が保証人となり、私の代になってもいざという時は後ろ盾になるとお約束しましょう。ですが、そのような時は来ないでしょう。アーシェルは他と代え難い、神殿に貢献する力を持っておりますので」

「ほう？」

大神官が、ピクリと片方の眉《まゆ》を上げた。

「その件と関係する話になりますが……先ごろ、我がローゼンバルクのドラゴン様より、お告げがありました」

「ドラゴン様から……神託ですと？　はて……何やら恐ろしいですな……拝聴いたしましょう」

「神殿の卵は我が番、孵化させるべし、と」

大神官、リド様、付き人の皆様が、体をびしっと強張《こわば》らせ、わかりやすく絶句した。

「……次期殿……詳しくお伝えいただけますか？」

大神官が底冷えするような声でそう言った。兄はそんな大神官に動じることなく足を組んだ。

「単純な話です。我らのドラゴン様が珍しく姿を現され、『大神殿の神域にこのままでは孵化できない卵がある。あれは自分の番だから助けるように』と命じられました。ドラゴン様の命は我々にとって絶対。こちらに卵があることに疑いはなく、手を貸すことは確定事項です」

「……助ける……とは？」

「〈魔親〉であるリド神官の魔力が圧倒的に足りません。そこを補強するのが第一ですが、それでも明らかに足りない。ゆえに、後一人〈魔親〉を増やすようにと」

大神殿の秘密が暴かれたためか、兄の提案に驚いたからか、付き人も含めたこの場の大神殿関係者全員が緊迫した面持ちだ。

「〈魔親〉を二人……そんなこと……私と同等の〈光魔法〉の者……まさかアベル殿下……」

リド様が首を振りながら呟《つぶや》く。大神官も険しい顔をする。察するに、王族の力など借りたくないということだろう。

「〈光魔法〉にとらわれる必要はありません。ドラゴンは祖先から記憶や魔法を引き継いでいます。こちらの卵の親は神殿に身を寄せた光ドラゴンだったかもしれませんが、その前まではわからないでしょう？　光一系統の魔力にこだわるのは無意味です。ちなみに我らがドラゴン様は草色ですが、親は土ドラゴンでしたので、両魔法を同等に使いこなし、我らの土地に恵みをもたらします」

「……なんと……」

付き人の神官から、思わずと言った風に声が漏れた。

「ここでドラゴン様の提案です。アーシェルを〈魔親〉に加えるようにと。アーシェルの魔力量はこの神殿の中で群を抜いています。それはとっくにお気づきで、それもあって見習いとしての入信に協力的だったのかと思いますが？　そして若く、未来がある」

「ぼ、僕がドラゴン？　え？　どういうこと……」

会話に置いてけぼりであったのに、いきなり名前が飛び出したアーシェルが慌てる。そんな彼の横にミラーが跪《ひざまず》き、私たちの会話の邪魔にならぬように説明する。

「卵を孵化《ふか》させるにはそれしかないとおっしゃっていますが、いかがされますか？」

大神官が、強張っていた表情をふっと緩めた。

「……断ることなどできるのか？」

「断れば、ただ卵は腐り我らのドラゴン様は番を失う。ドラゴン様は悲しまれ……大神殿に良い印象は持たないかもしれない。ドラゴン様の生あるこれから数百年」

神殿サイドの顔が引きつった。

「つまり、私のもう一つの話とは、我々の方法にてのドラゴンの孵化を受け入れること。アーシェルの差し出した魔力を対価に、彼の神殿での恒久的な安定した地位を約束すること。そして生まれたドラゴンは我らのドラゴン様の番、決してドラゴン様が悲しむような、意にそむく無理難題を押しつけぬことです。いかがでしょうか？　正直なところ、一刻の猶予もないのですが」

「次期殿、この話はよそで……」

「漏らすわけがありません。我々もドラゴン様の秘密を晒《さら》していることをお考えください」

「ローゼンバルクのドラゴンの〈魔親〉は……クロエということですな？」

私は小さく頷《うなず》いた。協力関係になるならば最初から明かしたほうが心証がいいだろう。

「だ、だが、せっかく〈光魔法〉の属性にするためにこれまで私は魔力を注いできたのだ！　アーシェルというと〈風魔法〉だろう？」

リド様が不満を表す。これまでの努力が無に帰すと思ったのかもしれない。

私は〈魔親〉の立場で、慎重に言葉を選びながら、リド様を説得する。

「リド様……できれば孵化させることを第一に考えていただけないでしょうか？　きっとこれまでリド様が魔力を与えた分、〈光魔法〉寄りのドラゴンの誕生になると思います。光と風の相性はいいので、より強く生き抜くことができるドラゴンとなるでしょう。それに、生まれた後も、〈魔親〉は生涯魔力を吸われます。現代では一人の力では無理。協力が必要なのです」

「それはもちろん……もうこれ以上……卵が崩れるのを……見たくなどないよ……」

リド様はこれまでも〈魔親〉として、孵化させられず悲しい想《おも》いをしてきたのかもしれない。

「その、ドラゴン様に無理難題を押しつけぬ、とは具体的にはどう言ったことを指している？」

大神官が静かに尋ねる。

「有り体にいえば、人間の兵器扱いするな、ということです。ドラゴン様にも心があり、そのような真似《まね》をすれば、自我を失いかねません」

「意に沿わぬと自我を失う……経典に正気を失ったドラゴンを討伐する話もある。あれは、そういうことだったのやもしれんな……」

大神官は眉間に皺を寄せ、右手で顎《あご》をさすった。

「……ローゼンバルク次期伯、即答はできぬ。しかし前向きに検討しよう。そしてここまで腹を割って話してもらったのだ。この件がどうあれアーシェルの入信は歓迎する。その身の上ゆえの不遇を受けぬように特別に配慮することを約束する」

兄と私は、姿を消し見守るエメルに意識を向ける。エメルが納得したように頷いた。

「格別のお計らい、感謝します」

兄と私が頭を下げるのを見て、慌ててアーシェルも真似た。


神官たちに送られて大神殿を退出すると、アーシェルが恐る恐る兄に声をかけた。

「あ、あの……いろいろ……ありがとうございます」

「お前のためではない。クロエのためだ。クロエが弟のお前のために必死になっているから、俺も愛するクロエのために動いた」

兄は前方を見据えたまま返事をする。

「兄妹《きょうだい》だから……」

呟くアーシェルに、兄が立ち止まり、視線を流した。

「アーシェル、俺やクロエと無理に仲良しごっこをしろ、なんて言うつもりはない。だがそろそろ意固地にならず、好きな人間に心を開き、気の許せる人間を作ったほうが、人生楽だぞ」

「………………」

「まあ、お前は結局子どもだ。俺が生きているうちはお前の後ろ盾になるさ。ああ、勘違いするなよ？　おじい様はお前をちゃんと孫として気にかけている」

「そう……なのか……」

アーシェルの兄との初めてのまともな会話は、私相手のものよりも数段意義のあるものだった。

胸がチクリと痛み、その愚かな嫉妬《しっと》に愕然《がくぜん》として、俯《うつむ》いて馬車の待つ車寄せまで歩いた。


やがてアーシェルの入信は決まった。子どもの頃から神官の教育を受けている同世代との知識の差を埋めるべく、彼は大神殿内の神学校に、早速通うことになった。

つまり、アーシェルがリールド王立高等学校に通う未来はなくなったのだ。学校でドミニク殿下の取り巻きとして私を嘲《あざけ》っていたアーシェルは――この二度目の人生では幻となった。

私が今後、リド様とアーシェル二人体制の〈魔親〉をサポートしていくことも決まり、対面で、領地にいる時は手紙で、二人の相談にエメルと共に乗っていく。

そして真っ白な見習い神官の装いのアーシェルは、大神殿の大祭壇で、入信の洗礼を大神官直々にしていただいた後、カリーノ神官と〈契約魔法〉にて、師弟の本契約を結んだ。

双方親指をガリッと齧《かじ》り、親指と親指を合わせ、血と血を交わらせる。

「汝《なんじ》、アーシェルを我が唯一の弟子と定める」

入信したことで、今後アーシェルがアーシェル・モルガンと名乗ることはない。

「カリーノ様を師と定め、一生先生に尽くし、習い、敬い、共に生きることをこの血に誓います」

血が〈風魔法〉で踊るように空中を舞い、正面の神像のてっぺんまで届いた途端、シュン！　と音を立てて下降し、それぞれの手首にグルグルと巻きついて、一瞬眩《まばゆ》く光り、消えた。

普段無愛想なカリーノ神官が、ほんの少し目尻《めじり》を下げて笑った。

「先生！」

アーシェルは子どもらしくその胸に飛び込んで、ふわりと抱き止められた。優しい拍手が神殿内に反響する。彼らの手首にはどんな文様が刻まれたのだろう？　それは師弟だけの秘密だ。

「……羨《うらや》ましいわ、アーシェル」

親族席で参列していた私は、思わず言葉をこぼす。

マーガレット一重模様の自分の手首に視線を落とすと、自然と涙がこぼれた。慌ててその手首を袖《そで》で隠し、指先で涙をぬぐうと、隣に立つ黒い礼服姿の兄が無言で肩を抱いてくれた。

ほんの数カ月、人生の中のほんの一瞬で、弟は私の手元から羽ばたいていった。


アーシェルを神殿に残して、ローゼンバルク邸への帰路につく。

エメルは卵の様子を見に神域に飛んでいった。今、車中は最も信頼する兄と二人きり。私は緊張を解いてくたりと座席に寄りかかり、目を閉じた。

「疲れた……」

アーシェルの入信、本人が望んだのだ。これでよかったのだ。

結果的にモルガン伯爵家を放《ほう》り投げることになった。私にも一応希望を聞かれたが、領民たちに不利益をもたらさないことを約束してほしいと一筆書いた。これでおしまい。収まるところに収まったのに、なぜか侘《わび》しさが胸に残った。

「クロエ？」

兄の声色にいたわりを感じ、心配させてはいけないと、まぶたを開けて笑ってみせた。

「なんでもありません。元気です」

「そうか？　……随分とアーシェルのために、時間も使い、働いただろ？」

そうだろうか？　二カ月ほどアーシェルと一緒に神殿に滞在したけれど、弟との間に何か温かいものが生まれたわけでもなく、淡々と過ぎ去った。

「お兄様……結局私は何もできなかった。おじい様と大神官様とリド様のおかげで不自由ない生活を送れて、先生のおかげで〈風魔法〉にやりがいを見出《みいだ》したアーシェルは元気になって、お兄様とエメルのおかげで、これからの神殿での安定した生活の確約を取りつけられた」

私はアーシェルの視界の片隅で、草を摘んでいただけだ。

「何か……姉らしいことをしてあげたかったんだけどな……」

私のことをほんの少しでも、姉であったと認識してほしかった……一度捨てておいて傲慢《ごうまん》な考えだとわかっているけれど。再び涙が浮かびそうになり、慌てて押しとどめる。

「姉らしいこと……か」

兄の感情の籠《こも》らない声に慌てる。

「そういえば私……全然、お兄様にも妹らしいことをしてないね。甘えてばっかりで、お兄様のために働いてない。学校のテストが終わったら急いでローゼンバルクに戻って、畑の収穫や国境の草壁のチェックに頑張るから。ちょっと値の張るお薬も作るよ」

「そうか」

「お兄様？」

兄のいつもと違った様子に戸惑って、表情を下から窺《うかが》うと、兄がそれに気がついて苦笑した。

「クロエ、俺はちょっと拗《す》ねていたようだ。ここ最近クロエがアーシェルのことしか頭になくて、俺のことなど忘れたようだったから」

「お、お兄様と、アーシェルへの想いは全く違うものです！　私はお兄様がいなければ今日まで生きていられなかった！」

私はわかってほしくて、兄の袖口《そでぐち》を掴《つか》んで言い募る。

「全く違うもの、か……俺もそう思う。俺もね、ようやく吹っ切れた。結果的にアーシェルと立場が違ってよかったと思っている。クロエに面倒をかけて守られるなんてプライドが許せない」

「お兄様？」

いつものように肩を抱かれ、引き寄せられる。いつも守ってくれる広くて逞《たくま》しい胸が目の前に来て、私は顔を上げた。あたりは薄暗くなってきたけれど、兄の水色の瞳《ひとみ》は相変わらず真冬の湖面のように光り輝いている。

「クロエ、俺はお前の兄ではあるが……それ以上に男みたいだ」

「もちろん……ですよ？」

兄は頭脳を用いるだけでなく、率先して魔獣討伐や肉体労働もこなす。間違いなく男だ。

「結局俺は、クロエとアーシェルの間にあるような、生ぬるい家族愛なんかいらない」

「え？」

どういうことなのかわからず、兄の表情を探る。

「俺が欲しいのは、いかなる時も裏切らず信じ合い、共にこれからの未来ずっと、手を携えてローゼンバルクを守り抜く、強い苛烈《かれつ》な絆《きずな》だ」

「はい」

兄の冷静な口調でありながらも、熱意のある言葉に、戸惑いつつ聞き入る。

「そうして一生、クロエと生きていきたい。クロエさえいればそれでいい」

「もちろん私は裏切ったりしない！　お兄様を生涯支えて……」

「支えてほしいのではない。一緒に歩みたいんだ。対等の存在として」

兄がアイスブルーの瞳で、私を上から真っ直《ま》ぐ《す》見下ろした。

一緒に歩む？　お兄様と？　それが叶《かな》うならばもちろん……しかしそれは、妹の私ではない。嫡男である兄には役割がある。胸がキュッと引き絞られる。

「それは……お兄様の奥様の仕事でしょう？　ひょっとして縁談が進んでいるの？」

兄が私の背中に回した腕に、一瞬ギュッと力を込めた。

「わからないやつだな。クロエ、俺は男だ。そして、ようやく気付いた俺の望む絆は、クロエとのものだ」

「わたし……？」

「そう、俺は兄としてだけでなく、男として……クロエが好きってことだ」

思考が……一瞬停止する。

「お兄様としてじゃ……なく……て？」

「第一王子であれ、アーシェルであれ、クロエのそばにいる男を見るとイライラする。クロエをひとりじめしたいんだ。それはもう、兄とは違うだろ？」

お兄様が、私をひとりじめしたい、と？　急に働かなくなった私の脳は、兄の言葉を繰り返すことしかできない。

「まあいい。しばらくは今のままで。でも俺の心にいるのは未来永劫《みらいえいごう》クロエだけだと覚えておけ」

「兄じゃ……妹じゃ……ダメなの？」

「ダメだ。クロエ、クロエが俺の妹であることをよすがにして、ローゼンバルクに根づこうとしていたのはわかってる。でもそれじゃ、もう俺は足りないんだ」

退路が断たれ、呆然《ぼうぜん》となる。

「おい、そんな不安そうな顔をするな！　クロエが可愛《かわい》い妹であることも間違いないのだから。妹だから俺はクロエに気が許せた。六歳のクロエを抱いて、ニベールの街で買い物をしたあの日から、クロエは俺の妹という宝物だった。偉大なおじい様に抱かれて兄妹として過ごしてきた日々は本物で、何物にも代えがたい」

私にとっても祖父が、そして兄が私を迎えに来て、受け入れてくれたあの日は生涯最良の一日だ。

祖父と兄のためならば、この命を賭《か》けることができる。私の命よりも愛している。

「そしてその想《おも》いに気づいた以上、ドミニク殿下であれアベル殿下であれクロエを王家とは絶対に関《かか》わらせない。俺が全力でクロエを前回のしがらみから断ち切ってやる。それは俺の仕事だ」

兄は厳しい発言に反した優しい仕草で私の前髪を上げて、額にキスをした。

「この話は帰り次第おじい様にも通す。だから俺に二度と見合いを勧めようとするなよ」

「おじい様にも？　もう……今のままでは……いられないの？」

怯《おび》える私に、兄は目尻を下げ、右手を私の頬《ほお》に当てた。

「……ごめんね、クロエ。俺だって気持ちを告げるのは覚悟がいった。でも、時を見誤り、クロエが手の届かないところに行き、手遅れになるほうが怖かった。俺の気持ちを知れば、少なくとも命を無駄にはしないだろう？　お前が死んだら、俺も死ぬよ。義父《ちち》が死んだ後の義母《はは》のように」

「お兄様……」

「俺が欲しい女はクロエ、ただ一人だ。クロエ以外との未来に興味はない」

兄はぎゅっと私を抱く手に力を込め引き寄せる。私の顔は、兄の胸に押しつけられる。

「小さいクロエが涙を堪《こら》え、唇を噛《か》み締《し》めて俺の下にやってきた。兄からただの男に形はなりかわったが……あの瞬間からずっと変わらずクロエだけが愛《いと》しい」

頭に幼い頃と同じように、優しいキスが降る。

「好きだ、クロエ。お前は俺の生きる意味だ」

第三章　卵仲間と敵の影

兄は、私の胸に大きな動揺を残したまま、さっさと領地に帰っていった。

私が書斎の窓から祖父の育てた美しい木々を眺めるふりをしてぼんやりしていると、正面でダイアナへの引き継ぎ書を作成中だったミラーが、おやつの木の実を齧《かじ》るエメルに囁《ささや》いた。

「エメル様。クロエ様って精神面は大人だって思ってたけど、こっちはからっきしでしたね」

『だからジュードもはっきり口にしたんだろ。クロエは変に気を利かせて家から飛び出しかねない』

自分の名前が耳に入り、我に返る。

「何？　エメル、ミラー？」

「はあ、クロエ様、とうとうジュード様のお気持ちに気がついたってとこでしょう？　で、どうすりゃいいの？　って困ってる」

「な、なんでわかったの⁉」

「まあ、私はずっとお二人のそばにいたから。最近の二人の様子の変化を見れば、ねえ」

思わず両手で顔を隠し、指の隙間《すきま》から二人を見つつ問いかける。

「ミラーもエメルも、お兄様の気持ちを知っていたの？」

ミラーはペンをテーブルに置いてニコッと笑った。

「ジュード様の側近になる時に、『クロエを狙《ねら》ってるやつは俺の屍《しかばね》を越えていけ』と言われました。それが恋愛であれ家族愛であれ、その鬼気迫るオーラに、ああ、誰にも渡す気持ちはないんだな、と一同察しました。結果、恋愛に転びましたね」

ということは、デニスもダイアナも……トニーまで？　恥ずかしさでいたたまれない。

「初耳なんだけど……ダイアナからも聞いてない……」

「そりゃ、ローゼンバルクにとってなんの問題もないですし。失礼ですがクロエ様、ジュード様を将来の夫として見たことはなかったの？　それとも他に好きな人がいた？」

私は「まさか」と、静かに首を横に振る。一度目の人生で恋愛に振り回されたこともあり、積極的に恋愛をしようという気持ちにはならなかった。まあ恋は、落ちるものだけれど。

「……ミラー、私はね、おじい様とお兄様に六歳で命を拾ってもらったの。二人が幸せになるためならなんでもしようって思って生きてきた。そして、私が二人やローゼンバルクに危機や面倒をもたらすようならば、穏便に立ち去ろうって……」

もし、兄が結婚するならば即座に家を出ようと思っていた。小姑《こじゅうとめ》なんて邪魔でしかないし、兄が、奥様に優しく接するところを見るのは、耐えられそうにないから……。

「私、どうすればいいのかな……」

誰とはなしに問いかけると、エメルが肩に乗り、瞳を覗《のぞ》き込んできた。

『クロエはジュードのことが好きだろう？』

「もちろん大好きよ！　尊敬してるし、姿も仕事ぶりも、仲間思いのところも全《すべ》てかっこいい！」

『そんな男、他にいると思うか？』

——いない。一度目二度目の人生を通して。つまりお兄様は私にとって……特別だ。

「ねえクロエ様。おっかないお館《やかた》様がついているとはいえ、万薬を作る辺境伯令嬢のクロエ様はやはり優良物件なんですよ」

「え……でも、親があんなだわ。縁が切れていたとはいえ、私は今では罪人の子どもなのよ？」

「クロエ様がそのように汚点と思っているところにつけ込む輩《やから》すら出てくるでしょうね。今まで第一王子殿下やシエル侯爵令息の存在で様子見だった貴族子息が、二人が卒業したことでダメ元でも突撃してきますよ。そんな時に、ジュード様を思い出してみてください」

「どういうこと？」

『その男をジュードよりも好きになれるかどうか、考えろってことだ』

「お兄様よりも信頼できる人なんて、この世界にいないよ」

考えるまでもない。

『ならばもう、答えはすぐそばにあると思うね。ジュードもクロエの気持ちが固まるのを待ってくれるよ。ジュードが一番恐れているのは、クロエに弾《はじ》き出されることだ』

「そう……なの？」

『まあ俺も、〈魔親〉二人がくっつけば、めっちゃ安心だよ』

「私も、お二人がくっつけば、めっちゃ安心です」

エメルとミラーに焦ることはないと優しく教えられ、心臓をドギマギさせながら、この一番難しい問題を自分でも見守ることにした。

いろんな書面を大神殿と辺境伯代行の兄が交わし、〈魔親〉レクチャーがスタートした。私とミラーが神域に入ると、エメルはさっさと卵のそばに飛んでいった。

「じゃあクロエ、今日からよろしくね。大神官は神域でお待ちになっている」

「リド様お出迎えありがとうございます。で、まさか大神官様もお立ち会いに？」

「あの人は、この神殿で知らないことがあるなんて許せないの。管理魔なんだよ」

リド様は、他の誰よりも大神官に気やすい物言いだ。祖父と孫という関係もちゃんとあるらしい。

私は自分と祖父との関係になぞらえて、ふふっと笑った。

「偉大な祖父を持つと、お互いに大変ですね」

「はあ？　クロエは後継じゃないだけマシ！　ほんっと、嫌になっちゃうよ」

雑談しながら少し歩くと、見習い神官姿のアーシェルが待っていた。元気そうだ。

「アーシェル、久しぶり」

「あ……うん」

「アーシエル？」

リド様が眉根《まゆね》を寄せてキツイ呼び方をした。アーシェルはハッと身構えて、

「こ、こんにちは、姉上様」

「……うん、こんにちは」

上下関係や一般常識を少しずつ身につけているようだ。私にはそれを指導することができなかった。きっと、血が繋《つな》がらない者のほうが向いているのだ、と思った。一抹の寂しさと共に。

さも初めて通る道のようにキョロキョロと周りを見回しながら、肌がひりつくほど清廉な空間をリド様の後についていく。アーシェルとミラーも同様だ。そして卵の祭壇にやってきた。

「うわあ……」

私の呟《つぶや》きは演技ではない。何度目だろうと訪れるたびに感嘆させられる神聖さがここにはある。

「あれが……」

アーシェルが目を丸くして見る先には、大神官と、石の台座の上の卵。その後方の石碑にエメルは既に止まっていた。

「そばに行っても?」

「もちろん。いらっしゃい、クロエ」

大神官に許可を得てドラゴンの卵に近づき、マジマジと見つめる。前回から何も変わっていない……いや光沢はそのままに、うっすらグリーンに発光している気がする。エメルの魔力をこっそり仕込んだからかもしれない。

「クロエ、ではローゼンバルクのドラゴンを孵《かえ》した方法を教えてもらえるかい?」

私はコクンと頷《うなず》き、周囲の草をさっと編んで、幼い頃のようにそれを体に巻きつけた。

「私はこのような草籠《くさかご》の中に卵を入れて、一日中ずっと抱いたり背負ったりして過ごしていました」

足元のちょうどいい大きさの石を、卵に見立てて胸元に入れた。

「出会った時の卵は飢えていて、私の魔力を吸えるだけ吸っていました。私はしょっちゅう魔力枯渇を起こして倒れました。おそらくこの卵も同じ状態だと思います」

本当は倒れはしなかったけれど、私の魔力量を悟らせたくない。

「卵に魔力を浴びせるのではなく、直接抱くのか？　卵に触れるなど……」

リド様が大神官と目配せする。神殿の解釈では神聖すぎて触れてはならぬモノ、なのかもしれない。しかし私が卵を抱っこすることは、母なるガイア様に認められているのだ。

「直接触れたほうが魔力が大気に漏れず、無駄なく吸収してくれます。卵の飢えが落ち着き、毎日キチンと魔力をもらえるとわかったら、吸引を手加減してくれるはずです」

「一度……抱いてみるしかないと思うのですが？」

リド様が大神官を仰ぎ見ると、大神官は一拍置いて頷いた。

私がリド様に草籠を巻きつけると、リド様は神妙な面持ちで両手を伸ばして慎重に卵を掴《つか》む。そして懐の草籠にそっと入れ、椅子《いす》に腰かけた。私たちは食い入るようにそれを見守った。

「……リド、どうだ？」

「どうって……え？　ええっ？　うわあ！　持っていかれるっ！」

リド様はグラつく体から落とすまいと卵をぎゅっと抱きしめる。時間にして数分そうしていたが、やがて目の焦点が合わなくなり、背もたれにクタリと寄りかかって、目を閉じた。

「リド！」

大神官が慌てて駆け寄り、リド様の首筋に手を当てて様子を見る。

「魔力切れだ……」

私は大神官にポケットから薬を二本取り出して渡す。

「透明なほうは気付け薬で、黄色いほうは速効性の栄養ポーションです。今すぐリド様の無事と証言を確認したければ、口に流し込んでください」

「飲ませなかったら？」

「丸一日寝るだけです。そして魔力量が少し増えます。魔力量は枯渇することで容積を増やしていくのです。これは私の〈魔親〉としての実体験による法則なので、他言無用でお願いします」

大神官は感心したように呟いた。

「幼少期から枯渇するほど魔力を渡してきたからクロエは……なるほど。リドの最優先の仕事はこの卵の孵化《ふか》。特に急ぎの仕事はない。せっかく魔力量が増える機会だ。このまま休ませよう」

私は大神官の判断に頷いたのち、声をかけた。

「ではアーシェル、こっちに来て」

アーシェルが目をまんまるにさせたまま、小走りで駆け寄った。

「リド様とアーシェル、二人が共倒れになったら困るので、アーシェルはキッチリ一分だけ抱いて、台座に返しましょう。アーシェルはそのくらいなら倒れないはずよ」

「わ、わかった……わかりました」

私はもう一つ草籠をこさえて、今度はアーシェルに巻きつけた。アーシェルは恐る恐るリド様の胸から卵を取り出して自分の籠に入れる。途端に卵がこれまでと違う煌《きら》めきを放つ！

「わっ！」

大神官に厳しい口調で言葉をかけられた。

「今のは？」

「〈風魔法〉が入ったので、卵がびっくりしたってとこです。はいアーシェル、台座に戻して」

アーシェルは慎重に卵を籠から取り出して、そっと台座に戻した。ふう、と両手を膝《ひざ》に置いて、深呼吸している。

「……アーシェル、体調はどうだね？」

「大神官様……例えるなら先生と全力で〈風魔法〉の特訓をした後の疲労感……です」

「もうちょっと魔力を渡しても、動けそう？」

「いや、今は無理……慣れたらもう少し渡せるかもしれないけれど……」

無理は禁物だ。私は頷いて卵の様子を見る。黄緑に光る卵の殻に、白い渦の文様ができている。

「これが〈風魔法〉の魔力を入れた証《あかし》ね……アーシェルも〈魔親〉になったわ」

アーシェルが顔を近づけてまじまじと卵の模様を見つめる。

「クロエ、本当に〈光魔法〉のドラゴンになるだろうか？」

大神官からの問いに考えるフリをして、頭上のエメルに確認した。

「今日卵が吸収した魔力は、リド様から四分の三、アーシェルから四分の一といったところです。これまでの蓄積分もありますし、この割合を崩さなければ〈光魔法〉メインで〈風魔法〉も愛するドラゴンになるでしょう」

「これまではリドが倒れるなどなかったことからして、全く孵化には魔力量が足りていなかった、ということのようだな？　このままいくと、いつ孵化するだろうか？」

「私は毎日抱いて二年かかりました。リド様とアーシェルは一日おきとして……でもこれまでの蓄積もありますし、やはり同じくらいではないでしょうか」

「二年後……ふふ、これまでずっと待ってきたのだ。あと数年くらい、なんてことはない」

大神官はふと脇に積んである石化した卵を見た。その顔はどこか悲しげで、ひょっとしたら大神官も若い頃、卵に魔力を与え続けていたのかもしれない。

「とりあえず、生きていることがわかっただけでめでたい」

そう言って微笑《ほほえ》んだ大神官の表情に、嘘《うそ》はないように見えた。

「僕も……役に立ったの？」

体を起こしたアーシェルが、おずおずと聞いた。

「きっとドラゴン様が生まれたら、リド様とアーシェルに『おはよう』って一番にキスするわよ？」

「そっか……ふふ」

アーシェルの浮かべた微笑みに私は目を見開く。そして胸から涙が込み上げてくるのを無理矢理押しこめる。弟が笑っている。大神殿で生きることが、きっとアーシェルの幸せだったのだ。

皆を微笑ませる卵……生命の息吹は素晴らしい。

その後も私はリド様とアーシェルが卵と触れ合う時間に招かれて、自分の体験を話したり、エメルの感じる卵の成長具合を伝えたりした。私たちはいわば卵仲間になった。

それぞれの思惑はあるものの、卵に無事孵化してほしいという願いだけは間違えようもなく皆共通していて、お別れの時にはリド様に倣って、健やかなる成長を一心に祈った。

◇◇◇

風が少し涼しくなり、いよいよ学校の二学年の中間テストの時期になった。ということで、領地からダイアナがホークと共にやってきて、ミラーとバトンタッチした。

「あれ、今回の付き添いはゴーシュじゃなくてホークだったの？」

「クロエ様、俺よりゴーシュがよかったわけ？」

「そんなわけないでしょ。おじい様のそばを離れるなんて珍しいって思っただけ」

ホークは結局、私の理想のお父さんなのだ。いや、祖父に惚《ほ》れ込んでいるのだからお母さんなのか？　ホークもベルンも、トラブルメーカーのゴーシュも愛しているけれど、ホークとだからこそ、遠慮せずできることがある。

「しばらく王都の屋敷の面倒を見るように言いつかった。ベルンの代わりと思ってくれ」

「まだベルンさんはマリアさんから離れられないだろって、ホークさんが手を挙げてくれたんだよ。まあホークさんの代わりにもなんないけど、一応内政周りはデニスも頑張ってるしさ」

「なるほど。ホーク、ありがとう」

「ふふふ、クロエ様の面倒を見るのは俺にとってご褒美だよ」

ホークは私の額にチュバッとわざと音を立ててキスをした。

久しぶりに、私はホークの馬の後ろに乗って、王都外れのトムじいの墓所に向かった。

平静でいられる自信も、泣かない自信もなくて、ずっとご無沙汰《ぶさた》になっていた。トムじいのお墓に顔向けできない、とも思った。孫であるルルを、辛《つら》い目に遭わせてしまったから。

でも、祖父との初対面のあの日も同席し、私の全てを知っているホークが一緒ならば、もう一度行ける気がした。ホークであれば無様な姿を見せても構わない。

「そういやあ、ローゼンバルクでまたダンジョン報告が上がったぜ。戻ったら行くか？」

「行く行く！　連れてって！」

七年ぶりにやってきた墓所は様変わりしていた。前回のように厳冬でないということもあるだろうが、色とりどりの花が咲き誇り、その芳しい香りが立ち込め、不快な異臭などどこにもない。

そして死者が埋葬されていた穴の上には、人の背丈ほどのキチンとした石碑が建っていた。

「祈りの場所であるためには目印が必要だと、お館《やかた》様が」

祖父が建ててくれたのだ。私が何も知らない間に。

そっと石碑に近づく。一歩足を踏みしめるごとに、健やかな濃い、草の匂《にお》いがたつ。

地面の花々のほとんどは、この時期咲くべき花ではない。特にトムじいのスズランと、私のマーガレットは。八歳の私がこの地に流した魔力などとっくに切れているはずなのに。

そっと地面に触れると、優しく懐かしい大好きな人の残滓《ざんし》を見つけた。

「ルル……」

ルルの魔力が潤沢に土の中にある。この量はつい最近注がれたということだ。

「あの娘はちょくちょくここに来て、整備しているそうだ。見事な〈草魔法〉で」

それにひきかえ私は、あの日手を入れたっきりで放置していた。

「ルルに自己満足と言われてもしょうがないね」

「あの娘が来るようになったのはこの一年のこと。ここは大人であっても勇気のいる場所だ。クロエ様もあの娘もまだ子ども。難しく考える必要はない。弔いは場所ではない。気持ちだ」

「……そうね」

足元のマーガレットとスズランの茎を魔法で扱いやすくズルをして、二本を輪になるように編む。

それを二つ作り、一つは私の手首に、もう一つは石碑の根本に置く。

「トムじい。アーシェルに先生ができたのよ」

口から勝手に言葉が溢《あふ》れる。

「羨《うらや》ましいの……嫉妬《しっと》でおかしくなりそうよ」

私は額を石碑につける。トムじいの安らかな眠りを祈る場所なのに、恨み言を言う私。

「クロエ様、ほら、こっち見て」

声をかけられゆっくり振り向くと、ホークが唐突にシャツの袖《そで》を腕まくりした。

「あ……」

肘《ひじ》のすぐ上を、卍《まんじ》のような幾何学的な模様が一周していた。……一重だけ。驚きに目を瞠《みは》る。

「ホークも……」

「そういうことだ。師との別れはザラにある。クロエ様が特別じゃない。師に教えてもらったことを活《い》かすも殺すも、残された弟子の根性次第だ」

「うん、そうだね……」

「……とはいえ、クロエ様の気持ちも痛いほどわかるさ」

ホークは私を大きな体で優しく包み込んだ。

「寂しいなあ、クロエ様」

「うん。寂しい……ね」

しばらく二人、師に思いを馳《は》せて祈りを捧《ささ》げていると、気の早い秋の虫が鳴き出した。私はホークとの抱擁を解いてしゃがみ、地に手をつけた。ルルの魔力の邪魔にならないように、うんと地下深くに魔力を蓄えた。満足してパンパンと手を叩《たた》いて土を払い、立ち上がる。

「ねえ、ホークのお師匠様ってどんな人だったの？」

「俺の三つ上の、……いい女だった」

「え？　そんなに歳《とし》が近かったの？」

なんとなく、師というものは私のトムじいやアーシェルのカリーノ神官のように、ある程度歳をとっている人というイメージだった。

私とホークが出会った約十年前の時点で、ホークはとっくに一人で、祖父につきっきりだった。その前に既にお師匠様は亡くなっている。ホークほどの人間の師になるほどの腕前、夭逝《ようせい》だ。

「私がトムじいを思い出し、ああすればよかったこうすればよかったと後悔するように、ホークもお師匠様のことを思い出す？　もう懐かしいだけ？　何年経《た》てば、平気になる？」

ホークは静かに遠い空の向こうに視線をやった。

「……朝目覚めては思い出し、夜目を閉じればまぶたに浮かぶ。あいつだけ若い姿で。……クロエ様も年頃だから、ついでに伝えておくか。俺はその女を愛していた。だからローゼンバルクの家臣の中で一人独身者で、これからも結婚の予定はない。そういうことだ」

思いがけず、ホークの身の上を聞いてしまった。

「戦場で俺の目の前で死んだ。毎日胸が痛いし、思い出を懐かしむ心境になどなるわけがない」

「ホーク……」

「それでもやはり、時は少しずつ痛みを鈍らせる。そんなこと、望んでいないのに」

私はホークの太い胴に腕を回して思いっきり抱きしめる。先ほどホークが私を慰めたように。

「だから、クロエ様も今のままで別にいいんだよ。後悔にまみれて、昇華しきれず生きていても。世の中、器用な人間ばかりじゃない」

ホークが上から悲しげに目を細めて私を見下ろした。私は見つめ返して頷《うなず》いた。

「ホークはお師匠様のこと、誰かに語りたい？」

「いや、今のところ俺だけの宝物としてとっておきたい。……でも、そうだな、あいつが生きていた事実がなくなるのは癪《しゃく》だ。俺が死ぬ時に、クロエ様に俺の記憶を託そうかな？」

「……いいよ。お師匠様とホークの人生を、私がローゼンバルクの子どもたちに伝えて繋《つな》ぐ」

「……いい子だな。クロエは」

ホークの胴に回している手を、グッと握り込まれた。

「クロエ、俺はあいつを早死にさせたことを後悔しているが、愛したことを後悔したことはない。若くて青かったが、最高に楽しくて、幸せだった」

「……素敵だね」

「クロエもその素敵な体験、していいんだぜ」

ホークがおもむろに右の口角を上げた。

「ホーク……」

「相手がジュードでなくてもいい。お館《やかた》様に恩返ししたければ、その一番の方法はクロエが一人ぼっちではない幸せを掴《つか》むことだ」

「………」

「もちろんジュードだったら、俺らは一安心だがな。新手の男であれば、最低でも俺とゴーシュとベルンを打ち負かさなければ、俺たちの娘のクロエはやれん」

「何それ。結婚を勧めているようで、すっごく困難な条件をつきつけてるじゃない⁉」

手を繋いで馬に向かいながら、思わず眉間《みけん》に皺《しわ》を寄せた。

「俺たちは誰よりもお前に幸せになってほしいのさ。ちっこいクロエが、殴られても歯を食いしばって、必死に我慢してたのを見てるんだ」

ホークは私が母に殴られて吹っ飛ばされたのを見ていたことを、思い出す。

「クロエは幸せになっていいんだよ」

「師がいなくとも、ホークは幸せ？」

「あいつに会えて、お館様に会えて、クロエに会えて。そうだな、幸せだ。幸せと後悔が共存してもいいだろう？　俺たちは聖人君子じゃない」

ホークは私を軽々と右腕に抱き上げひらりと馬に乗った。夕焼けの中、ホークの鼓動を感じながら帰宅した。

◇　◇　◇

約半年ぶりの登校は、隙《すき》のないダイアナと一緒にいることで大きな問題は起こらなかった。

「クロエ様！」

教室に入るやザックがまあまあ大きな声をあげた。体つきが一回り大きくなり、随分日に焼けている。夏の間ローゼンバルクに自らやってきて、ニーチェの〈水魔法〉特訓を受けたらしい。

「お久しぶりです。お元気そうですね」

「はい、あ、あの、おね、お願いが」

「はーい。クロエちゃんへのお願いは、私を通してくださーい」

「ダイアナ……お前……はあ……」

ダイアナの背後から教室内を見渡すと、ケイトは友人と楽しそうに話しながらザックを窺《うかが》い、カーラは私からあからさまに目をそらした。仲良くなりたいと淡い期待を持っていただけに少し悲しくなったけれど、平民の彼女が学校で穏やかに生き抜くためには、私の存在は迷惑なのだろう。やがて教師がやってきて、皆、試験に集中した。

一日を終えダイアナと廊下を歩きながら、何気なく窓の外の色づきはじめたイチョウに目をやると、そこに男性が佇《たたず》んでいるのが視界に入り、心臓が凍りついた。

群青色の長髪、気の弱そうに丸めた痩《や》せた背中、黒い瞳《ひとみ》。穏やかに微笑《ほほえ》みを浮かべる薄い唇。

『クロエ、クロエ、クロエの一生懸命なところ、大好きですよ』

『クロエの〈草魔法〉はパーフェクトだ！』

『クロエ、証拠の残らない、知らぬ間に血栓ができやすくなる薬を作ってみないか……』

サザーランド教授——かつて最も信頼し、最も手ひどく私を裏切った、恩師がいた。

私は俯《うつむ》き、早歩きで廊下を抜ける。賢明にもダイアナは私のただならぬ様子に通り過ぎるまで口を開かず、歩調を合わせてくれた。

「外のあの男は危険人物なのですね。いかがしますか？」

「鉢合わせにならないように……帰りたいの」

「では演習用のマントをマジックルームから出して……はい、フードまで被《かぶ》れば私とクロエ様の判別すらできません。行きましょう！」

ダイアナにギュッと手を握られて、私たちは早足で学校を抜け出した。

帰宅後すぐ、異変に気がついたエメルに問いただされて、教授に会ってしまったことを伝えた。

『ああ、クロエの投獄の元凶になったやつだよね。そりゃ震えるか。ドミニクの時のようにパニックにならず偉いぞ。で、今回の生で会ってみてどうだった？　何か思い出したことはある？』

そう言われて記憶を整理しながら、兄が調べてくれた学校関係のレポートを、机の引き出しから取り出した。

サザーランド教授……ピーター・サザーランドは私の二年への進級時に、自然科学分野の教授としてリールド王立高等学校に採用され現れる。兄の時代には在籍していない。

出会ったのは、ドミニク殿下とその取り巻きから逃げるように人気のない校舎の谷間――先ほどの場所だ――のイチョウの木の幹にもたれかかっていた時に、心配げに声をかけられたのだ。

「兄の調査によると、今回のサザーランド教授は隣国ファルゴの子爵の次男で、今年度より採用。外国人ゆえに派閥にも属さず、淡々と授業を進めている。学生の評判は可もなく不可もなく。特に親しくしている者は見当たらない……ですって。一度目の時、ドミニク殿下は教授のことを隣国のスパイって言ってた。まあ、殿下の言葉だから本当かわからないけれど」

前回――私たちの集合場所は使われていない旧校舎だった。古い建物だったけれど、室内は暖炉もあり薪もあり、座り心地の良い椅子《いす》もあり、今考えると、案外お金がかかっていた気がする。

『つまり、資金に困らぬほどの金持ちか、資金を提供するバックがついていたのか、だな』

「そうよね……教授自身がいつも垢《あか》抜《ぬ》けない服を着ていたから、勝手に苦労してる貧乏人と誤認していたのかも。苦労している、不遇であることにつけ込まれて仲間になった集団だったから、金持ちであることを気取られるのは避けたかったのかもね」

『四大魔法でなくても役立つことを示そう！　国を変えよう！　という言葉に集ったんでしょ？　金の集まる汚い現権力者に対抗するためには、清貧であるほうがわかりやすいよね』

「一緒にいた生徒は最終的に四人だった。でもお互い名前で呼ぶことはなかった。教授が仲間を危険に晒《さら》さないためだと、ニックネームで呼ばせあったの。私は『グリーン』。他は背の高い〈鉄魔法〉の男子が『シルバー』。ぽっちゃりした〈木魔法〉の男子が『ブラウン』。そして黒髪の巻毛にメガネの女性は『カラー』、〈色魔法〉だった」

〈色魔法〉は単純に対象物の色を変えることができる魔法だ。対人間にかけて、色を誤認識させるよう視覚に作用することもできるし、本当に物理的に変えることもできる。確かリド様は学校に来る時、目立つ紫の髪を茶色に変装すると言っていた。当然元に戻すこともできる。

『教授自身の魔法を見たことはないのか？』

「ない。『私の魔法は学校では役に立たないから、座学の数学を教えている』とか言ってた」

『つくづく汚い大人だな。自分は実行犯になる気はなく、子どもらをトカゲの尻尾《しっぽ》切《き》りする気満々じゃないか。それで、その仲間だった面子《メンツ》、今回の学校生活で出会った？』

「いいえ、とりあえず四組にはいない。学校に行かないから他のクラスはわからない」

『いずれ調べたほうがいいぞ？　それはそうとクロエ、こういう記憶を辿《たど》る作業は辛いか？』

「エメルがいれば大丈夫。いざという時は、エメルが南の島に高跳びさせてくれるんでしょ？」

私はエメルの頬《ほお》と私の頬をひっつける。

『……まあ、元凶を潰《つぶ》してからね』

私はこの会話の内容を手紙にしたため兄に送った。情報は共有すると約束しているのだ。

一度目の人生の敵とでもいうべき両親、ドミニク殿下とガブリエラは、仲間のおかげで乗り越えた。

でも、もし今回も教授が私に接触し、私を利用しようとするならば、同じように切り抜けてみせる。

随分と状況が変わった。彼は再び私に毒の製作を求めるだろうか？　そもそも一度目は本当に四大魔法以外の魔法の有効性を知らしめるために、毒を作らせたの？


二日目の試験を終え、エメルと薬のストックを作っていると、ダイアナがドアをノックした。

「クロエ様、ザックがクロエ様にご恩返ししたいと、しつこく申しております」

「ふーん」

私は手元の作りかけの睡眠薬に仕上げの魔力を隙間なく充填《じゅうてん》する。

『試験的にそれを飲ませてみたらどう？　馬用だけど』

エメルがあくびをしながらそう言うと、ダイアナは苦笑して、

「それも面白いですが、ザックにサザーランド教授の授業を受けさせてはどうかと？」

昨日の挙動不審な私を見て心配し、いろいろと考えてくれたみたいだ。

「ダイアナ、あなたは教授についておじい様になんと聞いているの？」

「要注意人物だと。そして絶対にクロエ様と接触させてはならぬと。ですが、かの者についてあまりに情報が少なすぎます。私はクロエ様のそばを離れられませんし、学校に年中いるわけではない。

ここはクロエ様の役に立ちたがっているザックを利用してみては？」

エメルは少し考えた様子を見せた後、私に向かって頷いてみせる。

「ホークを呼んでちょうだい」

執事長室に籠《こも》って働いていたホークを呼び出し、事情を説明した。

「情報が増えるにこしたことはないが、そのサザーランドに我らローゼンバルクがほんの少しでも興味を持たれては厄介だ。既に奴の講義を受講している者に話を聞くのが一番なのだがな」

「でもホークさん、既に受講してる学生に突然声をかけるのも厳しいでしょう？　そもそも人気がないから随時受講生募集中なんだもの。クロエ様、いかがですか？」

「……興味はある。授業の中身から、ひょっとしたら教授の魔法適性がわかるかもしれないもの。でもホークの言うように、私の存在を認識されるのは避けたい」

「中途半端に隠すと、好奇心を募らせる。俺が話そう。ダイアナ、明日ザックをここに呼べ」


「クロエ様、ようやく話せる……ホーク様、お久しぶりです」

翌日の夜、即行で彼はローゼンバルク邸にやってきた。エメルはザックを脅威とは思ってないらしく、今夜も卵のもとに行っている。

「呼び立てて悪かったな。今回はローゼンバルク家の用事に付き合ってほしくて呼んだ」

「お、俺にできることであれば、なんなりと」

「ザック、学校のサザーランド教授って知ってる？　単刀直入に言うと、その人の授業を受けて、感想を教えてほしいの」

「全然面識ないんだけど……なぜか聞いても？」

「サザーランドは隣国ファルゴからやってきた外国人だ。ファルゴにもあまたの教育機関はあるのに、なぜわざわざ我が国にやってきたのか、国防を担う民として引っかかる。しかし、勝手に怪しんでいるわけで、大っぴらにしたくはない。ゆえにザックに内密に頼んでいる」

「そうなんですか……」

歯切れの悪いザックに、少し申し訳なくなった。もっと体を使う系の依頼を期待していたはずだ。

「ザック、気が乗らないなら断っていいのよ。ザックも忙しいでしょう？」

「いえ、国防に関《かか》わることならば、是非お手伝いしたいです。ただ……俺、めちゃくちゃ数学やら物理学やらが苦手で、俺が志願するって無理があるかなと……そもそも、授業を聞いても理解できなくてなんの報告もできなそうな……」

ザックが一回り大きくなった体を小さくしてモジモジする。そんなザックにダイアナが、

「やる気はあるし、秘密も守れるのよね？」

「お、おう。もちろんだ！」

「じゃあ、勉強するしかないじゃん。クロエ様に汚名返上のチャンスよ！　私は数字に強いから数学は得意。物理も必要なかったから手を出さなかっただけ。ザックに教えてあげられるわ」

「あ、ありがとう。頼むよ……」

一気にダイアナが畳み掛けて、協力を取り付けてしまったので、私が慌てて口を挟んだ。

「待って。ダイアナと懇意にしてるのを見たら、ケイトさんが嫌な気持ちになるんじゃ？」

「いやあの、ケイトのことはいいんです。最近、うまくいってなくて……たぶん今後も……」

ザックの声がどんどん小さくなっていった。

「え、婚約解消したの？　彼女のためにあれほどクロエ様を責めて、薬を得ようとしたくせに？」

ダイアナがザックの治りかけていた傷口に塩を塗る。

「いや、婚約はまだしてなかったから。互いの考え方の違いがはっきりわかってきて……さ」

伝えづらそうにするザックに、ダイアナは容赦なく続きを話せと顎《あご》で指図した。

「はあ、わかったよ。ケイトはここ一年店の手伝いをするようになり、それを楽しんでいる」

商会の手伝いは今も続いているのか。単純に良いことだと思う。

「俺は昔から親父《おやじ》みたいな騎士になりたい。でもケイトは俺に危険なことはしてほしくないって言う。危険から民を守るのが騎士なのに」

騎士様ってカッコいい！　という憧《あこが》れから、色々見聞きして現実を肌で知ったというところ？

「そして、いっそ自分のとこの商会に入ればいいって言うんだ。婿になれって。少し前まで子爵夫人になりたいって言ってたのに」

「へー！　ケイトさんに愛か仕事かの二択を迫られたんだ」

ダイアナが身も蓋《ふた》もない二択にしてしまった。ザックはますますうんざりした顔をした。

「でも、婿っていうのは……ザックは子爵領の跡取りでしょう？」

「弟にまわせって言うんだ。でも弟はまだ四歳だよ。それに、俺だってうちの領地を愛してるし、ローゼンバルクを手本に俺の手で発展させたいって夢を持ってる……」

「ケイトさんの希望とザックの希望、両立させられないの？」

「あっさり領地を捨てろって言われたらね……クロエ様は許せる？」

ローゼンバルクから独り立ちすることを考えると、身を切られるようだ。でも、兄や祖父の迷惑にならないためならばと感情を押し殺し我慢していた。それを他人にさも簡単に言われたら……。

「百年の恋も冷めたってわけだ」

ホークが、あっさり表現した。

「正直今でも好きだよ。でも同じ未来を持てないなら無理だ。好き、好きだけではどうしようもない」

「まあ若いんだ。勝手に悩め。どうとでもやり直しがきく……生きているのだから。じゃあ一応ザックに任せていいな？」

「はい」

「でもケイトさん、まだザックを諦《あきら》めてないよ。変な誤解をされたくないから紙鳥かタンポポ手紙を覚えて。直接会わないほうがいい。あー、女と拗《こじ》れていると知ってたら、声かけなかったのに～」

早速ダイアナの、ぼやき混じりの〈紙魔法〉スパルタレクチャーが始まった。長くなりそうなので、カフェイン強めのお茶を淹《い》れる。

ザックとケイト、ホークとお師匠様、好き合っている二人でも一緒になることは難しい。生きて、同じ未来を信じることができないと……。

『俺が欲しいのは、いかなる時も裏切らず信じ合い、共にこれからの未来ずっと、手を携えてローゼンバルクを守り抜く、強い苛烈《かれつ》な絆《きずな》だ』

兄の言葉が脳裏に浮かぶ。兄の望む未来と私のそれは、ピタリと重なっていることに気がついた。

ザックはサザーランド教授の調査に向け、ダイアナから必要な知識を学んだ後に、授業に潜り込むことになった。

そうして今回の学校滞在はトラブルなく終え、明朝領地に出発することとなり、ホークを連れ大神殿へ挨拶《あいさつ》に来た。神域にリド様とアーシェルと私、少し離れた場所にホークとリド様の付き人。

「リド様、寝る前にほぼ毎日、魔力を与えているとお聞きしましたが？」

「とうとう先日卵が動いたんだ！　やっぱり反応があると嬉《うれ》しいでしょ？　ついついね」

「お気持ちはわかりますが、リド様が倒れてしまっては元も子もないです。控えてください」

「えー！」

「魔力量、それだけ枯渇されたならば増えたのでしょう？　だったら一日おきでも前よりも多く魔力を渡しています。そちらの神官様、クロエがそう言っていたと大神官様に伝えてください」

「クロエ！　大神官に告げ口は卑怯《ひきょう》だぞー！」

「では、アーシェルも魔力を……うん、随分増えているわ。今日は二分渡してみて」

「は、はいっ！　わかりました」

アーシェルが、今まで見せた事のない優しい表情をして卵を抱きしめ目を閉じて……時間になると、うやうやしく台座に戻した。体調も問題ないようだ。師による指導のおかげで魔法のレベルも魔力量もますます上がったのだろう。

『うん、これまでは生きるのに精一杯だったが、少しずつ、成長のほうに魔力を使う余裕が出てきたみたいだ』

卵の台座から様子を見守るエメルの言葉に無言で頷《うなず》く。

「卵、とても良い状態を保ってます。ところでリド様、この神域は冬は寒いですか？」

「まあ屋外だから。冬はあっちの泉は凍るよ」

ドラゴンはあまり寒さに強くない。エメルも卵の時はずっと私と一緒に冬は室内にいた。

この卵のドラゴンの適性はまだわからない。念には念を入れておこう。命がかかっているのだ。

「リド様、卵を室内に移すことを提案します。ドラゴンといえどまだ体温調節が上手《うま》くできないはずです。神殿の作法はよくわかりませんが、仮の祭壇を室内に設けることはできませんか？」

「えー？　クロエがそう言う以上、するしかないよね。でも卵のことは極一握りの神官しか知らないことなんだ。バカな神官に知られたくない……王家にもバレたくないし……」

確かに、事の重要性をわかっていない神官が卵を弄《もてあそ》んだら？　逆に重要性がわかっているからこそ、盗んでどこかに連れ去る神官がいたら？　悪いやつはどこにでもいる。〈光魔法〉で守られた神域から卵を出すことは難しいか……。

「あ、あの！」

アーシェルが珍しく声をあげた。リド様が右眉《まゆ》を器用に上げて、発言を促した。

「こ、ここを、建物で覆ってはいかがでしょうか？」

「……なるほど。しかし、この神域に大工を入れるのは、ちょっとな……」

「そ、それで、全《すべ》て事情を知っている、辺境伯様に頼っては？　辺境伯様の魔法ならば……」

アーシェルがおじい様を……頼った。頑《かたく》なだったアーシェルが解決する方法を考えて、〈木魔法〉である祖父の存在に行きあたった。進歩だ。しかしリド様がはあとため息をつく。

「アーシェル。いい考えだが、そう簡単に権力者に神殿として借りを作るわけにはいかない」

「そう……ですか……」

アーシェルがしょんぼりとうなだれた。せっかく勇気を振り絞って発言したのに、後一歩考えが及んでいなかったから。リド様も卵を見つめて考え込んでいる。

「アーシェル、私もとてもいい考えだと思う」

「ちょっとクロエ、勝手に辺境伯に頼んだりしないでよ？　こっちにもメンツが……」

話途中のリド様に向かってニッコリ笑った。私には助けることができる。

「ここ神域には樹齢千年越えの素晴らしい樹々がたくさん。社を作るくらい造作もないわ」

「クロエ、君、もしかして……」

私は立ち上がり、台座前の地面に両手をつき、一気に魔力を流す。

「成長！　形成！」

神域の古木の根が張り巡らされている地面から、一気に木の幹が成長し、石の台座を取り囲むように簡易の社を組む。私の〈木魔法〉のレベルは低いので、大きなフォームで丁寧に魔力を整える。そして生い茂った枝葉が屋根になるように、草を出して縛り付け、気密性を高めた。

「この冬を越すぐらいなら、これで十分でしょう」

両手をパンパンと叩《たた》いて土を払った。

「クロエ……君、〈木魔法〉も使えるの？　確か〈土〉も使えるよね？　ありえないよっ！」

立ち尽くしていたリド様が呆然《ぼうぜん》とした表情で問う。

「内緒ですよ。と言ってもレベルは低いのでバレても問題ありませんが。草と木は馴染《なじ》むんです。それにかっこいい祖父の真似《まね》をしたいって気持ちはリド様もわかるでしょ？」

「わかるけど……ああっ！　もういいや、ありがとう！」

「どういたしまして。霜が降りるようになったら〈光魔法〉で室温を上げてください」

「まずい……どんどんクロエに借りが膨らんでいく……」

リド様は小さな社にペタペタと触れて、作りを確かめながら呟《つぶや》いた。

「ふふふ、では次回こっちに滞在した時に、何か美味《おい》しいものをご馳走《ちそう》してください」

「質素倹約を旨とする神官にそんなこと言うの？　……いいよ～！　たまには一緒に豪遊しよう」

そう言いつつも、それが現実には起こり得ないことなど互いにわかっている。リド様は易々《やすやす》と市井に降りられる立場ではないし、私も目立つ真似はしたくない。わかった上での言葉遊びだ。

「クロエ様」

ホークに声をかけられて、日が傾いていることに気がついた。しばしの別れに卵のそばに行く。

「ドラゴン様、〈魔親〉の二人だけでなく、私とエメルもあなたと会えることを待ってるからね」

『オレもまだクロエのそばを離れられんからローゼンバルクに戻るが……生きのびろよ』

見習い期間中に教えていただいたやり方で、祈りを捧《ささ》げ立ち上がると、
唐突にアーシェルから声をかけられて振り向いた。

「あ、あの！」

「卵のために……ありがとう、姉上」

息が止まるかと思った。自発的に姉と呼んでくれるのは……私が五歳の適性検査以後初めてだ。

私はアーシェルの姉に……戻ったのだ……戻れたのだ。

「……どういたしまして」

私は涙を堪《こら》えて、笑った。笑顔の私を覚えていてほしいから。

◇◇◇

ホークとダイアナとエメルの四人で領地に戻る。この顔ぶれに護衛は必要ない。

「ふーう。領境を越えるとようやく気が休まりますね。クロエちゃん、一気に屋敷に戻る？」

休みなく馬を走らせれば、日付けが変わる前に我が家にたどり着くだろう。

「クロエ様、レナドに寄ろう。領内の町や村に顔を出すのもクロエ様の仕事のうちだ」

ホークがしんがりから大きな声で叫ぶ。レナドは領境に最も近い町だ。幼い頃は立ち寄っていたが、体力がついた最近は一刻も早く祖父と兄に会いたくて、一目散に帰っていた。

「もちろんいいけれど、何かあった？」

「代官の娘とその恋人が町の運営に口を出して混乱している。さらに代替わりも訴えているそうだ」

「ホーク、代官は世襲じゃないよね。その彼女は代官になれそうな器なの？」

「代官の子は他より教育の機会に恵まれるだろう？　ゆえに世襲のようになってる部分もある。ただ代官になりたいのはその恋人だな。娘が代官を目指し勉強しているとは聞いてない」

代官の地位を狙《ねら》う娘の恋人か――レナドは国境に近いため、交易や宿場で他よりも裕福だ。

「とりあえず様子を見てみよう。ダイアナ、寄り道するっておじい様に紙鳥を」

「はい。直ちに」


レナドの門番はホークの顔を知っていて、顔パスで街中に入る。

大通りの商店の店先に品物が潤沢に並んでいるのを見て安心しながら、真《ま》っ直《す》ぐ代官邸に向かう。

「余計な準備をしないうちに突撃するんですね？　ホークさんの抜き打ち検査とか怖い！」

ダイアナの言葉に昔、ホーク、兄、ニーチェとダンジョン調査のためにトトリを訪れた時を思い出す。あの時も抜き打ちだったっけ。そして卵のエメルと出会った。

「ふふっ、ホーク、今回も私のおとうちゃんなの？」

「いや、クロエ様はもうちっこい子どもじゃないからな。でも敢《あ》えて自己紹介はしないでいい。クロエ様を見てお館《やかた》様の娘だと気がつかないならば、ちょっと問題だな」

「私たち、ホークさんの美人秘書二人ってことでいけるんじゃないかな～」

「ダイアナ、自分で美人って言った！」

私の容姿や歳《とし》の頃、在学中で王都と行き来していることは秘密ではない。それにこのあたりの領境の結界形成のため、二年前に二週間ほどこの地の宿に泊まっていた。

街中を馬を下りずに走る私たちはちょっと目を引く。そして顔の売れているホークを見て、皆「査察か……」と複雑そうな顔をする。

五分ほどで代官邸に着いた。私たちは馬をさっさと繋《つな》ぎ、ホークが勝手に玄関ドアを開ける。本来ならばノックしてここの使用人を呼び出すのがマナーなのだろうが、結局この屋敷も祖父である領主が貸与しているもの。問題はない。場慣れしたホークにダイアナとついていくだけだ。

「勝手に押し入るとは何事……ホ、ホーク様！」

中年のベテラン使用人があわあわと頭を下げる。それにホークは手をヒラヒラと振って、ズカズカと代官の書斎にまたもやノック無しで入った。

奥の代官の椅子《いす》には派手なオレンジ色の髪の男がドカリと座り、その前のソファーに座る黒髪の女性と何やら話していたところだったようだ。

「おい、ここは代官室だぞ！　なぜ勝手に入ってくる。出ていけ！」

男は華美な装いで役者のような顔立ちをしており、芝居さながら身振りをつけて大声で言った。

「ルシアン殿、こちらはホーク様、ローゼンバルクのお館様の側近ですよ」

私たちについてきた先程の使用人、代官邸執事モーリスが冷ややかに事実を告げる。

「え……」

娘が手を口に当てて目を見開いた。

「あ、なーんだ。そーなんですか。俺はルシアンです。さ、どうぞ、ソファーにお座りください」

代官の椅子から立ち上がる素振りもみせず、彼は私たちに座るように勧めてくれる。ホークは無表情のまま尋ねる。

「代官――リードはどうした」

「あ、あの、リードさんはちょっと病気で……なあ、カミラ？」

「そんな報告は受けておらんが？　どこだ？　案内しろ」

「えー！　お客様に会える状態かなあ……何か御用なら俺が……」

ホークがモーリスに向き直ると、モーリスは深々と頭を下げて道案内を始めた。

二階に上がり奥の部屋に入るとそこは薄暗い寝室で、痩《や》せ細《ほそ》った男がベッドに横たわり、その横の文机《ふづくえ》で若い男がカリカリと書き物をしていた。

突然の侵入者に若者はこちらを睨んだが、ハッと表情を変えて慌てて立ち上がり、頭を下げた。

「リードを起こせ！」

「……はい」

若者が気の進まない様子でリードの体を何度も揺すると、リードはうっすら瞳《ひとみ》を開けた。

「……ホーク様……」

「リード、どういうことか事情を話せ」

「ホーク様、私が代わりに……」

「俺はお前が何者かも知らん。報告は代官の義務だ」

若者は唇を噛《か》み締め一歩下がった。

「申し訳……ありません……急に……体調がおかしくなって……先月の中旬頃から……起き上がれなくなり……ご連絡する間もなく……」

「代官の勤めは？」

「そこなるハリーがなんとか……」

リードが目線で若者を指す。

「下の代官室にいた、頭の悪そうな男は？」

「……ルシアンかと。娘と付き合っているそうです」

「お館様への連絡くらい、家族でも指示できただろう。なぜ怠った？」

「あのっ、この程度で連絡などしたら、評価が下がるとルシアンがお嬢様を説き伏せたようで……」

たまらず、といった風にハリーが後ろから口を挟んだ。

急に体調がおかしくなった、か。私がホークの肩を叩くと、ホークは私に場所を空けた。

私は黙ってリードの手首から脈を取り、顔に手をあてて眼球とまぶたの裏を覗《のぞ》き込む。肌が黄色い。一度目の私が調べ尽くした、よく知る症状だ。

「……あ、クロエさま？　ああ……」

リードは私を見て、申し訳なさそうに顔を歪《ゆが》めた。私は労《いたわ》りを込めて彼の頬《ほお》をそっと撫《な》でた。

『こいつ、まだ頭はなんとか働いているようだな。アジロの葉の露を飲んだ割には』

姿を消しているエメルがズバリと言い当てる。私と同じ診断だ。

「内臓が機能障害を起こしてる。解毒剤を作るけど、もう元通りには働けないでしょうね。ダイアナ、この屋敷の者を全員捕まえなさい」

「かしこまりました」

ダイアナが部屋を出た瞬間、屋敷中から悲鳴が上がる。

「あなたもよ」

私は隣に立ち尽くすハリーにも草縄をかけて縛り上げる。

「〈草魔法〉……」

この男にも私が何者かわかったようだ。私は再びベッドの病人を覗き込む。

「クロエ様……つまり……」

「リード、あなたは毒を盛られたの。それも毎日のようね。だから屋敷の人間を捕らえた。いい？」

「……畜生」

リードは右手で顔を覆った。


ダイアナはこの代官邸にいる全員を捕まえ、屋敷に結界を張って閉じ込めた。そしてホークとダイアナが屋敷中を点検している間、私は携行食を摘まみながら薬草をすり潰《つぶ》した。

翌朝、あらためてエントランスに集めた皆の前で、ホークが常にない低い声で口火を切る。

「俺はローゼンバルク辺境伯の副官ホークだ。代官であるリードが統治できていないことを確認した。この屋敷の人間は辺境伯から給与を得ている。つまり辺境伯への忠誠の義務があるにもかかわらずこの現状を放置し、報告を怠った。全員クビだ。新たな代官を入れる」

何も知らなかった人々の悲鳴が上がり、モーリスはじめ知っていた人々は無言で頭を抱える。

「そんな！　お父様はやがて元気になります！」

「そ、そうだ。それに、俺がリードさんを支えて……やがては代官になる」

代官の娘カミラとルシアンが慌てて口を出す。

「あん？　代官は領主の任命だ。俺と会ったこともないお前がなぜなれる？　無礼にもほどがある」

「だって、この土地をよく知ってるもんのほうが代官に相応《ふさわ》しいよな？　カミラだって頷《うなず》いてる」

「土地を知ることなんぞ、数日あればできるが？」

「だって……ルシアンがお父さんのやり方は古いって、主流じゃなくて恥ずかしいって。俺ならば今の二倍町を大きくして、みんな贅沢《ぜいたく》できるって……」

カミラがさも正論のように堂々と返答する。堅実に勤めを果たす親がいるにもかかわらず、その働きぶりよりも恋する男の実績なき妄言を信じてしまうのか……恋って恐ろしい。

「皆の生活が改善することはお館様の願いでもある。だがな、お館様がこの町の税を国に払っているのだ。つまりこの町はお館様のもの。お前らの言う『主流でなく恥ずかしいやり方』はお館様の指示で、それを運営することが代官の仕事だ。恥ずかしいならばお前らが理想の町へ出て行け」

「い、いや、全部が古臭いわけじゃ……俺はちょっとだけ、アドバイスをしようと……」

モゴモゴと説得力のない発言をするルシアンに、ホークがため息をつく。

「なあ、町道の整備や保安に一年間でいくらかかっているか？　言ってみろ」

「お、俺はもっと、スケールの大きいことを考えてるんだ！」

「数字も持ってないやつからのアドバイスなんて、屁《へ》でもないな」

「あ、あの！　四千万ゴールドあまりかと」

昨日、代官の寝室でデスクワークをしていたハリーが、堪《たま》らずとばかりに口を挟んだ。

「ほら！　俺たちは役割分担してるんだ。俺は外交、こいつは内政」

ルシアンは悪びれもせず笑った。

「俺にはお前は代官の娘のヒモにしか見えん。別にヒモでもなんでも好きにすればいいが、娘の稼ぎのヒモでなく、領の財布のヒモっていうのが許せるはずもない」

「あ、あんただって権力を使って、女を二人も連れてるじゃねえか！　一人は護衛で、茶髪の女が愛人か？　地味だけど従順なタイプなのか？」

できる女性秘書二人の設定だったはずなのに、いつの間にかホークの護衛と愛人になってしまった私とダイアナ。思わぬ飛び火に目を丸くして顔を見合わせる。

モーリスとハリーから悲鳴があがった。

「止《や》めろ！　そのお方はクロエ姫だ！」

ルシアンがびっくりした様子で私に振り返った。一応私の存在は知識として頭にあったようだ。

「へー、あんたがお館様の……なあ、こんなおっさんじゃなくて俺に鞍替《くらが》えしませんか？　俺のほうが楽しいこと一緒にできるぜ。引きこもりって聞いてたけど、よく見りゃ結構可愛《かわい》いですね」

カミラが泣きそうな顔で私を睨《にら》みつけ、これまでにない殺意がホークから噴き出している。

「……もしかして、私を口説いてますか？」

「クロエ様の苦手なことは俺が補う。クロエ様は俺と結婚できる。ウィンウィンだ！」

「すごいわ……」

どうやら引きこもりの私とお情けで結婚してくれるらしい。代官の娘から領主の娘に鞍替えだ。領主の娘相手に玉《たま》の輿《こし》の逆を狙っているのか？　私の薬が金になると思ったのか？

前回は誰からも疎まれ嫌われ、役立たず扱いを受けたというのに、こうも望まれるとは……そのギャップに乾いた笑い声を上げた。

「そんな……私だけだって言ったのに……。あなたも偉いからって人の恋人を奪うなんて！」

カミラがとうとう私に向かって怨《うら》みごとを言いだした。当然ホークが咎《とが》める。

「おいこら、クロエ様に当たるのは筋違いだぞ。クロエ様は薬師だ。お前の親父に昨夜寝ずに解毒剤を作ってくださったんだ」

「薬師？　父に？　あ、ありがとうございます？　……え？　薬ではなくて、解毒？」

「はい、一カ月でここまで衰弱させるなんて、なかなかエゲツない毒ですね。で、その毒、ルシアンさんの荷物の中に現物がザラッとこんなに」

ダイアナがどこからかルシアンの荷物を持ってきて、彼の前で中身をぶちまけた。中の紙袋から薬包がバラバラと床に散らばる。

「おい！　人の荷物を勝手に！」

エメルがスンっと鼻を動かし、頷いた。

『ああ、間違いない。アジロの葉の匂《にお》いだ』

「隠しもしないなんて、ほんっとに自分が疑われっこないって思い込んでるんでしょうねえ。素直というか、バカというか……」

ダイアナの言葉の途中で、急に玄関から日の光が差した。

「……そのバカにこの屋敷は乗っ取られていたようだな」

この低く、胸に響く、私の苦痛をすべて掬《すく》い取ってくれる声は――。

「お館《やかた》様」

ホークとダイアナが片膝《かたひざ》をつき、頭を深々と下げる。

祖父が久しぶりの軍服姿で自らニーチェを従え、周囲を眼光厳しく睨みつけながら乗り込んできた。ダイアナの紙鳥を見てすぐ、馬に飛び乗ったのだろうか？

『ここの始末くらいホークでなんとでもなるのに、リチャード、クロエを迎えにきたんだな』

エメルの言葉に目を丸くしていると、祖父がツカツカと真ん中を歩き私の隣に立ち、見下ろす。

「クロエ、リードの解毒はどんな塩梅《あんばい》だ？」

「とりあえず応急処置はしましたが……この町は医師がいたはず。医師の指導のもと半年ほど治療に専念すべきですね」

領民の手前、私はきちんと祖父の嫌う丁寧語で応対する。祖父が一瞬顔を顰《しか》めた。

「ふむ。ではここにいる者を殺人未遂と、盗み、横領で取り調べよ。罪にそって処罰だ」

使用人から悲鳴があがった。

「ああ、リードに毒を盛った上に、わしの家の婿になりたいと言っているのはお前か？」

祖父がルシアンを冷ややかに見つめると、彼の周りの木の床材がメキメキと鳴って立ち上がり、先を尖《とが》らせしなりながら襲いかかった！

「うわーっ！」

ルシアンの体から力が抜け、失禁しながら気を失った。

「なんじゃ、あっけない。この程度で気を飛ばして婿になれるものか」

祖父がパチンと指を鳴らすと、成長した木は真新しい床材になり、床は元通りになった。ルシアンはニーチェの部下が拘束し、外に引きずられていく。全《すべ》ての使用人が抵抗を諦《あきら》めた。

『あ、毒の匂《にお》いはその派手男以外にも、右の侍女二人と執事の隣の若い男からもしているよ』

エメルの指さした先には代官リードに寄り添っていたハリーがいた。彼もグルなのか？　それとも薬と思って触れただけなのか……まあ尋問でわかることだ。

「おじい様、私は？」

「うむ。医師と相談の上、必要な薬を作ってくれ。わしがカタをつけるまで待ってろ」

「はい」

皆が一斉に動き出す。私も地図をチェックして、小走りで医師の診療所に向かった。

「アジロの葉か……」

アジロの葉はローゼンバルクでは取れない。肩のエメルも同じ思考にたどり着く。

『きちんとした、マスタークラスの薬師の製薬だったよ？』

ルシアンという男、虚勢を張っていただけで領外に人脈があるほどの大物には見えなかった。

「アジロの毒、どうやって手に入れたのかしら……」

『ひとまず現物の分析と、金の流れを調べればいいいんじゃない？』

「そうだね」


祖父の意志はレナドの隅々まで行き渡った。ニーチェはじめ祖父が連れてきた治安部隊に後は任せて、私たちは領都に帰る。リードは診療所に入院した。

私の馬は大型ゆえに容疑者の護送に使うということになり、私は祖父の新しい相棒の黒馬に相乗りになった。

流石《さすが》に蔦《つた》で二人の胴を縛ったりはしていない。祖父の手の下から軽く手綱を掴《つか》みバランスを取る。

「はあ……おじい様、私、急にモテ期が来たみたい……」

私がそうボソリと漏らすと、祖父は鼻で笑った。

「何を今更。ちっこい頃から大物ばかり釣り上げてきたくせに。王家ばかりか、グリーンヒル侯爵からも大神官からも縁談を匂わせた書簡が来ていたぞ」

心外だ。それにしても、グリーンヒル侯爵――シエル様まで？

「アベル殿下もシエル様も、私に恩を感じているだけだよ？　私相手なら気を遣わないし」

「王子や高位の嫡男が、恩だけで婚約を申し入れるものか、バカモノが。きっかけはそうであれ、クロエが他の誰よりも優秀で好ましいから願い出るのだ。まあ、わしの孫だから当然じゃ。しかし気持ちがないのであれば情けはかけるな。現状ローゼンバルクに政略の縁など不要であるし、男は案外……脆《もろ》いもんだ」

祖父が、はんっ！　と吐き捨てるように言った。

……せっかくこの話題になったのなら、伝えておいたほうがいいだろうか？　兄とのやり取りと、私の今現在の気持ち……。私は呼吸を整えて話しかけた。

「お、おじい様、私……あのね……」

「ジュードのことか？　ならば許さん」

「え？」

即答で反対され、思わず祖父を見上げて瞠目《どうもく》する。

「相手が誰であれ、まだクロエに結婚なんぞ早いわ！　……そうだな、ジュードがわしよりも強く、狡猾《こうかつ》なやり口も覚えたら、考えてやってもいい」

「お館様は百まで生きるんでしょう？　お館様に認められるのを待ってたら、ジュードもクロエ様もおっさんおばさんになっちまうよ！」

ホークが呆《あき》れたように後ろから叫んだ。

「構わん。歳《とし》をとってもクロエはクロエ、ジュードはジュードだ」

「あー！　私、わかっちゃった！」

安全な旅路、ダイアナが遠慮なく祖父の横に並ぶ。

「お館様、ジュード様とクロエ様が結婚なんかして大人になっちゃうのが寂しいんでしょ～！」

「ダイアナ、うるさいわ！」

『リチャード、図星だな！』

「おじい……様？」

「……クロエ、今回はホークがお前を領政に関《かか》わらせようと動いたようだが、領地の未来など考えんでいい。自分の好きなように生きていいんだ。それが正しい生き方であれば」

祖父が六歳の私に語った言葉を繰り返す。祖父は義務感から私が兄の求婚を受け入れるかもと思っているのだろうか？

「おじい様、私はローゼンバルクを好きで好きでたまらない。おじい様やお兄様に気に入られたくて言ってるんじゃない。自分の意思で、愛してるから守りたくて発展させたいの」

自分が愛する土地に愛を注ぐのは単純な理屈だ。そしてそんな場所は世界中探してもローゼンバルクしかない。とはいえ、ホークの横で突っ立っているだけで全く統治者として役に立たなかった自分を振り返り、やはり薬で貢献するしかない、と痛感する。

「ならば……わしから離れるな。ジュードと共に」

「うん」

祖父が少しだけ口の端を引き上げて笑い、逞《たくま》しい頼れる腕で私をぎゅっと引き寄せた。

エメルの優しい笑い声が上空からあたり一面に響き渡った。

◇　◇　◇

馬上にて門扉を抜けると、久しぶりのローゼンバルクの屋敷は若干ざわついていた。

「何かあった？　おじい様」

「ふむ、二週間ほど前から、西の森奥に魔獣が大量に発生しておる」

「え？」

私が唖然《あぜん》としていると、

「クロエ様ー、無事帰ったね！　ちょっと大きくなったかな？」

「あ、エメル様、ご機嫌麗しゅう〜」

と、バタバタと忙しそうな使用人や兵士が小走りで手を振りながら声をかけてくれる。

「おじい様、私を迎えに来てる場合なんかじゃなかったじゃない！　おじい様下りて！」

祖父の右太ももをパシリと叩《たた》くと、祖父は右眉《まゆ》をピクリと上げてひらりと地面に下りた。

「別に魔獣は昨日今日の話ではない。ジュードが対応しているから問題ないぞ」

「私が馬の世話はしておくから、おじい様は不在中の進捗《しんちょく》状況を聞いてきて。ホークもおじい様と行って。エメルはお兄様のもとに飛んでもいいよ。心配だしお兄様の魔力が欲しいでしょ？」

「おう、そうするか。じゃ、クロエ様、俺の馬も厩舎《きゅうしゃ》にお願い。さあお館様、行きますよ」

『ありがと！　クロエ、怪我人《けがにん》が出てるかもしれないから、薬とポーションちょっとちょうだい

『……よし、いってきまーす』

「ダイアナは一週間お休みだから。しっかり疲れをとって。養育院のみんなによろしく」

皆を見送って、私は張り切って厩舎係と共に馬たちを労《ねぎら》った。すると、

「お嬢様ー！　おかえりなさ〜い」

「だ、だあ〜！」

私史上世界で一番可愛い存在が、マリアの腕の中で暴れていた。

「ローランド、おっきくなってる！　ま、待って！　お姉ちゃんおてて洗ってくる」

慌てて桶《おけ》で手を洗って、ローランドを抱っこしてるマリアごと抱きしめた。最初にローランドに、そしてマリアの頬《ほお》にキスをして、ただいまを言う。

「おかえりなさいませ。ふふふ、大きくなったのはお嬢様ですわ」

「あ……」

抱擁を解いて一歩下がって見てみると、マリアの美しい瞳《ひとみ》が私よりも少し高いくらいになっていた。生まれた日からずっとマリアに守られて生きてきた。これからは私が守れるかもしれない。

久しぶりのマリアがローランドに向ける眼差《まなざ》しはひたすら優しくて、赤子をあやす母の姿は切り取った絵画のようだ。ため息の出るような優しさに満ちた光景を見ていると、この地で、二人のような人々が平和に生きていけるように尽くしていく歯車の一つになりたいと、自然にそう思えた。

ふと、ローランドを挟み笑い合うマリアとベルンの様子を、自分と兄に置き換えた画像が頭に浮かんだ。私は愛《いと》おしそうに兄と赤子を見つめていて……はっとして両手で顔を覆う。

「あらあら疲れてますね。まずはゆっくり入浴してください。全く、王都は遠すぎます」

「う、うん。ローランド、一緒に入る？」

「きゃーあ！」

ローランドが両手を広げて私を求める。忘れられていなくて泣きそうに嬉《うれ》しい！　マリアからローランドを受け取り、ベルン譲りの黒髪のてっぺんに顔を埋《うず》めて、スンっと吸いこんだ。ミルクと汗と赤ちゃん特有の……幸せの匂《にお》い。

「あら、お嬢様、ローランドを洗ってくれるの？　助かるわあ！」

「マリア、毎日でも入っちゃうよっ！　ローランドのお風呂《ふろ》係、承りました〜！」

ローランドを抱き、マリアと手を繋《つな》いで、我が家の敷居を跨《また》いだ。


久しぶりに自分のベッドでゆっくり眠ると、グインと魔力を吸われ起こされた。エメルだ。

「……もう朝？　おはよう、おかえり」

『ただいま。とりあえずオレがジュードの〈氷魔法〉に加勢して、魔獣全滅させてきた。皆ももうじき到着するよ』

「そう！　お疲れ様。みんな無事なのね」

私は慌ててベッドから飛び降りて、身支度を整える。

『無事は無事だけど、みんなぐったりしてるよ。ちょっとこれまでにないやつだったから』

エメルを両手で抱いたまま玄関を出ると、続々と馴染《なじ》みの顔が戻ってきていた。

「クロエちゃーん、ただいまー！」

トリーやミラーが私に大きく手を振りつつ、側近らしく皆に指示を出しながら討伐の後始末を始めている。駆け寄って、馬から荷物を下ろしたり、皆の装備を集めたりと手伝っていると、最後に帰還した集団に兄がいた。

兄は全身砂ぼこりにまみれ、顔を苦し気に顰めている。

「お兄様をここまで追い込むなんて、どんな魔獣だったの？」あれは魔力欠乏寸前？

『ワームなんだけど、新種だった。大小いろんな大きさで、ちょろちょろ逃げるし火が効かなくて手こずった。周囲の生態系を破壊するわけにもいかないしさ』

新種のワーム……気味が悪く思っていると、兄が馬を下り、声を張り上げた。

「皆、ご苦労様。討伐参加組は一週間休みだ。疲れを取って家族孝行すること」

「「「「はっ！」」」」

マントを翻し屋敷に入った兄を追うと、兄がぐらっと倒れそうになった。慌てて支える。

「お兄様っ！　ベルン来て！」

私の声にバタバタとベルンが現れ、肩を抱いて力強く寄り添う。

「ははっ、すまない。ボロボロでかっこ悪いな」

「何言ってるの！　ひとまず休んで。私は食事の準備をしてくるから」

ベルンが兄を部屋に連れて行くのを確認したのち、厨房《ちゅうぼう》に走る。薬湯と軽食を持って早足で戻ると、兄は既に着替えてベッドで眠っていた。顔は血の気がなくピクリとも動かない。

私は思わず毛布の上から兄の心臓に手を当てる。いつもより鼓動が力なく感じる。

「こんなお兄様、初めて……」

ほんの一瞬、兄を喪《うしな》うイメージが頭をかすめてゾッとした。そうなったら私は、私は……。

「魔獣討伐、ついつい慣れっこになっているけれど、やっぱり危険と隣り合わせ……」

死は不意打ちの場合もある。朝元気に行ってきますと家を出た人が、帰らないこともあるのだ。

『準備を怠らないローゼンバルクの兵ならば、通常はほぼ危険などない。今回が異常なんだ』

「そうなの？　エメル、どういうこと？」

『土に毒が撒《ま》かれていた。そのせいでワームが変異し増殖してた。一応一帯に浄化はかけたけど』

「……なんの毒かわかる？」

『植物毒だよ。西の森にない南方の果物の。土のサンプルは取ったから、後で調べてみて』

「ありがとう。でも、レナドに続いてまた毒が絡んでいるなんて……どうして？」

くたびれ果てた兄の横顔を見る。兄をこうも衰弱させたのは毒のせい？　いったい誰が？　毒をけしかけてくるなんて、かつて毒を散々作った私への当てつけのようだ。胸が苦しくなる。

『ところでわかってる？　ジュードがこんな疲れた姿を見せるのは、クロエの前だけだぞ？』

「……それと、エメルね」

『クロエ……』

気恥ずかしくて、意に反した返事をする私を、エメルが咎《とが》めるように上から睨《にら》みつける。

全身全霊で働いて皆の笑顔を守り続ける兄を、心底支えたいと思う。その気持ちは出会った頃から変わらない。できれば寄り添うマリアとベルンのように、一番そばで……。

「お兄様……」

そっと兄の砂と埃《ほこり》にまみれてもつれた、本来涼やかな髪に指を通す。ひんやりとした馴染《なじ》みの感触に口元が綻《ほころ》ぶ。

「大好き……」

初めてダンジョンに潜った時から、何度も何度も告げてきた。口にすることに躊躇《ためら》いはない。特に今は寝ているのだから。その「大好き」にはいろんな種類があって、私の大好きがどれに当てはまるのか？　わからないし考えるのが怖くさえある。

けれど兄へのそれは間違いなく、前世のドミニク殿下への想《おも》いよりも数倍大きくて重いものだと自覚した。

◇　◇　◇

二日休息を取ると、兄は日常に戻った。顔を合わせても挨拶《あいさつ》程度でバタバタと出かけてしまい、帰ってきても疲労の色の濃い表情で書類と格闘している。

「あんなに衰弱していたのに……大丈夫かしら」

自分が兄へどんな態度をとってしまうか予想できずハラハラしていたが、今となってはそんなことより兄の体調が心配でたまらない。

「お館《やかた》様が健在のうちにジュード様に仕事を移行することが、ローゼンバルクに隙《すき》を作らないことに直結いたします。多少無理をしてでもつつがなくそれを済ませ、ローゼンバルクの統治を盤石なものにしたいのですよ。お館様とクロエ様のために」

ベルンはそう説明して、器用に右の口の端だけを上げた。

おじい様と……私のために。胸が切なくうずく。兄のことを考える時間がどんどん長くなる。

そんな日々を過ごすうちに空気が乾燥し冷え込むようになり、今年もジリギス風邪が流行する季節になった。

「クロエさまー！　お呼びくださりありがとうございまーす！」

ザックが馬上から手をブンブン振りながらやってきた。

「ザック、久しぶり。ちゃんと子爵様に許可をもらってきた？」

「はい！〈水魔法〉の腕を買われての仕事の依頼だと聞いて、父も喜んでおりました」

恒例の予防薬を作るために、今年もトトリの海に潜る。〈水魔法〉使いが多いほど量産できる、ということでザックを呼びつけた。実際彼は成長し、立派な戦力だ。

そして、サザーランド教授の話を直《じか》に聞く機会が欲しかった、という理由もある。

「で、ザック。サザーランド教授の講義はどう？」

「一言で言えば、つまらないです」

「即答だね。具体的にどのあたりが？」

「毎回教本キッチリ四ページ分進みます。教本の解説を板書でして、理解できているか生徒に質問を投げかけて、次回の宿題を出したらピッタリ時間です。寝そうです」

典型的な座学の講義のようだ。受講者は八人で、前回教授の下に集ったメンバーがいるかは不明。

「まじめな、そして裕福でない生徒が多いように見受けられます。教材が教本しかいらないので金がかからず、そうでありながら人気の講義と同じ単位を取れる点がメリットかもしれないです」

「なるほど」

前回もそうして、不遇のメンバーが自然と集まるような仕組みになっていたのかもしれない。

「そういえばクロエ様、カーラってご存じですか？　俺たちと同じ四組なんですけど」

『カーラ？』

エメルの小さな声がひっくり返っている。全く予期せぬ人物の登場だ。

「……もちろん知ってるよ。クラスメイトだもの。彼女がどうかした？」

「彼女も受講してます」

「そうなの？」

私とカーラのこれまでの経緯を、ザックに伝えていなくてよかった。先入観のない意見を聞ける。

「俺、同じクラスのよしみでよろしくって話しかけたら、『貴族の貴方様《あなた》に話しかけられるのは困る。特にケイトさんに睨まれるから控えてほしい』って言われちゃって」

ザックはぽりぽりと頭を掻《か》いた。

『あの女、ブレないな……』

エメルの呟《つぶや》きに苦笑する。どうやらカーラの塩対応は、私に限ったことではなかったようだ。

しかし、私もザックも腐っても貴族。下手な対応は返り討ちに遭う可能性もあるのに。彼女には、はっきりモノを言う必要のある人間の線引きでもあるのだろうか？

「……すごいね。それで？」

「なぜこの講義を取ったのか聞くと、言葉を選びつつ文官を目指してるからだと答えてくれました」

カーラ、やはり文官狙《ねら》いか。何度か実技を見たことがあるが、魔法は得意そうではなかったし、彼女は自分をよく知っている。

「それとクロエ様、これは確証はないのですが、教授は左眼《ひだりめ》が見えていないと思います」

「え？」

先日姿を見た時は、それらしい特徴もなく、眼を負傷？　しているとはわからなかった。

「我がフィドラー領は軍人である父の方針で、戦争で傷ついた兵士をかなり受け入れてまして。その失明した人間の動作と似ているのです」

前回の教授は間違いなく両眼とも見えていた。何が……起こっているのだろう？

「ザック、教授自身はそれを隠している風なの？」

「どうでしょう？　眼帯をしていないので、気づかれにくいですよね。教授から吹聴している様子はないです。意図的に隠してるのか？　誰も聞かないから言わないだけなのか、わかりません」

失明とは……前回とは大きく違う。もし事故等で後天的なものならば、その仔細《しさい》を知りたいところだ。しかし、それを調べるのは、さすがにザックではない。

「ザック。サザーランド教授に何かお誘いを受けても、くれぐれもその場で乗らないでね。必ずローゼンバルクの指示を仰ぐこと。そして、自分にとって一番大事なのはご両親と弟君であり、教授を優先させるのはちょっとおかしい、と心に留めておいて」

「何か……勧誘されるかもしれないと、想定しているのですか?」

「私は辺境の民だから、隣国出身というだけで警戒してしまうの」

「わかりました」

私の曖昧《あいまい》な返答に、ザックはあっさり引き下がった。ザックはいろんな経験を経て、短期間で一気に成長したようだ。元来がきっと素直なのだろう。

「さあ、きっと別動隊が今頃、熊《くま》を仕留めてるわ。今日は熊鍋《なべ》だよ。いっぱい食べてね。そして報酬と別にジリギス風邪の予防薬をお土産に持たせるから、フィドラー領で有効に使ってちょうだい」

「やったー! 頑張った甲斐《かい》があった!」

すっかり普通の会話ができるようになったザックと、談笑しながら帰路についた。


エメルと協力し、鮮度重視の急ぎの工程を済ませて調剤室から出た頃には深夜だった。

『眠い……』

「寝ていいよ。魔力も吸って?」

『クロエも結構魔力減ってるもん……』

「ちょっと食べて寝たら大丈夫。ほら!」

『うん、じゃあ、ちょっぴりもらう』

首筋からグイッと魔力が抜かれた。一気に疲労がのしかかったけれど、まあ仕方ないとやり過ごして厨房に向かった。

調理台の上にこんもりとパンと果物が置いてある。上にかけられた布巾《ふきん》を取って、それらを二、三皿に盛っていると、ベルンがいつの間にか横に立っていた。

「クロエ様、お疲れ様です。スープを温めましょうね」

「ベルン、私のことは気にせず寝て？　ベルンもくたびれてるでしょ？」

「私が領民のための仕事を休みなしで終えて疲れきったクロエ様に、冬に入ろうとしているこの時分に、冷たい食べ物しか出せない無能とでも？」

「……もう。じゃあお願い」

理屈っぽいベルンに苦笑しつつテーブルにつくと、ものの数分で湯気のたつスープと炙《あぶ》ったパンと燻製《くんせい》の肉が目の前に差し出された。匂《にお》いを吸い込んだ途端にぐぅとお腹《なか》が鳴る。

ベルンを下から覗《のぞ》き込むと、ニッコリ笑われた。聞かれてしまった……。

「やっぱりあったかいもののほうが美味《おい》しそう！　いただきまーす」

「はい、召し上がれ」

私がふうふうと冷ましながら、野菜たっぷりのスープを食べていると、魔力を吸い終わったエメルがテーブルの上で丸くなり、うとうととしはじめた。

その様子をベルンと眺めて二人で微笑《ほほえ》み、声をひそめて話す。

「ローランドももう寝た？」

「ええ、マリアと共にぐっすり夢の中です」

そうやって自分の妻子を思い出すベルンの顔は、すっかり父親のものだ。

ふと、久しぶりにモルガンの父が脳裏に浮かぶ。絶海の孤島で、彼はどう過ごしているだろう？　反省しているか？　世間への、私への憎しみを募らせているか……。負の気持ちを切り替える。

「あのね、今年は予防薬をいつもの倍も気合いを入れて作ったの。私の命令で屋敷に出入りする人間には全員に飲ませるからね。ローランドにうつったら大変だもの」

赤子は体力がない。大人には軽い病気でも命を落とすことがある。病気を持ち込まない、罹《かか》らないのが一番だ。ローランドや子どもたちは、我が領の宝だ。

「ご馳走《ちそう》さま。私もすぐ寝るから、ベルンも可愛《かわい》い我が子のところに行ってあげて。忙しくて全然構えてないんでしょ？　もう寝てるとは思うけど。エネルギーチャージしてきて」

「はい。ですからチャージしてます。クロエ様を」

「ん？」

私が自らお皿を下げようとするのを手で制しながら、ベルンは真剣な表情で私を見つめた。

「私は時折思うのです。もしエリー様と結婚していたらクロエ様は私の娘だったのだと。エリー様と結婚できなかったことで残念なのはその一点です」

ベルンと母エリーはかつて婚約していた。母がベルンをこっぴどく傷つけたこと、今でも情けなく申し訳なく思う。私があの人の娘であることは生涯変わらない。

「たられば言ってもしょうがないですが、クロエ様が母と慕うマリアと私は結婚しました。これはもう、私がクロエ様を娘扱いしても構わないのでは？　ホークにばかり父親面はさせません」

あの母の娘であるにもかかわらずベルンに大事にされていることは、出会った頃からずっと身にしみていた。でも、こんなふうに言葉にされると……目頭が熱くなる。

「……ローランドみたいに可愛くないよ？」

「私の言葉を否定するなんて、どうやらクロエ様は絶賛反抗期ですね」

ベルンがモノクルを光らせて、私の頭を撫《な》でてくれる。ローランドにするのと同じ仕草で。

「ありがとう……ベルン」

幼い頃、抱き上げられた時にしていたように、ベルンの頬《ほお》にキスをした。

◇◇◇

ザックが王都に戻ると同時に、リド様から手紙が来た。

祖父も兄も警戒したので、先に二人に読んでもらった。私には家族二人に秘密にする理由はないし、逆に手紙にマル秘内容が書かれていたら、それはリド様が迂闊《うかつ》なのだ。

「つまらない」

祖父の後から読んだ兄が、便箋《びんせん》をポイっとテーブルに放《ほう》った。当然リド様に抜かりはなかった。

手紙は一言で言えば〈魔親〉愛に溢《あふ》れていた。三日前、大神殿のドラゴンの卵がユラ、ユラと二回動いたことが、どれだけ神秘的でどれほど感動したのかがもう……エンドレスだ。

「なんにせよドラゴンの赤ちゃんは、殻の中で元気に生きてるってことだよね？　よかったあ」

『うん。そのうちオレ、様子を見に行っていい？』

「気になるよね、もちろんいいよ」

「エメル様、クロエのそばを離れる時は、わしかジュードがここにいる時でお願いします」

おじい様は過保護だ。

そして手紙には、なんとエリザベス王女殿下と円満婚約解消したと高らかに宣言されていた。

『重いしがらみから解放されて心はどこまでも軽やかだ。魔力量が伸び魔法もあれこれ試せて、レベルもグンと上がった。ああ、王女は早速グリーンヒル侯爵令息と婚約したよ。めでたきことだ』

王家との婚約解消……卵が動いた、つまり神殿にドラゴンという強大な力がつく目途が立ったから、不要な干渉しか生まない王家とすっぱり縁を切ったのだ。神殿が強気に出た。

そしてグリーンヒル侯爵令息とはシエル様だ。私の知る王女は、周囲が幸せになるよう心を砕く人ではない。誠実で控えめなシエル様は王女とうまくやれるだろうか？

「王家に近い侯爵家に身を置くんだ。ある程度覚悟はしていただろう」

兄の言葉に頷《うなず》いたものの、あの学校で唯一理想の先輩だったシエル様への心配は消えない。

『君は無理するなと言ったけれど、無理しなければ、〈光魔法〉で第一王子に遅れをとったままだ。私がレベルMAXになったら、私との結婚を考えてくれない？　クロエとならドラゴンの秘密を共有できるし、自立し合った愉快な家族になれると思う。大神官様も歓迎するだろうね』

「勘弁して……」

王女と『円満婚約解消』したあげくの果ての、選ばれた女になるなんて冗談じゃない。王女は自分を振った男が選んだ女を放置するほどお優しい人格ではない……前回のままならば。

「実戦経験のないレベルＭＡＸ相手になど、負ける気はしないな」

兄がそう言って鼻で笑うと、祖父の後ろに立つホークがしれっと蒸し返す。

「そういえばシエル侯爵令息からも、内々にクロエ様に婚約の打診、来てましたよね？」

「もう……リド様とは卵仲間だし、アーシェルがお世話になってるし、お付き合いは続けるけれど、冗談でも結婚なんて……ドラゴンの件以外はほっといてほしい。そもそも、最初に大神殿に行った時は辺境のこと丸ごとバカにしてたよ？　いっそその認識のままでいいのに」

兄が肘《ひじ》掛《か》けに頬杖《ほおづえ》をつき、ニヤリと笑った。

「迷惑しているのなら神殿にきちんと抗議すればいい。クロエ、俺が『兄として』抗議するのと『男として』抗議するの、どっちがいい？」

「兄としてに決まっとるだろうが、バカモノがっ！」

私よりも祖父が先に選択してくれた。

「ハイハイ。じゃあ次期領主として、クロエは大事な戦力なので領から出せない、あと年下には興味がないと言ってると、正式な書状を出しておくね」

『ジュード、サラッと妙な文言混ぜ込んでたぞ？』

その次のリド様の手紙には、『私がローゼンバルクに婿入りしてもいいよ？』と書いてあった。

私は卵仲間として、軽口を叩《たた》ける相手だと認定されたようだ。まあ神殿は大きく、おそらく未来《みらい》永劫《えいごう》続く組織だ。いつかベルンが教えてくれたように、仲がいいに越したことはない。

◇◇◇

元気で健やかなローランドと一緒に年を越し、厳しい冬も峠を越え、学年末のテストを受けるために再び王都に出立する日が近づいた。教授の待つ学校に戻る。

その段になり気がかりなことがある。それは毒がこの地に持ち込まれていることだ。レナドのものも西の森に撒《ま》かれたものも、詳細な分析の結果、この土地に生育しない植物を原料に高レベルの〈草魔法〉でしか精製できない代物だった。案外近くにマスタークラスの草魔法師がいるらしい。噂《うわさ》にものぼらないということは、権力者に囲われている？

だとすれば、その草魔法師に誰が毒を作らせているのか？　そう考えた時、真っ先に思いついたのが教授だった。前回のように、毒を用いて国の要人を殺《あや》めようとしているのだろうか？

もしや教授は、毒でローゼンバルクを窮地に追いやることで、私を犯人に仕立て追い詰めて、愛する土地から締め出させようとしているのか？　それとも毒の恐ろしさを知る私相手だからこそ、領地を質に私を前回同様仲間に勧誘しようとしているのか……なんにせよ、嫌な予感がする。最近の事件は私が原因な気がしてならない。愛するローゼンバルクに私が迷惑をかけるなんて……。

もう一つの心配は、王都に戻れば進学し入学シーズンになる。一度目では十六歳のこの年に、私は断罪され全《すべ》ての人に見捨てられて、牢《ろう》に入れられた。そしてアーシェルは神学校だからもう関係ないけれど、エリザベス王女殿下がいよいよ入学してくる。

一度目の人生において、王家の宝と言われた王女。華やかで、兄王子たちから可愛《かわい》がられ、全てを手に入れているもの特有の傲慢《ごうまん》さを当たり前のように身につけていた。

二度目の現在、王子の婚約者は免れたから接触はないはずだし、できるだけ避けるつもりだ。でも王女が縁の切れた大神殿にも出入りが許される私。身の程知らずにも出過ぎていると思われ、前回同様に王女が絡んできたら、私はドミニク殿下にしたように力ずくで追い払える?

無理だ。王女が絡んできたら腕力で追い払うことなどできない。同性同士ゆえに。

これまでは女性に対して無茶振りする王子……という構図だったから、私が魔法で抵抗しても、大事にならなかった。しかし王女が相手だと、私が弱者を攻撃した加害者になってしまうのだ。

罠《わな》にはまり援軍も頼めない状況に陥り、たった一人蜘蛛《くも》の巣《す》にかかるように囚《とら》われてしまったら……もはや私には逃れる術《すべ》がない。彼女は学校内の最高権力者なのだ。

私が王家への反逆で捕まれば、愛するこの地は無傷ではいられない。そんなこと耐えられない。

今日、エメルは久しぶりに大神殿へ飛んだ。だから私は意を決してマジックルームからゼロの草を取り出す。昨年、大神殿の神域でこっそり摘み取った……私を殺せる唯一の毒草だ。

ゼロの草は一般的には鎮痛剤の材料だが、レベル70以上の草魔法師ならば、麻酔薬を精製できるようになり、さらにレベル99の草魔法師になれば、ごく少量で、苦しむ間もなく死を迎えられる毒――ゼロの薬を作ることができる。ほぼ即死できる毒は他にもあるけれど、この薬が一番跡を残さない。前回の私の理論上の最悪傑作。そして唯一私に有効な毒。

この薬のもう一つの材料は――私はゆっくり立ち上がり、クローゼットの中に大事にしまっている宝箱を取り出した。

中には、患者だった子どもからの手紙や、幼き日、兄が作ってくれた花冠の押し花が入っており、その奥からベルベットの巾着袋《きんちゃくぶくろ》を慎重に持ち上げる。

作業台の上で静かに中身を引き出す。それは初めて王宮に参内した時に祖父が私に着けてくれた、祖母の形見の真珠のネックレスだ。ゼロの薬の主原料は、ゼロの草とすり潰《つぶ》した真珠なのだ。

真珠は非常に数が少なく、新しいものが市場に出ることはなかなかない。運良く手に入ったら、子に孫にと一族で伝えていく家宝となる。

今、私の手元にあるネックレスは二連、二連にするほどの数が揃《そろ》ったというのは、領地に海を持つ恩恵だろう。粒はよくよく見れば揃っておらず、中には球ではなく、そら豆のような歪《いびつ》な形をしたものも糸を通してある。売り物ではあり得ない。

しかしそれすら愛《いと》おしい。これはきっと、遠いご先祖様が仲間の漁師と共に、自ら何年もかけて集めた結果なのだ。愛する妻のために。まさしく家宝だ。

「亡きおばあ様は、私がこの美しいものを毒に変えることを許してくれるかな……」

そう言いながらも手は止まらない。もう随分前から悩み抜いた末の結論なのだ。

私はトレイの上にネックレスを置き、慎重に糸を切り、真珠を五粒抜く。

「私の存在が、大好きなローゼンバルクの足枷《あしかせ》になど絶対になりたくない。それに前回の、あんな死に方だけは嫌なの……許して……おばあ様……おじい様……」

罪悪感を振り切り、魔力を引き上げた。

「密閉！　粉砕！」

部屋を除菌し、私の手元に〈空間魔法〉で小さなハコを作る。危険極まる毒をこの家にある容器で作るわけにはいかない。その中で真珠とゼロの葉を粉砕し、アルコールや繋《つな》ぎとなる植物を入れ、

「攪拌《かくはん》！」

全てが混ざりスライム状になったところで、私のレベルＭＡＸである〈草魔法〉を流し込む。

「抽出……」

魔力によって化学変化を起こした成分が、スライムの下方からじわじわと染み出して、ハコの下に溜《た》まる。水滴が落ちなくなると、手をスライドさせてスライムを蒸発させた。

残った液体の成分をハコから取り出して、滅菌した瓶に入れる。

「加熱……魔力注入……」

瓶の上から加熱することで改めて除菌し、日持ちを一気に引き上げる。そして最後の魔力の注入で、完全に毒として成分が固定された。

久しぶりの高度な製薬に、どっと疲れて椅子《いす》にへたり込む。作り上げた二本の瓶を交互に持ち上げ、出来を確認する。問題ない。光を通さないように青い瓶に入れてはいるが、中身は無色透明。とろみもなく、まるで水だ。一本は予備。二度目の人生ともなれば、慎重にならざるをえない。

「ふー……」

作業台に肘《ひじ》をつき、両手で頭を抱え、五分ほどそうしていただろうか？

気持ちを切り替えトレイの上の真珠に手をかざし、中を通る糸に草の繊維を混ぜて強化して、もう一度固く結ぶ。ネックレスの見た目は何も変わらない。誰も気が付かないだろう。

「で、おじい様とおばあ様に許しを請いながら、何を作り上げた？」

突然の声にビクッと体を揺らし、恐る恐る振り向くと、兄が扉に寄りかかり、この真冬の空気よりも冷たい瞳《ひとみ》で私を見据えていた。

「お兄様……」

兄がゆっくりと私の下に歩いてきた。作業椅子に座る私を上から見下ろし、トレイに視線を移す。

「久々に見たね……義母《はは》がよく着けていた。このローゼンバルクの女主人の証《あかし》である真珠を使って、クロエは何をしていたのかな？」

「……ミサ伯母《おば》様も、着けてらしたの？」

言われてみれば、当たり前のことだ。祖母の持っていた女性用の装身具は全て、嫡男の妻であるミサ伯母様のものに違いない。私の母はローゼンバルクを捨てたのだから。つまり、この真珠はミサ伯母様の形見でもあったのだ。兄の大事なお義母《かあ》様の……。私は一気に動揺した。

「お、お兄様、形見を使用してしまいごめんなさい！　残りは返すから。本当に、本当にごめ……」

「そのネックレスはクロエのものだ。俺の首には似合わん。俺はただ、クロエのものとはいえ家宝の真珠を何に使ったのか？　と聞いている」

兄がぶれることなく質問を繰り返す。私は当然答えを用意しておらず、混乱に陥っていく。

「エメルに言われていたんだ。自分が大神殿に行ってる間、よく見張っとけってね」

「エメル……」

出かける時、卵に会える喜びをペラペラと話すだけで、そんな様子など全く見せなかったのに。

兄が私の頭越しに薬瓶を手に取った。

「お兄様、ダメッ！」

素人が持っていいレベルの毒ではない。慌てて手を伸ばすが取り返せない。

「そう、つまり毒だな？　誰を殺す？」

「誰も殺したりしないっ！」

私の声は、もはや悲鳴だ。

「では、自害用だな」

あっという間に、丸裸にされ、言葉を失った。

「クロエはまだ、俺に秘密を抱えているのか？」

「何も……秘密なんて……」

ノロノロと返事をする。一度目の人生の出来事は本当に全て伝えた。ただ、自分でもきちんと整理のつかない感情部分まで、人に話すべきとは思わなかった。うまく伝える自信もなかった。

「じゃあ、今から秘密を作ろうとしているんだ」

「そんなわけでは……大したことでは……」

私はもはやなんと言えばいいかわからなくなり、しどろもどろになった。毒を作った事実は……新しい秘密に違いない。

「じゃあ、攻め方を変えよう。クロエ、俺はそのネックレスをした義母に抱かれて、真珠を一粒一粒数えて遊ぶのが好きだったよ。義母と声を揃えて大きな声で、一つ、二つってね」

「あ……」

その情景は割と簡単に思い浮かんだ。日頃、ローランドが似たような遊びをしているのだ。

「クロエの真珠にはそんな思い出もある。今でも数を覚えているよ？　確か全部で一三二粒だったかな。それをいくつ減らした？　バラした理由くらい教えてほしいね」

胸が抉《えぐ》られたように痛む。もう、こうして兄に見つかった以上、整理できていようがいまいが話すほかない。兄は、全てを分かった上で私を追い詰めたのだ。私が話さざるをえない状態に追い込み、私の荷を半分持つために。私は諦《あきら》めて体の向きを変え、目の前に立《た》ち塞《ふさ》がる兄を見上げる。

「もちろん……自殺願望などない。私は天寿を全うして、死の間際のベッドの上で次のローゼンバルクの女の子にこのネックレスを渡したいと願ってる」

「では、どういう事態に備えている？」

「……毒が領地に入り込んでるでしょう？　私のせいかもしれない。エリザベス王女ももうすぐ入学する。私はおそらく王女から憎まれてて、だから……だから……」

兄が薬瓶を持ったまま、ゆっくりと腕を組んだ。

「……なるほど。どこかで毒が作られていて、自分と無関係のはずがないという疑念に追い詰められたのか。そして教授は他国の貴族だから、いざという時は力を振るって殺しても構わんが、非力でかつ国の宝である王女殿下はそうはいかないってことだな？　つまりこれは……逃げ道だ」

少し糸口を与えてしまえば、私の思考など兄は勝手にたどり着く。ずっと一緒にいたのだ。

「記憶の中の教授や王女は、そんなにタチが悪かったのか？」

「……お兄様、もしあの人たちに絡め取られても、ギリギリまで足掻《あが》くと約束する。お兄様の助けをちゃんと待つ。でも、本当にどうしようもない時のためにそれは必要なの。私は人間の尊厳を守りたいだけなの。お願い！」

ローゼンバルクの足枷になりたくない、という理由は口にしなかった。怒らせるのは目に見えている。この、話した理由だけで十分真実だ。

「前は……人間の尊厳を守れないことも？」

私はつい鼻で笑ってしまった。可愛《かわい》げのないことだ。ああ、鮮明に思い出す。

「牢で、自由を奪われた私に、尊厳などあるわけ……ないでしょう？」

何度……いっそ死にたいと泣き喚《わめ》いたことか。やがて声も嗄《か》れ果て、目の光も消えて……。

兄が黙り込んだ。静寂が二人を包む。私はもう無気力に床を眺めていた。

「……よくわかった。マジックルームに入れておけばいい」

兄は自らもう一つの瓶にも手を伸ばし、私の手のひらに載せた。

「お兄様……？」

何がなんだかわからず兄を仰ぎ見る。すると、兄はゆっくりと私に向かって頷《うなず》いた。どうやらゼロの薬を持つことを許されたらしい。信じられない思いもありつつ、胸《むね》を撫《な》で下《お》ろした。

「わかってくれて……ありがとう……」

私は手のひらの青い薬瓶を両手でそっと包んだ。

「ただし、片方は俺が持つ」

私は目を見開いて顔を上げた。兄の手はもう一本の薬瓶のくびれを、軽く摘《つま》んだままだった。

私は首を横に何度も振りながら言い募る。

「お兄様……ダメ。絶対ダメ！　お兄様は毒がどれだけ危険かわかってない。たとえ使わなくても、持っているだけで精神的に負担になるのっ！」

兄がアイスブルーの瞳で私を真《ま》っ直《す》ぐに上から射貫《いぬ》く。

「しかし、クロエはそれを持つことで安心するのだろう？　矛盾している」

「お兄様には、私のような危険はないでしょう⁉」

「お前が毒を持ちたいと思うほどに危険に脅かされているのに、俺が平和を満喫できるとでも？」

「そんなこと、思ったことないっ！」

「クロエ、決定事項だ。毒を持つならば一本ずつ。俺に持たせたくないならば二本とも俺が完璧《かんぺき》に凍らせて、ネックレスは回収する。どうする？　明日にはエメルが戻るぞ？」

清廉な兄に毒なんて負の最たるものを持ってほしくない。でも、あれがないと私は……ゼロの薬は前回の後悔。私のお守り……最後の砦《とりで》……。

「持って……いたいです」

私が呟《つぶや》くようにそう言うと、兄は、青い小瓶を自分の胸ポケットに入れ、私に向かって顎《あご》でしゃくってみせた。私は呆然《ぼうぜん》としたまま、自分のマジックルームに入れた。

「お兄様……私……私……」

自分のしでかした結果に体が震えだし、必死で自分を抱きしめる。

「クロエの前回の苦悩を俺は想像しかできない。歳《とし》を重ねるごとに、毒を手元に置きたいと願うほど追い詰められているクロエから、取り上げることはしない。別の毒を作りかねないしね。でもね、もしクロエがその毒を飲んだなら、俺も時を置かずして飲むから」

恐ろしい言葉に、私の機能停止していた脳が、一気に覚醒《かくせい》した。

「な、何を……そ、そんなのダメ、ダメ。お兄様が死ぬことなんてないっ！」

「クロエが死を願うような世界にいても無意味だ。俺を形作る善の成分は、全てクロエでできているのだから」

「そんなの……お兄様を殺すとわかって……飲めるわけがない……」

兄が、強大な抑止力となって死の前に立ち塞がる。

「クロエが常に毒を持ち歩いていることへの俺の恐怖が、少しはわかったか？」

私は兄の胸ポケットを見つめて、がくりと肩を落とした。

すると兄が私の前で両膝《りょうひざ》をつき、腰掛けた私と視線を合わせ、私の両肩をガシッと掴《つか》んだ。

「足掻け、ギリギリまで。前回とは違うんだ。いかなる時も必ずエメルと俺が、クロエを救出する」

「牢《ろう》に……入れられても？」

「エメルと牢ごと壊すさ。〈土魔法〉マスターになったしね」

「さすが……お兄様……」

私は深く考えずにそう言って、口の端を上げた。すると、兄に静かに抱き寄せられた。

「クロエ……生きることを諦めないでくれ……俺のために……」

兄の絞り出すような声に、胸の奥から涙が溢《あふ》れた。私だってつい先日、兄を突然喪《うしな》うことへの恐怖に震えたばかりなのに。なぜ兄だって同じ心境になると思い至ることができなかったの？

私はまたもや自分自身で最愛の人を苦しめてしまった。兄の幸せを誰よりも願っているのに……。

「お兄様……頼りにしてるの、本当に……」

「うん」

「でも、怖いの、どうしようもなく怖いの……」

「そうか」

「弱くて……自信がなくて……ごめんなさい……」

私は兄の腕の中で意味をなさないことを泣きながら吐き続けた。やがて兄は私を抱き上げてソファーに座り、私の背中をゆったりとさする……子どもの頃のように。

兄の腕の中はずっと昔から安心できたけれど、いつのまにここまで広くなったのだろう……。

「お兄様……ごめんなさい……答えも出せず……甘えるばかりで……」

「いいんだ。兄であれ男であれ愛している。俺はクロエのものだ。……眠れ」

兄は私の首筋に手をやると、ひんやりとした感覚と共に、どうやったのか私の魔力をエメルがやるようにスッと抜いた。心身共に疲労していた私の体は、抵抗出来ずに目を閉じた。

第四章　運命の三年生

春を前にして、私はダイアナと王都にやってきた。二学年最後の行事と進級が待っている。

今回は卒業パーティーには行かない。私を誘う人はいないので問題ないだろう。

保護者枠は久々のベルン。そして王都生活に新顔登場だ。

「クロエちゃーん！　オレ制服似合う〜？」

「全く似合ってないわ！　子どもが着るには十年早いって感じ」

「ダイアナには聞いてませーん。クロエちゃんに聞いてまーす！」

「トリー、もちろんばっちりカッコいいよ……小柄だからかなりブカブカだけど」

そう、当初の予定どおり、トリーも新年度から入学するのだ。護衛の入れない学内には、ダイアナ同様手の者を学生として配置するのが一番で、王女と同学年のトリーが動向を監視することは、私の安全に繋《つな》がると。そのために受験勉強をしてくれたトリーには感謝しかない。

久しぶりの登校はクラスメイトの誰からも声をかけられず、淡々とテストを受けて過ごした。

そうして三日間の試験が終わり、二学年を無事修了し、本日は大神殿に招かれてやってきた。いつもはさっさと神域に飛んでいくエメルも、今日は私の頭上にふわふわと浮いている。

入口にて招待状を手元に出すまでもなく、リド様が神々しい金の刺繍《ししゅう》がこれでもかと入った神官服姿で待ち構え、歓迎されて大神殿の中に通され、〈光魔法〉のカーテンをくぐった。

「なっ！」

半年ぶりに見た大神殿の卵は、前回私が作った木の社の中で、ピカピカと光り輝いていた。

「こんなに光るようになったなんて……〈光魔法〉の影響……よね？」

『会いにくるたびに輝きが増してるんだー。綺麗《きれい》だよね』

エメルが目を細めてニッコリ笑った。

「あ、姉上、ご無沙汰《ぶさた》しています！」

声をかけられて振り向くと、急いで来たのか少し息の上がったアーシェルが、胸に右手を置き立っていた。大神殿の中にある神学校を抜けてきたとのこと。

「アーシェル……大きくなったね……」

彼は絶賛成長期のようだ。秋口は私とそう変わらない身長だったのに、視線が上になっている。

「クロエ、私は？」

「え？　リド様はそんなに変わった様子は……そうそう、あまり魔力を頻繁に欠乏させると、魔力量は伸びますが、体の成長を阻害しますよ？　魔力は生命そのものだそうです」

「嘘《うそ》でしょ？　クロエ……もっと早く教えて……」

リド様が我々世代で一、二位を争う美しいお顔を引き攣《つ》らせた。これから無茶はしないだろう。

卵仲間三人水入らずでお茶をいただく。とても庶民には手の届かない海の向こうの茶葉だ。破格の歓待ぶりに私が頭を下げると、リド様は満足そうに微笑《ほほえ》んだ。

「ところでリド様、神官服がますます煌《きら》びやかになられましたね」

「姉上、リド様は五位になられたのです」

アーシェルが世間話とはいえ私に話しかけてくれる。嬉《うれ》しい。それにしても、

「十四歳で、特級の五位……」

リド様は神殿のサラブレッドで、生まれた時から特級への道が真っ直ぐ開けていた。それでも
……早すぎる。きっと、昇格を納得させる何かを見せつけたのだ。

「〈光魔法〉のレベルがぐっと上がったからね。私だって努力しているんだ」

意識してリド様を観察すれば、リド様のレベルは80を超えていた。急激な成長ぶりだ。

「……そうですね。将来ドラゴンと共に生きるならば、強いほうがいいですよね」

「ふふ、その通り！」

気高きドラゴンと生きるのだ。己磨きにも熱が入るというもの。

「アーシェル、学業はどうですか？　師匠の教えを守っていますか？」

見たところ、アーシェルも〈風魔法〉レベルが上がったようだ。

「正直に言えば、神学校の勉強はついていくのがやっとです。奉公と神学校とその予習復習で一日が終わり、先生の下にいけるのは休日だけです。あまりいい弟子ではありません」

「まあ、他の神学校生はほぼ神官の家系で、物心ついた時から教義なんかは諳《そら》んじることができるからね。基礎が違う。でもアーシェル、仕方ないよね？」

「はい、自分で決めた道ですので。先生も、神学校を優先させるようにと言ってくださいます」

師の言葉を思い出し微笑む様子を見て、彼がここに残ったのは正しかったのだ、と思えた。

ふいに卵が、かた、かた、と揺れた。

「姉上、見ましたか？」

アーシェルが目をキラキラと輝かせる。

「ええ、健やかに成長してるみたいね。よかった」

私も嬉しくて、卵を眺めて目尻《めじり》が下がる。エメルも幸せそうに翼をはためかせた。

「ところでクロエ、今度卒業する四年生のルルって女性、知ってる？」

唐突に、リド様の口から出てくるはずのない人の名前が飛び出し、瞠目《どうもく》する。

ルルと私とのあれこれは大神殿の耳にも入っていたようだ。リド様が入学前の話だというのに。

エメルがヒヤリとする冷たい声を耳元で発する。エメルはルルに悪印象しかない。〈魔親〉の私が命を捨てそうになった事件のきっかけだったから――。

『ルル……ねえ……』

「ルルは私の最初の……五歳の頃の友達です……大切な……」

「……我らモルガン家の被害者です。我々が罪なき庭師一家を陥れた」

アーシェルが顔面を蒼白《そうはく》にしながらそう言い、救いを求めるように両手で印を結び祈った。アーシェルも聞き及んでいたのか……。とはいえ当時六歳の弟に責任などあるわけない。

「やはり君たちにとって重要人物なんだねえ」

リド様が私たちの深刻な雰囲気など意にも介さず、ふんふんと頷く。

「とにかく、彼女はなかなか優秀な成績で卒業するんだ。しかし、彼女とモルガン、ローゼンバルクとの間にゴタゴタがあったことは案外知れ渡っていてね。就職に際し王宮の文官や、商会の事務方などいろんな職業に応募したものの……全てダメだったようだ」

「そうなのですか？　ルル……」

もしルルが困っていたら、なんでもする気持ちはある。だがローゼンバルクの領政に携わる仕事は彼女自身が嫌だろう。領内の商店などであればギリギリ働いてくれるだろうか？　それよりもいっそアルマン商会に頭を下げようか……王都を離れがたいならば……。

そのようなことを俯《うつむ》いてツラツラと考えていると、リド様があっけらかんと言った。

「でね、クロエに恩を売るチャンスだから、私が声をかけたんだ。信徒との調整役のような神殿の下部組織で働いてみないかって」

「え？」

呆気《あっけ》に取られた。慌ててリド様に向き直る。

「リド様、大変ありがたいお申し出ですが……私に恩を売っても、何も出てきませんよ」

「そうかな？　クロエに恩を売れば、グリーンドラゴンに会わせてもらえると思ったんだけど？ああ、その女の前にはドラゴンが現れたらしいね。全くもって羨《うらや》ましい」

「『……………』」

「でもね、断られた」

「え、ルル……どうして……」

あのトムじいたち庭師の作業部屋には小さな祭壇があり、ルルは毎日花を供えていた。神殿のこと、ジーク神のことを真っ直《ま》ぐ《す》に敬っていた。信徒にとっては名誉なお仕事なのに断ったの？

リド様がずいっと私に身を乗り出して、目を合わせた。

「『姫さまの足を引っ張るような真似《まね》はしない』んだって」

「な……」

「こうも言っていた。『就職活動に全部落ちて吹っ切れた。やはり小さな頃の夢を追って庭師になる。〈草魔法〉だけでなく〈岩魔法〉も使った庭作りを学ぶために、南部の知り合いの庭師に弟子入りする』って。学校で学んだこと、まるっきり無駄になっちゃうね。でも、いい顔していたよ？

ふふふ、この情報で、少しはここ一年の借りを返せたかな？」

リド様は優雅に微笑んで、背もたれに体を預けお茶を口にした。

「ルルが庭師に……そう……そうですか……」

それからの話はあまり覚えていない。私は卵に祈りを捧《ささ》げ、また誘うというリド様の言葉に生返事をし、アーシェルに手を振って、エメルに支えられるようにして帰宅した。


『私がじいちゃんとお父ちゃんの跡を継いで、庭師になるの。子どもは私だけだからね』

『すごーい、ルル。私も庭師になりたいなあ』

『姫さまなら、いつでも雇ってあげる。だって姫さまってば、大変そうだもん』

『うわあ！　ありがとう。一緒にいっちばんカッコいいお庭、作ろうねえ』

胸を張って笑うルルを懐かしく思い出しながら、私は屋敷の庭で白バラの花芽のある枝を切る。

「成長……着色」

数本繰り返し、丁寧に形を整えて、小さなブーケを作った。花が長持ちするよう、目を閉じて魔力を込めると、脇に控えていたトリーを手招きした。

「トリー、これをルルの寮に届けてくれる？」

「かしこまりました」

トリーを見送って、雲間から覗《のぞ》く早春の青空を仰いだ。


数日後、私は卒業式にきちんと参列した。

背筋を伸ばして真っ直ぐ前を向き、壇上に向かうルルの胸には、青バラが一輪さしてあった。

「……卒業生には婚約者や仲の良い後輩が花を贈るっていう伝統があるらしいですね。見てください。青バラなんてただ一人ですよ。わかる者には、彼女がクロエ様の庇護《ひご》下にあると、関係は良好であると、伝わったでしょうね」

ダイアナが隣で不満げに呟《つぶや》く。伊達《だて》に二度学校に通ってはいない。ただ前回は卒業できなかったから、誰からもブーケはもらえなかった。

「安心して。ダイアナが卒業する時は、もっとすごい花束をあげるから」

「やった！　じゃあ、私もクロエちゃんに……ああ、でも次期様にその役目は取られるかなあ」

喜ぶダイアナに微笑んで正面に向き直り、ルルが卒業証書を受け取るのを見届け拍手を贈っていると、この大勢が参列する式典で、壇上から階段を降りるルルとなぜか目が合った。ルルはこれまで澄ました表情だったのに、突然顎《あご》を少し上げて、歯を見せてニカッと笑った。それは貴族の嫌う、下品と言われる笑い方で――。

『姫さま、〈草魔法〉いいなあ。教えて！』

そう言っていた、幼い頃と全く同じ、私の大好きな、ルルだった。

「おめでとう……ルル」

私も目いっぱい口角を引き上げて、歯を見せて、笑った。

◇　◇　◇

月が変わり、可愛《かわい》いトリーが入学した。これまで全く興味のなかった入学式も、幼なじみのようなトリーが主役ならば別だ。ちなみにトリーは寮に入り、その環境でも情報収集してくれる。

「トリー、だんだんゴーシュに似てきたね」

「うー、同意ですがゴーシュさんみたいにトリーがムキムキになるのは、ちょっとイヤかなあ」

なんやかんやで、ダイアナもトリーが可愛いのだ。

そして私とダイアナは三年生になり、新年度恒例のオリエンテーションに出席する。

私は学校に出向かなくてもテストで点数を取れそうな教科――一度目の人生で学んだ教科を適当

に選んで提出しようとした。すると、おもむろにカーラから声をかけられた。

「ク、クロエ様」

ダイアナと共に目を丸くする。彼女は最近露骨に私たちを避けていたから。問題の多い私たちと関《かか》わると、悪目立ちするとばかりに。それが彼女の処世術とはわかっていても、ショックだった。

「あの、選択授業ですが、数学を選んで……みませんか？」

私は表情を変えないように内頬《ほお》をガリッと噛《か》んだ。なぜ……ひとまず様子を見るべきだ。

「正直に言えば数学は興味ないの。それにカーラさんはずっと同じクラスにいたからわかってるでしょう？　私はテストにしか来ないの。こんなやる気のない生徒、いらないと思う」

「だからです。テストだけならば、数学に籍を置いてくださってもいいのでは？　それに珍しい〈草魔法〉ですし……。あ、ダイアナさんもクロエ様と一緒にどうですか？」

ダイアナの顔から表情が消えた。結構苛立《いらだ》っている。数学の講義に誘ったことにではなく、これまでの私たちの関係性を棚に上げて、気軽に声をかけたことに対してだろう。しかし、「数学」を知る滅多にないチャンスが転がってきたのだ。私はダイアナの手をギュッと握り、彼女を抑える。

「カーラさん、私たちにそんなに推してくるなんて、数学に何かお勧めの点があるの？」

「はい。あの、講師はサザーランド教授という方なのですが、とにかく平等なのです」

私は少し考えを巡らすフリをして、

「悪いけれど、存じ上げないわ」

「あまり自己主張する先生ではないのです。その辺も私は素晴らしいと思っています」

「平等？　それは身分に関してということ？」

ダイアナが静かに、不快感を隠して尋ねる。

「そうです。貴族の方にも、私のような平民にも態度を変えないのです」

彼女がそう言うのならそうなのだろう。私は所詮《しょせん》貴族だ。日頃平民の方々とどのような差をつけられているのかわからない。どちらかというと私は腫《は》れ物《もの》扱い別枠だけれど。

「そして、四大魔法以外の適性の生徒にも差別しません。逆に、『四大魔法以外の魔法はまだまだ研究の余地がある。偉業を成し遂げるかもしれないね』と、見下すことなくおっしゃるのです」

『四大魔法以外の適性でも、彼らに負けないくらい世間の役に立つことを、一緒に検証しないか？』

かつての教授の言葉が一言一句蘇《よみがえ》る。胸がギリッと痛む。

あなたはこの時間軸でも、劣等感にまみれた子どもたちを甘い言葉でそそのかしているの？

「カーラさんは……前回の演習で見せてもらったけれど〈氷魔法〉だったよね？　四大魔法ではないけれど、悲観するほどの適性でもないでしょう？」

昨年の演習で彼女の〈氷魔法〉を見た時、兄と一緒で羨ましいと思ったものだ。

「それでも、四大魔法とは天と地の差があります」

カーラが表情を強張《こわば》らせてそう呟いた。

「で、その素晴らしい先生の教えを、四大魔法でない私とクロエ様にもお勧めするってこと？」

「はい。きっと目から鱗《うろこ》が落ちると思います。それに、先生は未知の魔法が大好きだと言っていたので、きっとお二人の魔法を見たら喜びます」

「つまり、自分の点数稼ぎをしたいってことね」

ダイアナの発言に、カーラは驚いたことに睨《にら》みつけてきた。その後、大きく息を吸い、見慣れたサバサバとした表情に戻る。

「……そう取られても構いません。とにかく素晴らしい先生なのに受講人数が少なくて、講義が打ち切りになっちゃうかもしれない。それはどうしても避けたくて……」

「そんなに受講生が少ないの？」

「このクラスでは、今のところ私しかいません。ザック様はクラスが替わったし……」

授業を受ける気もないのにこれ以上踏み込めば、怪しまれるかもしれない。ここまででいろんな証言が取れ、新たな疑念も生まれた。腰を落ち着けてじっくり考えよう。

「そう、素晴らしい先生のようだけれど、これ以上テストを受ける余裕はないの。ごめんなさい」

こちらの情報は与えないように、細心の注意を払う。

「あとさあ、ローゼンバルクはクロエ様はじめ領主一家が四大魔法じゃないから、そもそもどんな適性魔法であっても偏見がないわけ。だからあなたの話、ちっとも胸に響かなかったわ。うちじゃあ四大魔法じゃなくても面白い仕事、いくらでもあるもの」

ダイアナの言葉はかなり嬉《うれ》しい。私は思わず微笑《ほほえ》みながら、視線をカーラに戻すと、彼女は痛ましいものを見る目で私たちを眺めていた。

「辺境そのものが差別でしょうに……不遇を当たり前のように受け入れて、気の毒だわ」

ダイアナが攻撃しないようにしっかり手を繋《つな》ぐ。ダイアナから少し痛いほど握り返される。

「ではカーラさん、次は演習で」

恒例の演習は来週だ。私たちは手を繋いだまま教室を後にした。


帰宅し、秘密が守られる環境になって、ダイアナとようやくカーラとの話を振り返る。

「ダイアナ、カリカリするんじゃない！　紙鳥で状況は把握していますが、いろいろと話が聞けて満足すべきところでしょう？」

ベルンがハーブティーを淹《い》れながら、ダイアナの態度を窘《たしな》める。

「クロエ様、サザーランドって聞いただけで嫌なヤツですね。四大魔法ではない劣等感を上手《うま》いことついて、受講生をかき集めている感じですか？」

「ようやくトリーが学内に入れましたので、今、サザーランドの周囲の情報を集めさせております。もうすぐ帰るでしょう」

ティーカップを持ち上げたところで、少し慌てた。

「トリーをもう内偵に？　まだ入学したばかりなのに？　ベルン、大丈夫？」

「クロエ様、そのためにトリーは王都に来たのです。その能力があると見なされ、その分別途お館《やかた》様より手当が出ています。きちんと働いてもらいます」

そうだ。トリーもダイアナも、兄の精鋭の側近だ。それはわかっているけれど、同時に私の友達だと思ってる。一緒に育ったのだ。無茶も深追いもしないでほしい。

やがて元気いっぱいにトリーが帰宅した。

「ただいまー。クロエちゃーん、みんなー、集まれ〜！」

『トリーは緊張感を削ぐ天才だな』

トリーは王都の少年が誰でも着ていそうな生成りのシャツにベージュのパンツ姿で、いつもより も大人っぽい。記憶に残らない街の少年に見える。

「まず、これが今日時点の数学、物理受講者のリストです。既に今年の一年生も入ってます」

リストには名前——それで貴族かどうかだいたいわかる——とクラス、適性魔法、出身地、特記事項がうまくまとめて書いてある。

中ほどにザックとケイト、カーラの名前があった。ザックは今年は貴族中心の二組に移動した。

「うわ、ケイトさん、ザックとクラスが替わったから受講して接触するんだ。諦《あきら》めてないのね」

ダイアナの言いっぷりに笑いながら、商売人は数学を学んでおいて損はないだろう、と思う。

「報告を続けます。講義後、一部のメンバーは数時間雑談しています。メンバーは左に赤で丸をつけている者です。雑談の場所はそのまま教室か、サザーランドの研究室かどちらかです」

まだ私たちが集まっていた旧校舎ではないのか。一度目の研究室が脳裏に蘇る。今の雑談がもう一歩先に進んだら、いよいよあの部屋に移るのだろうか？

『クロエ、前回のメンバーが存在するか、聞いてみたら？』

エメルが私の肩に飛んできて囁《ささや》く。それもそうだと頷《うなず》き返す。

「ねえトリー、背がひょろっと高い、銀髪で〈鉄魔法〉の男子と、ぽっちゃりした金髪でそばかすの〈木魔法〉の男子、そして黒髪の巻毛でメガネの〈色魔法〉の女子ってこのリストの中にいる？」

「えーっとね……該当者と思われるのは、まず〈鉄魔法〉は二段目の四年生、マーク・カリバン。男爵家の三男。次〈木魔法〉はジョージ・フォスター、三年生。この人は父親が騎士爵持ち。最後の女子はアン・マックイーン、おそらく平民ですが一年生で、まだ情報が手に入りませんでした」

「素性がわかっただけで十分よ。トリー、素晴らしい。ありがとう！」

『……いたな』

「その三名はサザーランド教授と共に、クロエ様に害をなす可能性があるということですか？」

ベルンがモノクルをキラリと光らせる。

「うーん。私と一緒の被害者なんだろうと思ってきたのだけれど……彼らの立場はわからない」

前回の私はあまりに視野が狭かった。私は彼らを仲間だと思っていたけれど、教授とグルだった可能性もあるし、彼らも何か目的があり、私の研究を利用したかったのかもしれない。

「ふむ。まあ今日初めて名前のわかった者たちですからね。トリー、詳しい情報が手に入ったら、また教えてくださいね」

「はい」

「ダイアナ、ザックには、特定の人物を私が気になっていることに気づかれたくない。だから、全員の印象を報告するように伝えてくれる？」

「かしこまりました」

ダイアナが窓を開け、紙鳥を二羽飛ばした。おそらくザックと祖父宛《あて》だ。

エメルと部屋に戻り、寝る支度をする。

「シルバーにブラウンにカラー、本当にいたのね……」

一度目の人生の登場人物とは両親やドミニク殿下など、これまでも出会ってきた。三人が今回もいることはなんら不思議ではない。しかし、彼らのことは前回、濃密な時間を共にした割に何も知らないので、得体の知れない不安がある。

そして一緒にお茶休憩したりと、ほんの少しだけ楽しい時間を過ごしたのだ。心が……揺れる。

そんな私の様子に、エメルがチッと舌打ちをした。

『……クロエ、演習が終わったら、とっととローゼンバルクに戻れ』

「わかってる。エメル、一緒にローゼンバルクに戻ってくれる？　卵が心配だろうけど」

『クロエ、オレの最優先は〈魔親〉のクロエだ。一人にしないから』

「エメル……ありがとう」

私はエメルと額をひっつけあって眠った。

◇◇◇

ようやく今回の滞在の最後の予定である新年度の演習にこぎつけた。これが終われば今日の夜にも領地に向け出発できる。

集合場所である王都のはずれの演習場にダイアナと到着した。既にほとんどの生徒が揃《そろ》っているようだ。遠くに周囲より頭一つ大きいザックが見える。

「皆、揃ったな！　本日の演習は三年全クラス合同のダンジョン攻略だ！」

教師の声に学生が一気にざわつく。学校はダンジョンを所有していたらしい。ダンジョンはどんなに小規模であれ、百パーセント安全なものはないと私は認識しているけれど……。

「ペアで潜ってもらう。くじでパートナーは決めるからな。今回は初見の相手といかに力を合わせて戦えるかを見るために、同じクラスの者と組むことはない。では並べ！」

指示通りくじ引きの列に並びながら、私は思わずため息をついた。

「クロエ様……ドミニク殿下やガブリエラと当たったらどうしますか？　教師に王家との約束を伝え、配慮するように言いましょうか？」

「いいえ、ペアになる確率のほうが低いし……今、騒ぎ立てるのはやめよう」

ダイアナは頷くと、瞬時に紙鳥を飛ばした。するとものの数分で透明エメルが飛んできた。

「エメル、卵から離れてよかったの？　領に帰る前だから、今日はベッタリ一緒にいるって言ってたのに。ダイアナも呼ばなくても……」

『演習くらいすぐ終わるだろ。その後また行くよ』

「クロエ様、油断禁物です。学校行事で一人になってはいけません。約束したはずです」

ダイアナに厳しい顔をされて少し反省した。ダイアナの言う通りだ。これまで私がパニックに陥ったのは、ほぼ学校での出来事が原因なのだから。

「ごめんなさい。ダイアナありがとう。エメル、よろしくね」

私が頭を下げると、二人ともうんうんと頷いた。

「で、エメル、今からダンジョンに入るらしいんだけど、どういう気配がある？」

『ダンジョン特有の気配はオレには感じられない。ガイアの作ったやつとも違うし、人工物かな』

「人工物のダンジョン？　クロエ様、ダンジョンって作れるのですか？」

「私も知らないよ。〈空間魔法〉高レベルの教師がいるってことかなあ？」

小声で話していると順番が来た。教師の持つ袋からくじを一つ抜くと、『31』と書いてあった。

「この番号の順に並ぶように。次の偶数……君の場合は『32』のくじの人が君のパートナーだ」

「クロエ様、私は『53』でした。ちなみにあの紙のくじ、いたって普通。仕掛けはありません」

「わかった。じゃあダイアナ、後でね」

既にほぼ並び終わっている列の後方に、ダイアナと離れて向かう。

並ぶ学生の持つ、自分より若い番号をチラリと見ながら後ろに歩くと、それらしい場所が一人分空いていた。そこに入り、対になる『32』番と顔を合わせるべく、後ろに向き直る。

……とっさに声が出なかった。知っている顔だった――一度目の人生で。

『クロエ？』

エメルの囁きに我に返る。

「お、おはようございます。私、『31』のクロエと申します。本日はよろしくお願いします」

どうにか無難な挨拶《あいさつ》をすると、彼は居心地悪そうに少し太めの体を左右に揺さぶった。

「ご丁寧にどうも……僕はジョージです。クロエ……様のお噂《うわさ》はかねがね……」

ジョージ・フォスター、一度目の人生の、ブラウンだった。

「私は四組なのですが、今までお会いしたことはないですよね」

「僕は三組。病気がちで、よく欠席するから……」

「私もほぼ休学してますので一緒ですね。噂を聞いているということであれば、私とペアは嫌ですか？　ならば、私は棄権して、他の方と組めるように先生に掛け合ってみてもいいですよ」

「ぼ、僕は、人を適性や噂では、判断したりしないっ！」

「え……？　じゃ、じゃあ、ご一緒に」

『……こじらせてる感じ。こいつ、ひょっとしてクロエの言ってたブラウン？』

私がひっそり頷くと、エメルはうんざりした顔で頭を振った。

『よりによってこいつを引き当てるとか……信じられない』

話の途中で教師の笛が鳴り、説明が始まった。

「では、ペアは確認できたな。これから順に出発する。この先の洞窟《どうくつ》がダンジョンの入口だ。五分間隔で中に入る。そうすれば中で他の学生に会うことはない。最奥にある終了と書かれた茶封筒を取ると、出口が開く。ダンジョン内にはこの森に住む動物が出てくる。逃げても倒してもどちらでもいい。制限時間はこれから七時間。怪我《けが》等で棄権する場合は、『棄権します』と二人声を揃えて叫ぶこと。以上だ。質問は？」

学生たちが手を上げて、あれこれ質問している。

「クロエ様はダンジョンの経験は？」

「あります。でも、ダンジョンって全《すべ》て違うので、参考にはならないと思います」

「でも経験があるのなら、リーダーはクロエ様で。クロエ様に従います」

――今回も譲ってくれるのだ。彼は自分の手腕を自慢したり、我先にと突き進む人ではなかった。

『グリーンも顕微鏡使うの？　ならお先にどうぞ』

『ブラウン、ありがとう。すぐ終わらせるね』

穏やかで、少し卑屈なブラウン。私とよく似ていた。

「……わかりました。では私が先に進みますね。協力して出口に到達しましょう」

いつの間にか質問タイムは終わったらしく、列が動き出し、視線を巡らすと、ダイアナが見知らぬ男性と挨拶しているのが見えた。彼がパートナーなのだろう。

私とブラウン――ジョージの順番が来た。入口で書類にサインをし、足を踏み入れる。もちろんエメルもそばにいる。

中はありふれた洞窟で、湿った空気が充満し、背の低い草やコケが隅っこに生えている。

「ジョージ様、ライトを」

「は、はい」

彼が魔法を発動している間に私も手持ちの種を地面にまき、直接魔力を送る。

「発芽」

地面の中で蔓《つる》と根が力強く伸びている。道標をセットした。その後、無詠唱でライトを灯《とも》す。

「分岐までは早足で進みましょう。獣が襲ってきても草でガードを展開しますので、安心して準備してください。敵が目視できたら、こちらからも攻撃で」

「わかりました」

二人でサクサクと前進する。たまにイタチや野犬が飛びかかってきたが、草盾に跳ね返された後、草縄で宙吊《ちゅうづ》りにすれば大人しくなった。

『雑魚ばかり仕掛けてある。魔獣もいない。極めて安全なダンジョンもどきだ』

エメルがつまらなそうに呟《つぶや》いた。

始めはおどおどとしていたジョージも少しずつ余裕が出てきたのか、私が力を見せぬために敢《あ》えて逃した獣を、器用に細い木の枝でグルグル巻きにしてみせた。

「クロエ様の技を観察して真似《まね》たのですが、怒りませんか？」

「怒る？　なぜでしょう？」

「オリジナルを侵害したかどで……」

ジョージが俯《うつむ》いてもじもじと言い募るので、私は安心させるように少しだけ笑った。

「手持ちの魔法で敵を身動き取れなくするって、誰でも最初に考えることですよ。それにしても、ジョージ様は〈木魔法〉なのですね。私は〈木魔法〉が大好きなのです。祖父の適性ですから」

「〈木魔法〉が好き……ですか。クロエ様は〈草魔法〉が好きですか？　四大魔法じゃないのに」

私よりも背の高い彼が、体をかがめて私の瞳《ひとみ》を覗《のぞ》きこむ。

「正直なところ、なぜ〈火魔法〉に生まれなかったの？　なぜ〈草魔法〉なの？　と失望した時もありました」

一度目の人生のことだけれど。

「でも、〈草魔法〉を駆使すると、家族や大好きな人はみんな私をベタ褒めしてくれます。私は〈草魔法〉が大好きです。今は〈草魔法〉で自分の納得する未来を作ろうと頑張ってる途中です」

「そうですか……」

「でも、環境にもよりますよね。王都であれば魔法を必要としない仕事もありますし。私はどこであっても自力で生きていける力が欲しかったから……がむしゃらに役に立つ術《すべ》を身につけました」

私がそう言うと、ジョージが決意を秘めた目をして、姿勢を正した。

「よく理解しました。クロエ様の〈草魔法〉への熱意と魔法の使い方を、参考にさせてもらいます」

緊張が解けたのか、彼は手持ちの魔法をあれこれ試すようになった。彼にとってよい実践の場になったのかもしれない。見知らぬ相手との演習……こういう「気づき」を得ることも、学校側の狙《ねら》いの一つ？　今の、木の枝での狐《きつね》への一突きは、突き詰めれば祖父の樹林に繋《つな》がる。

「レベルを上げて魔力量を増やせば、今の方法で熊《くま》も仕留められますよ」

熊を狩れる——それは一人前の指針の一つだ。

「そ、そうですか……やったあ……でも、体力……つけなきゃ……」

彼は玉の汗をかいていた。

「あ、分かれ道です。木の根を伸ばして、どちらが正解の道か調べてください」

「わかりました……右は硬い岩盤……行き止まりです。左で間違いないと思います！」

ジョージが初めて笑顔を見せた。懐かしい……ブラウンの笑顔だ。胸に迫るものがある。

分かれ道を左へ進むと少し広い空洞に入った。その瞬間、小さな何かがバタバタと目の前を横切り、私たち目掛けてぶつかってきて、草盾に跳ね返されている。私はライトの威力を引き上げた。

「これは……」

天井一面に大小様々のコウモリがぶら下がっていた。これが最後の敵のようだ。

『一つ目コウモリは病気持ちだ。外に出さずここで駆除しろってことじゃ？』

なるほど。ここは暗く狭い密室だ。剣を振り回してもコウモリに分がある。また、この中で〈火魔法〉や〈水魔法〉で攻撃すれば、一気に部屋全体に行き渡り、自分も無傷ではいられない。

「ジョージ様、案外私たちに向いている敵かもしれません。一気に天井を木と草で覆って、コウモリを閉じこめてしまいましょう。で、逃れた奴は一匹ずつ仕留める、でどうでしょう？」

「そ、そうだね。クロエ様と一緒なら……できそうだ！」

「では、せーのっ！」

「草網！」

「木柵《もくさく》！」

一気に周辺の草が伸び上がり天井を覆い尽くす。その後を追って、ジョージの〈木魔法〉により、周囲を這《は》っていた細い木の蔓が格子状に伸びて、いい感じに私の草の天井を補強した。

仕留め損なった二十匹ほどのコウモリを私は草縄で縛り上げ、ジョージは木片で刺し抜くという単純作業を繰り返すと、十分ほどで片がついた。

「クロエ様！　あれ！」

コウモリが邪魔しなくなった視界の先に、石の台座が見えた。その上に茶色の封筒。ジョージが勢いよく駆け寄り、封筒の上に両手をかざし、魔力を細く流した。

「クロエ様、中身はただの紙切れ一枚のようです。僕、〈紙魔法〉もちょっとだけできるんです！」

「〈木魔法〉と〈紙魔法〉は近いって言うものね。すごい。罠《わな》かどうか調べてくれてありがとう」

私が褒めると照れ臭そうに笑って、ジョージは封筒を開けた。

中には「終了」と赤字で大きく書かれた紙。それを私のほうに向けた途端、台座の後ろの岩が音を立てて左右に分かれ、出口ができた。

ふう……と息を吐くジョージに笑いかけ、一緒に光の射《さ》し込む外に向かった。

外に出ると、そこは出発地点の演習場ではなく、通いなれた学校の敷地内だった。まだ日は高い。

『ふーん、地点を繋げているのか。やはり人工物だね。マスター以上の〈空間魔法〉使いと、〈獣魔法〉使いの教師が作ったってとこか』

ゴールと思われる仮設テントが見えると、ジョージは元気が出たのか、唐突に手にした茶封筒を振りながら走り出した。

「ジョージ様、そんなに慌てなくても！」

「サザーランド教授、やりました！　僕、ダンジョン攻略できましたっ！」

思わず息を呑《の》み、ジョージが黒いローブを着た痩《や》せた男に飛びつくのを凝視する。男はよろめきながらも体勢を立て直し、ジョージの頭を愛《いと》おしげに撫《な》でて、ゆるく微笑む。

一度目の私は、あの笑顔を見るために、がむしゃらに頑張ったのだ。

「……エメル……どうしよう」

とうとう出会ってしまった。大好きだった、それゆえに憎みすぎた、サザーランド教授に。

『あいつか……クロエ、オレがいる。案じるな』

エメルを見上げて、そのアイスブルーの瞳を見つめ、大丈夫だと自己暗示をかける。

内心の動揺を必死に抑え込み、教授とはしゃぐジョージを早足で追い抜いて先にテントに入り、教師に差し出された紙に終了のサインをした。

「ほお、クロエ、ジョージペアがタイムは暫定一位だぞ」

いつもの演習担当の教師がニカッと笑って教えてくれた。

「そうですか。嬉《うれ》しいです。この後は解散でよろしいですか？」

「帰っていいぞ。結果は週明け……ああ、お前の場合は休み中の宿題と共に、王都の屋敷に送られるだろう」

「お手数をおかけしますが、よろしくお願いします」

『ダイアナを待つ必要はない。急いで帰ろう』

厳しい口調のエメルに頷《うなず》き、テントの中を抜けてこの場を去ろうとすると、やはり声がかかった。

「クロエ様、待ってください！　今日のお礼を言わせてください」

そう言われると、無視することもできない。

「私もジョージ様とペアでよかったです。ごめんなさい。用事があるから先に帰らせてもらいます」

さも急いでいる風に、せかせかと彼らに背中を向けようとした。

「クロエさん、急いでいるところ悪いけれど、五分だけ私に時間をくれないかな？」

『クロエ、忙しいのにいつもありがとう』

かつての記憶が蘇《よみがえ》る。ああ……一緒だ。この、低く耳にスッと入り込む声にとうとう囚《とら》われてしまった。細く長い深呼吸をして、気持ちを落ち着かせる。

この世に五分も待てないほどの用事などない。相変わらず自分の意向にさりげなく誘導することに長《た》けている。私は無表情でエメルにお願いした。

「エメル……いざという時は私を捕縛して飛んで。私が嫌がっても、よ」

『……あいつを殺したほうが早くないか？』

「彼はまだ、何もしてないもん。現段階では私が勝手に怯《おび》えてるだけ」

『めんどくさ。とりあえず〈風魔法〉で声を全部飛ばす。ローゼンバルクまで届くかは微妙だけど、最低ベルンとダイアナはこのやりとりを拾うだろう……集音』

集音は離れた場所の相手と会話する生活魔法の一つだ。しかしそれはあくまで目の届く距離であり、おそらくまだダンジョン内にいるダイアナや、果ては国の端のローゼンバルクの定めた相手にまで声を風で飛ばすのは高レベルの力技だ。私にはできない。

思慮深いエメルがいる。一度目の対面とは全く違う。私は意を決して、顔を上げた。

かつて全身全霊で慕っていた男が、穏やかに目尻《めじり》を下げて変わらぬ姿で私を見つめていた。

なぜ私を切り捨てたの？　初めから私はあなたにとって、駒でしかありませんでしたか？　和やかな私を救ったあの空間も、全てまやかしだったのですか？　胸が……苦しい。

不意に首筋に、エメルに爪を立てられる。常にエメルの存在を意識しろとでもいうように。

「……どのようなご用件でしょうか？」

「クロエさん、はじめまして。今日はダンジョン演習攻略おめでとう」

「ありがとうございます」

なるほど、左目の眼球の動きが右よりも鈍い。ザックの言ったことは本当らしい。

そしてエメルの集音のため、教授の声がクリアに耳に入るようになった。私の声も時間差なくベルンに伝わっているのだろう。父親代わりを自認するベルン。きっとすごく心配している……。

「ジョージはとても才能がある子なんだけど、引っ込み思案でね。パートナー次第ではこの演習、辛《つら》いものになるのではないかと内心心配していたんだ」

「せ、先生！」

ジョージが教授の袖口《そでぐち》をつまみ、目を潤ませて恩師の顔を見上げた。私も一度目の人生では、打ち解けた空間では教授を「先生」と甘えて呼んでいたことを思い出し、下唇を噛《か》む。

教授はジョージにニッコリ笑いかけ、私に視線を戻した。

「どうやらジョージと君は相性が良かったようだ。でなければベストタイムを出せるわけがない。

……そうか。〈木魔法〉と〈草魔法〉はかつて分けられていなかったと聞いたことがある」

「そうなんです！　クロエ様の魔法を見ていると、〈木魔法〉で応用するならばああしようか、こうしようかとアイデアが際限なく浮かんできて。そしてクロエ様は一歩引いて、まるで実験現場を与えてくれるように、僕に好きなようにさせてくれた」

『ふーん、クロエの配慮に気がついてはいたみたいだね。案外賢いな』

「そうかあ。ジョージ、よかったねえ。クロエさん、君には指導する才能もあるんだね」

私は口元だけで微笑みながら首を横に振った。私を褒めて何を引き出すつもりなのか？

「どうだろう。私のもとにはジョージのように、優しく才能に溢《あふ》れているけれど、いわゆる四大魔法ではないために、もどかしい思いをしている生徒が数人いるのだ。少し、彼らにレベルを上げるコツなどを教えてやってくれないだろうか？」

「クロエ様、是非お願いします！　そうだ。クロエ様もサザーランド教授の数学か物理の授業を受けませんか？　授業はちょっと退屈だけれど……その後の皆での情報交換がとても楽しくて……僕は初めて学生らしい、交友の喜びを感じています！」

「退屈だなんて、ひどいなジョージ！」

一度目の私もそうだった。あの古びた研究室で、ブラウンやシルバーと黙々と研究した。皆多くは語らなかったけれど同じ目標に向けて走る同志で、ふとした拍子に目が合った時に微笑み合うだけで、心が温かくなった。

でも、今回は違う。私には家族がいて仲間がいて、ダイアナやルル……同世代の友達もいる。トムじいは今もきっと見守ってくれているし、私を親と呼んでくれるエメルもいる。

ジョージの幸せを否定するつもりはないけれど、私にとって、皆とおしゃべりしながらお菓子をつまむ心地よい空間は、もう手の内にある。それを全身全霊で死守していくつもりだ。

「申し訳ないけれど、私には自分の目標があり、それに向けての優先順位を自分の意思で決めています。今でも時間が足りないくらいです」

「クロエさんの……目標とは？」

教授が首を傾《かし》げて尋ねる。

「薬師です。薬師として病に冒された人を助け、それの対価をもらって生きていきます。〈草魔法〉の人間として、ありきたりでしょう？」

「そうですね。〈草魔法〉を活《い》かせる素晴らしい職業です」

教授はニッコリ笑って頷いた。

「そ、そうですか……数学や物理は関係ないか……」

ジョージが大きな体でしょんぼりとした。少し胸が痛むけれど嘘《うそ》偽りない心境だ。

「クロエさん。君は、君と同じ四大魔法以外の人々が活躍する場を、もっと増やそうという活動の手伝いをする気持ちにはなれないのだろうか？」

『うまい言い回しだな。さりげなく罪悪感を突いてくる』

エメルの声が刺々《とげとげ》しい。落ち着いて反論できるよう、心の中で十数えて口を開いた。

「……まず、魔獣の跋扈《ばっこ》するローゼンバルクでは、四大魔法もそれ以外の魔法も皆遠慮なく全力で活躍しています。うちの領主はジョージ様、あなたと同じ〈木魔法〉だもの」

「……そうだ、辺境伯は〈木魔法〉だ」

「どんな魔法適性でも活躍できる……そんな恵まれた地はローゼンバルクだけだよ。残念ながら」

教授は残念そうに首を横に振った。その様子に、私は初めてイラッとした。

「他は違うとおっしゃるなら、それを変革するのは大人の、教師の仕事だと思います。世間知らずの若者に、自分たちがなしえなかったことを押しつけるのはやめていただきたいです」

「いや、押しつけるつもりは……」

「ここは優秀な人材が集うリールド王立高等学校なのです。そこの優秀な教師たちが一丸となって、四大魔法以外の適性魔法の有効性を上奏し、国にこれまでの偏重を正してもらい、これからを担う学生にフラットな指導をするのが教師のお仕事なのでは？　ジョージ様、どう思う？」

私は今日の出来事の証人にもなりえるジョージにも、話を振った。

「そうだね……先生たちや国が、魔法適性に優劣はないと発表してくれれば、少しは違うかも……」

ジョージは慎重に、言葉を選びながら発言した。前回から相変わらず……真摯《しんし》だ。

「第一王子殿下は四大魔法ではありません。卒業校の恩師の陳情書であれば、進んで読んでくださるでしょう。頼られてみては？　では教授、ジョージ様、お疲れ様でした」

私は教授が呆気《あっけ》に取られている隙《すき》に頭を下げ、校舎に続く小道に進んだ。一応教授を撃退できたのではないだろうか？　これで私に関《かか》わるのを諦《あきら》めてくれると願いたい。

「……ローゼンバルクに拾われたことで変わったか……厄介な……」

温度のない小さな囁《ささや》き声を、エメルの集音が拾った。

思わずエメルと一緒に教授を振り返ると、彼は、目を輝かせダンジョンの冒険を語るジョージの話を、ニコニコと頷きながら聞いていた。

『……クロエ、急ぎ帰るぞ』

「でも、ダイアナが……」

『クロエを帰してから、また馬車を戻せばいい！』

「わかった」

五分ほど早足で歩くと停車場に出た。私はすぐに馬車に乗りこみ、屋敷に走らせた。


『よし、一刻も早くローゼンバルクへ出立する！　支度だ』

屋敷に戻ると、私とベルンはバタバタと最小限の荷造りをし、旅装束に着替えて準備を終えた。

しかし、なかなかダイアナが帰ってこない。もうすぐ日が暮れる。

「これはちょっと……おかしいでしょう？」

ダイアナがあの程度のダンジョンに手こずるわけがない。

ベルンも同意し、まだ学校にいるはずのトリーに状況を調べるよう紙鳥を飛ばす。しかしトリーからの返事の前に客が来た。応対に出たベルンが頰を引《ひ》き攣《つ》らせて戻ってきた。

「学校からの使いでした。ダンジョン内部が崩落し、ダイアナが閉じ込められたとのことです」

「ちょっと待って。学生相手の演習ダンジョンが崩落？　ありえないでしょう？」

『そもそも人工のダンジョンだ。崩落が起きたとしたら、それも恣意的《しいてき》なものじゃないのか？』

「つまりわざと、崩落を起こしてダイアナを閉じ込めたってこと？」

『どうしても……足止めしたかったんじゃないの？』

つまり私を？　……だとしても、みすみす敵の罠の中に入ることになるとしても。

「……戻るわ」

「後処理は私に任せて、クロエ様はローゼンバルクに先に戻るという選択肢もありますが……言ってみただけです。どこのどなたか存じませんが、ダイアナを嵌《は》めたということはローゼンバルクを敵に回した、ということだとわかっているのでしょうかね」

ベルンの声は、低く、暗く、付き合いの長い私ですら初めて聞くものだった。

私はエメルとベルンと共に、もう一度制服に着替えて学校のダンジョンに舞い戻った。


ダンジョンの出口周辺は松明《たいまつ》がたかれ、教師やスタッフと思われる人間が十数人集まっていた。

「クロエ様、ひとまず私にお任せくださいますか?」

「もちろん。ベルンの指示があるまで黙ってる」

交渉事は百戦錬磨のベルンに任せるに限る。

『しかし、マスターのダイアナはおそらく怪我《けが》一つしていないだろうが、酸素があるか心配だ。クロエ、草をダンジョンに走らせろ。ダイアナならば、クロエの草に気がつくはずだ』

「わかった」

私は蔦《つた》の種をマジックルームから出して、そっと地面に落とし、踏みつける。

「成長、採掘」

〈草魔法〉と〈土魔法〉を同時に発動し、足から一気に魔力を流す。地下をものすごい勢いで蔦が走り、ダンジョンに突入した。

「拡散」

蔦があっという間に枝分かれし、方々へ這《は》い伸びる。

「おまたせベルン。行こう」

私は、ベルンのすぐ後ろをついていった。一番人が集まっているところに歩み寄ると、さっと道が割れた。奥で座っている中年の男性は、確か副校長、だったか？

「連絡を受けてまいりました。私はローゼンバルク辺境伯より、王都での全権を任されているベルンと申します。学校が次期辺境伯の側近であるダイアナを無事に帰宅させなかった此度《こたび》の事、非常に由々しき事態だと考えております。それで、状況と救出の見込みは？」

ベルンが不穏な圧力を撒《ま》き散《ち》らしながら、自分がただのお使いでないことを表明する。

「あの学生……ただのクロエ嬢の下働きではなかったのか？　嫡男の側近？」

「辺境伯は孫を溺愛《できあい》しているという……大事な孫ゆえに次世代の幹部をつけていたということか？」

周囲の、策もなさそうに突っ立っていた人々がざわめいた。

「私は副校長のビルダーです。ええと……連絡では、ダイアナさんが今回の演習であるこのダンジョンを攻略中に不意に側面の壁が崩れ、ペアの学生と二人、閉じ込められたそうです」

ベルンが小さく会釈した。

「どうやらこのダンジョンは人工物。崩れるようなお粗末なものに、未成年の学生を立ち入らせたのですか？　家族は皆、学校は安全な場所と信じて預けているのに」

「崩れるはずがないのです！　〈土魔法〉や〈岩魔法〉、〈空間魔法〉のマスターレベルの教師陣が数年がかりで作ったものなのです。事前の検査でもなんら問題点はなかった。なのに……」

副校長は、心配……というよりも、困惑しているという風だった。

「なぜ、ダイアナのペアが巻き込まれたとわかったのですか？」

「そのすぐ前を進んでいたペアが、土壁が崩れ、閉じ込められる様を見ていたのです」

「え？」

思わず声が漏れた。事前の説明では、他の参加者と重なることはないと言っていたのに？

『そいつらだろ、どう考えても』

その時、ピンッと私の蔦が突っぱった。見つけた！　感触的にダイアナは何かを蔦の蔓《つる》の先に結び付けているようだ。エメルに目配せすると、

『待て、オレもクロエの蔦に這わせて茎を入れる。酸素を補充しよう。……よし、済んだ』

私は慎重に自分の蔦のみを足元から回収し、ベルンの背中に隠れて握りしめた。やはりダイアナの強化された紙が結ばれていた。

『ダンジョン内で前のペアに待ち伏せされ爆破される。閉じ込められて約四時間。二メートル四方の空間に同伴者と二人。同伴者、落石に当たり負傷。動けず。酸素残り僅《わず》か。猶予なし。合図があり次第、紙のシェルターを作成。強度レベル70予定』

『有能だな。さすがダイアナだ』

私はエメルに頷《うなず》いてベルンの袖《そで》をそっと引っ張り、ダイアナのメモを見せる。ベルンもモノクルを光らせて一読し、小さく頷いた。

「で、現在の救出作業の状況は？」

「空間魔法師の先生と土魔法師の先生に、これ以上壊れぬように現状維持をしてもらっている」

「そして？」

「そして、あと一人土魔法師が揃《そろ》えば、別の入口を開けてそこから掘削し救出しようと……」

副校長が急にベルンを飛び越えて私と目を合わせ、捲《まく》し立《た》ててきた。

「ク、クロエ君、いや、クロエ辺境伯令嬢。どうか力をお貸しください！　あなたは〈土魔法〉マスターであると、噂《うわさ》で聞きました」

「……まさか、関係者であるクロエ様を働かせようという腹づもりですか？」

呆《あき》れたように目を丸くしたベルンに対し、副校長は歯切れ悪そうに答える。

「学校には適任者がおらんのです。しかし、他を探すのも時間がかかります」

「なるほど、つまり国の最高学術機関が、他に魔法で頼るのは面子《メンツ》が立たないというわけですね。あなた方は武の最強集団であるローゼンバルクを動かすことが、どれだけ高くつくかわかっていないようだ。今回の慰謝料と合わせて請求しますので」

「慰謝料？」

ベルンが眉《まゆ》を顰《ひそ》め睨《にら》みつける。

「当たり前でしょう。危機管理能力のなさとしょうもない面子のために、うちの側近は四時間も閉じ込められているのですよ！　ああ、もう一人の同じ立場の親御様もお気の毒に。今どちらに？」

「ま、まだ呼んでおらん……平民であるし、救出後に呼べばよいかと……」

「うそっ！」

ベルンに任せ、ずっと黙っているつもりだったが、思わず叫んでしまった。この人たちは能天気すぎる。ダイアナは猶予がないと言っている。生きて出てこられるかもわからないのに……。

「ベルン、時間がない。細かな交渉は後でお願い。とにかくダンジョンを破壊しよう。最短はやはり〈土魔法〉で土をぶっ飛ばすか、構成する土を全部砂に戻して風で飛ばすかよ」

『オレがする。形態変化はレベル75だ。そんなのクロエができるってバレないほうがいい』

「では辺境伯代理の私のほうが彼らに恩を売りやすいので、エメル様、私の仕業でお願いします」

透明エメルがベルンの肩に移った。ベルンが副校長に向き直る。

「クロエ様の草で調べていただきましたところ、中の酸素濃度が低い。もう一刻の猶予もありません。ローゼンバルクに救出を依頼した、ということでよろしいですね？」

「う……うむ」

副校長がベルンの気迫に頷いた。

私はダイアナに向かってもう一度蔦を送り合図する。グイッと引っ張られて数秒後、ガガガッという振動が草を伝って体に届いた。彼女が周囲にシェルターを作り上げたのだ。

「ベルン！」

ベルンがさも、自分が術を展開しているように右手をダンジョンに向けた。

「『瓦解《がかい》』」

エメルがバサっと両の翼を二度ダンジョンに向けて押し出すフォームをした。するとダンジョンである丘全体が白く光り、ミシッ、ミシッと数度地鳴りすると、丘がそのままの形で、頂から細かな砂に変わっていく。生えていた低木が横に倒れるのと同時に、砂が重力に沿ってザラザラと下に流れ、ダンジョンを形成していた〈空間魔法〉が空気を歪《ゆが》めて解けていく。

「竜巻」

今度はベルン自身が〈風魔法〉を発動し、大量の砂を一気に巻き上げ、奥の山に叩《たた》きつけた。

やがて、白い紙が何層にも重なっていると見られるドーム状のシェルターが姿を現した。

「ダイアナ！　ダイアナ！」

私はシェルターの中に繋《つな》がる蔦で合図をしながら、そこにエメルと共に駆け寄った。

パンッという音と共に、シェルターが破裂した。残骸《ざんがい》がヒラヒラと紙吹雪のように舞う真ん中で、ダイアナが男子生徒を抱え込みうずくまっていた。内部は温度が上がっていたのか、ダイアナの顔は赤く、汗を滲《にじ》ませていた。

「……彼が、真っ暗な閉所の恐怖でパニックになり酸素が……だから落としました……」

「そう、ダイアナさすがです。自分と彼を守ってくれてありがとう」

私はダイアナに最上級ポーションを飲ませ、ダイアナが抱えている男子生徒を引き取る。ダイアナは安心したのかフラッとよろめき後ろに倒れたが、もちろんベルンが抱き止めた。

「これは……おそらく……ダイアナは左足首を折っています」

ベルンがそこにそっと触れて、眉間《みけん》に皺《しわ》を寄せた。骨折ならば相当痛いだろう。

「ベルン、ダイアナを安全な場所へ、この痛み止めも飲ませて」

「クロエさま……ベルンさん……すみません……」

ダイアナは脂汗を流しながらしんどそうに目を閉じた。たった一人でギリギリまで神経を張りつめていたのだ。無理もない。

私は男子生徒の体に触れて怪我の状態を確認し、覚醒《かくせい》させポーションを少しずつ飲ませる。

『どう？』

「うん、ひとまず酸欠にはなってないみたい。彼はただの捻挫《ねんざ》よ。緊急処置は必要ない」

瓶の半分飲んでくれたのでまずまずだ。私は手を上げて学校のスタッフを呼びつけ、彼を任せた。

私はダイアナを抱くベルンの後を追い、人々の集まっているテントに戻った。

私たちが視界に入った副校長が、笑顔で駆け寄ってきた。

「おお、さすがだ。皆様どうもありがとう！」

「……この件については、ベルンを通じて日を改めて厳重に抗議させてもらいます。それよりも、お聞きしたいことがございます」

人命救助はひとまず終わった。私は頭を占めていた疑問を投げかける。

「なぜ、ダイアナの前の組は彼女たちが閉じ込められた瞬間を見ていたのですか？　事前の説明ではダンジョンに一度入れば出口まで誰にも出会わない、ということでしたが？」

「そ、そうなのか？　なぜだろう……担当に聞いておく」

「とりあえずダイアナの前を歩いていた、事件の目撃者が誰か、教えてください」

「ええと、おいっ、第一通報者は誰だ？」

副校長が、安堵《あんど》に包まれ緊張感の消えたテントに向かって叫ぶが、すぐに返事はない。

「……クロエ様……ガブリエラ伯爵令嬢です」

ベルンの腕の中のダイアナが、目を閉じたまま声を振り絞って答えた。私は目を見開いた。

「彼女の〈火魔法〉で爆発を起こされて……壁が崩壊しました」

「な、なんだと？」

副校長と教師陣が騒ぎになる中、ダイアナはいよいよ力尽きた。ベルンが左手を上げるとうちの信頼できる使用人が駆け寄り、ダイアナを引き受ける。

身軽になったベルンは腕を組み、ゆっくりと副校長を睨みつけた。

「なるほど。つまり殺人未遂ですね。副校長、すぐ捕まえていただきたい」

「さ、殺人……というわけではないのではないか？」

「ダンジョンという閉鎖空間で爆発を起こし、二人の人間を閉じ込めた。我々が来るのが数分遅れていれば、間違いなく死んだ。殺人でしかないでしょう？　さあ、彼女はどこにいるのです？」

「え、ええと、他の学生と同じく、帰ったのでは……」

「バカな！　唯一の崩落の目撃者を帰したのですか？」

つい叫んでしまう。だってありえない。お粗末すぎる。

「今すぐ確保してください。でなければ……王都の治安を守る警備隊を呼びますが？」

ベルンの言葉に、副校長の顔が青くなり、醜聞を避けたいのかすぐさま指示を出した。

ガブリエラは慌てた様子で寮から出る直前に拘束されたらしい。彼女に聞き取り中の学校の会議室からは、廊下まで女性の威圧的な声がこだまする。

「……だから、私は爆破なんてしていません！　大きな音に驚いて振り向いたら側面の壁が崩れていたのよ。学校の落ち度を私のせいにしないでほしいわ」

「被害者が君の魔法発動を見たと言っている」

「先生方、よもやまさか、平民二人の発言ごときで私に罪があると言うのではありませんわよねえ。なんたる侮辱。伯爵である父と、ドミニク殿下にも抗議してもらいます！」

すぐに我慢の限界を越え、私はノックもせずガチャリとドアを開けた。

「お久しぶりね。ガブリエラ様」

今年度初めて顔を合わせる校長と、副校長がソファーに座り、その正面にガブリエラが座っていた。そして、教師が四人取り囲んでいる。

「ク……クロエ様……嘘《うそ》……こうなる前になんとかしてくれるって……」

私は彼女に考える暇を与えぬように、立て続けに質問した。

「ねえ、なんでうちのダイアナを、わざわざ待ち伏せしてまで殺そうとしたの？　正解の道は一本しかない親切なダンジョン。待ち伏せしたとしか思えない」

「待ち伏せてなどいないっ！　ちょ、ちょっと体調が悪くなって、休憩してたのよ」

「それならリタイアするでしょう？」

「え、演習を軽々しく、リタイアできるわけないじゃない！」

私はゆっくりと彼女の隣に歩み寄る。

「ねえガブリエラ様、ダイアナが生き埋めになったと間違いなく私に伝わるには、あなたじゃないといけなかったんだろうな、と思うの」

「なんの……話かしら？」

ガブリエラが困惑したふうに、眉根《まゆね》を寄せた。

「ダイアナは学校に全然出てこないから、あまり顔が売れてないの。でも、私を足止めするためには、対象のダイアナが間違いなくわかる人間が必要だったんでしょうね。ガブリエラ様はドミニク殿下のお呼び出しの時に一緒だったから、ダイアナの顔を知っている。あの時……私の力を見せつけたつもりだったんだけど、なんでこんな真似《まね》をしたのですか？」

『そして、岩盤を壊せる魔法を使える人間……だね』

エメルの言葉はもちろんガブリエラには届かないけれど、エメルの威圧は伝わったのだろう。ガブリエラがビクビクと体を震わせた。

「な、なんのことか全然わからないわ。とにかく私は目撃して知らせただけよ。褒めていただきたいくらいだわ！　ダンジョンが崩れたことは、学校の不備よ！」

「つまり『ガブリエラ様が〈火魔法〉で爆破した』と証言した、ダイアナが嘘を言っているのね」

「そ、そうよ」

『……バカな女だ』

エメルが敵認定した。ドラゴンと二度も敵対した彼女にもはや救いの道はないけれど、まだ彼女の証言が欲しいので、私は自分のマジックルームから、小瓶を数本取り出した。

「では、これをお飲みください」

「……これは？」

「私の作った自白剤です。最近大神殿にも評判がいいんですよ？　一番お買い上げいただいているのはあなたの信頼する王家で、重要な場面で重宝しているそうです。なので品質は保証します」

ガブリエラの顔からみるみるうちに血の気が引いていく。

「な、なぜ、私がそんなものを飲まなくちゃならないのっ！」

「うちの側近が殺されかけたのです。もちろんローゼンバルクは徹底的に犯人を探します。あなたは学校を疑っているから、学校の関係者にも飲んでもらいます。よろしいでしょう？　校長先生」

黙って私たちの会話を聞いていた校長は、ゴクリとツバを飲み込んだ。

「それで学校への不信感が払拭《ふっしょく》され、辺境伯からの抗議を受けずに済むのなら……ええ、飲みます」

校長は以前、兄と対峙《たいじ》している。ローゼンバルクの恐ろしさを少しは覚えているのだろう。

「……そんな怪しげなもの、飲めない」

ガブリエラはそう呟《つぶや》いたが、誰もその発言を問題としなかった。

「クロエ様、薬は不安がっているガブリエラ嬢に配ってもらってはいかがでしょう？」

ベルンが口だけの笑みを浮かべて提案すると、教師陣はこぞって賛同した。

「そうね。ついでに私も飲むわ。これで平等よね。ではガブリエラ様、どれでも好きに掴《つか》んで我々に配ってください」

皆の視線を浴びて、ガブリエラはノロノロと適当に小瓶を選び、テーブルのそれぞれに一番近い場所にコトリと置いた。受け取った教師たちは物珍しそうに、少し興奮して一気に飲み干した。私も一緒に飲んだ。レモン水のような味わいだ。

ガブリエラは誰も味方がいないことを悟り、悲愴《ひそう》な表情で薬を飲み干した。準備完了だ。

「では、副校長先生から質問してください。よろしくお願いします」

「う、うむ。ガブリエラ君、君は、ダンジョンでダイアナ君を待ち構えたね？」

「はい……あっ！」

ガブリエラが信じられない……という表情になった。彼女はたった今、自白剤がどういうものなのか、身をもって知ったのだ。

「ダイアナ君の姿が見えたら、〈火魔法〉を発動したね？」

「はいっ……いやあああ！」

ガブリエラは取り乱しはじめたが、質問に対する回答には影響ない。

「なぜ、そんな恐ろしいことをした？　ダイアナ君を嫌っていたの？」

「違う！　平民になど興味ないわ。命令されたのっ！」

やはり首謀者は別にいた。その場の全員が息を詰め、彼女を見守る。

「……誰に？」

「エ、エリザベス殿下によっ！」

空気が止まった。私も、ベルンもエメルも、質問していた副校長も教師陣も動きを止めた。

エリザベス王女が……黒幕……。

どうして……まだ二度目の人生では出会ってもいないのに、あの人の標的にされるなんて……。

ひとまず動揺するのも考えるのも後回しだ。私は気持ちを立て直して、口をつぐんでしまった副校長に代わって質問を続ける。

「エリザベス殿下にダイアナを殺せと言われたの？　あなたは命令されたら人殺しするの？」

ガブリエラの口は、滑らかに勝手に動き続けた。

「人殺しなんてしてない！　私は爆破で壁を崩落させただけよっ！」

「ダンジョンを爆破すれば、当然その場にいる人間はただでは済まないと、わかりますよね？」

「そんなこと、考えなかった！」

考えなかった――これが自白剤を飲んだ真実の言葉なのだ。何も想像できない人のために、ダイアナともう一人の学生は死ぬところだった。

「あの崩落になんとか持ち堪《こた》えたのはダイアナだったからです。そして物理的な外傷は骨折で済んでも、ダイアナともう一人の生徒は酸欠で死ぬ寸前でした。あなたは殺人未遂犯です」

「エリザベス殿下の命令を拒めるわけないでしょう！」

ガブリエラが私たちを睨《にら》みつけた。

「さすがに殺人は拒みますよ。それとも、何か引き換えの権利をもらえたのですか？」

「協力すれば、王族のそばに引き立ててくれるって。アベル殿下に会わせてくれるって」

ご褒美のあまりの軽さに唖然《あぜん》とした。たったそれだけの餌《えさ》に釣られたの？　王女にとっては簡単に果たせる約束だけれど、その先の未来は何も示されていないと気づけない？

「ダイアナを閉じ込めたのは、何のため？」

「あなたを王都から出さないため。あなたがダンジョンに駆けつける段取りになったことを確認したら、私はしばらく王都を離れるようにと指示された」

「私に、どんな用事があると？」

「知らないわ！　私は言われたことをやっただけ。あの平民を怪我《けが》させるつもりなんてなかった。そもそも私は王子と結婚して国のトップに立つ女なのよ。この仕打ち、許さないんだから！」

ガブリエラは興奮して、ぎゃあぎゃあと喚《わめ》きはじめた。教師の一人が校長とアイコンタクトして、彼女を無理矢理立ち上がらせ、部屋を出てどこかへ連れていった。

それを見送ると校長が立ち上がり、私に向かって頭を下げた。

「クロエ君……いえ、ローゼンバルク辺境伯令嬢クロエ様、どうか、どうかこの話は外に漏らされませんように。あまりに……あまりに物騒すぎる……」

「無かったことにしろと？」

思わず私の魔力が漏れる。すると、校長はビクッと体を震わせつつも、私の目を真っ直《ます》ぐに見た。

「私も自白剤を飲んでいますので正直に申します。できることならガブリエラ嬢の発言を全て忘れてほしいです。でもそんなことは不可能だとわかっている。ダイアナ君がローゼンバルクの幹部ということならば。ただ、私たちも時間が欲しい。軽々に判断はできない」

そう言って深々と頭を下げる。しかし、どういう態度を取られようが、私の答えは一択だ。

「祖父に報告し、指示を仰ぎます。先生方の立場はわからなくもないですが、私は怒っています。

大事なダイアナを傷つけられたから。ダイアナの傷は私のせいで負ったもの。私がこの学校に来たばかりに。前の事件の時に、私はこの学校を退学したいと伝えたというのに！」

『クロエ！』

エメルが耳元で唸《うな》った後、私の首筋をガブリと噛《か》んだ。途端に頭が冷えた。

「……すみません。今回の件で言えば八つ当たりですね。解決済みの問題を持ち出したりして……自白剤の影響で感情的になっています。ですが祖父に相談するのは決定事項です」

「辺境伯に伝えなさるか……やはりダメか……」

「そして、私にはおそらく王家の見張りがついています。この件をきちんと報告するのか？　なかったことにするのか……私は注目しておりますが、学校も対策を練っておくことをお勧めします。とりあえず私とダイアナは、当分学校に来ません。ですが随時、迅速なご報告をお待ちしています」

校長は一気にやつれ、大きなため息をついた後、気持ちを切り替えて居ずまいを正した。

「我々が手をこまねきなすすべもなかった命を、クロエ様とダイアナ君は十分にその実力を発揮して救ってくれました。いずれ改めて感謝の場を設けます。今後のことはまた連絡します」


急ぎ屋敷に戻ると、ダイアナは彼女の自室のベッドで横たわり、ローゼンバルクと契約をしている医師により骨折箇所を固定されていた。そして高熱を出し、汗をかいてうなされていた。

「ダイアナ……ごめんね……ごめんね……」

エメルが冷静に後ろから声をかけてきた。

『クロエ、急ぎローゼンバルクに戻るぞ。今日一日で事態が動きすぎた。ダイアナという護衛もない。これ以上王都にいても面倒ごとが立て続けに起こるだけだ』

「私のせいで怪我したダイアナを置いて、私だけ安全なところに戻れって言うの？　そんなのできっこない！　大怪我してる時に一人にされて、心細くない人間なんていないよっ！」

私とエメルが睨み合っていると小さなノック音が聞こえ、ベルンが入室した。両手で抱えられないほどの花を持って。

「一足遅かったようです。王宮よりお見舞いの花と、クロエ様への明日のお茶会の招待状です」

「王宮からお見舞？　しかもお茶会は明日？　どなたからのご招待なの？」

「王妃殿下です」

王妃からのお茶会の誘いがあったのを蹴《け》って、領地に戻るのはさすがにまずい。

「……すぐにおじい様に連絡して。おじい様からの返事が来るまで、私は病気になる」

ベルンが小さく頷《うなず》いた。

「よろしいかと。では心労から発熱し、面会謝絶ということにいたしましょう。して、花は？」

ベルンから花に視線を移す。ざっと見たところ毒花ではない。しかしカラフルな王宮のものと思われるバラの中に、お見舞いには一般的ではない花が紛れている。

「かすみ草の花言葉は無邪気。金魚草は……でしゃばりよね。でも花に罪はないから飾って」

『無邪気ねえ。無邪気で許されるのは五歳までだ』

エメルに頷く。無邪気や、悪気はなかった、を言い訳にする人間はロクなヤツじゃない。

ふと闇《やみ》の中でキラリと光るものが見えた。ベルンが歩み寄り窓を開けると、ガラスのように透き通った青い鳥、兄の紙鳥だった。心配性の兄は通信手段となる魔法を全《すべ》て身につけている。

ベルンが紙鳥に触れると、数枚の便箋《びんせん》に変化した。

「ジュード様がこちらに向けてお発《た》ちになりました。到着するまで決して動くな、全ての返事は自分が行うと。エメル様におかれましてはクロエ様からくれぐれも離れぬように、と」

ベルンから手紙を手渡された。また、兄に面倒をかける……と思いつつも、ホッと力を抜く。

『オレが動けないから到着は最短で四日後か。まあ仕方ない。ベルン、その間うまく躱《かわ》して』

「かしこまりました。それではクロエ様、ダイアナのことは私にお任せを」

「……わかった。ベルン、今日は本当にありがとう。お休みなさい」

不安を残しつつそう言うと、ベルンがさっとかたわらに来て強めにハグしてくれた。

「クロエ様、安心しておやすみなさい。私がおそばにおります」

ベルンの眼差《まなざ》しはマリアのそれに、どんどん似てきた。


翌朝、ダイアナの熱は少し下がっていて、寝顔は幾分穏やかになっていた。

それを自分の目で確認すると、自室に籠《こも》った。病人設定なのだ。

屋敷中に結界と防音魔法を張り巡らし、窓には外からは部屋の様子が窺《うかが》えないように草のカーテンを這《は》わせる。そしてエメルが集音をかける。

周りの気配に気をつけ、昨日のこと、今後のことを考えつつ空いている手で草籠《くさかご》を編みながら過ごしていると、午後、結界に侵入を感知した。一度も対面したことのない気配だ。

階下がざわつくと同時に強烈な魔法の発動を察する。草を伝って痺《しび》れるほど、強い。

『……一人〈風魔法〉のＭＡＸがいる』

客本人にしろ護衛にしろ、ＭＡＸの魔法師に歯向かってもいいことはない。ひとまず静観だ。

「エメル……念のために毒を入れてくれる？」

『わかった。結構キツイけど我慢だよ』

私の体は全ての毒——ゼロの草以外——に耐性がある。そう思っていた。しかし、私の知識は毒植物がメイン。出会ったことのない魔物の動物性の毒には、普通に傷つくことがわかった。体が別の毒に慣れている分、軽症で済むけれど。つまり、ドラゴンの牙《きば》から出る毒もしかり。

『オレの毒は成分が安定している。ちゃんと解毒剤は調合済みだから』

エメルが私の首筋に牙を突き刺した。三数えるうちに体中に悪寒が走り、呼吸がおかしくなる。

「う……く……」

バタリと布団に倒れ、はあはあと酸素を取り込む。そこへ聞き慣れたベルンのノックが鳴った。

『三人……後一人もレベルＭＡＸだと？　まあ、本気を出せばオレとベルンでなんとでもなる』

エメルは私の耳元でそう呟くと、ゆらりと透明になり、その直後、カチャリとドアが開いた。

「お嬢様、お客様です……ご覧の通り、クロエ様は臥《ふ》しておられます」

ベルンの冷ややかな声が聞こえる。もはや、私は演技できる状態でもない。

「だ……れ……」

少しきつめの香りが鼻に届いた。香りは一瞬で記憶の蓋《ふた》を開ける。この……独占された高価なバラで精製されたオイルを使って作られた練り香水……前回嗅《か》いだのは、一度目の人生の学校で。

瞳《ひとみ》をこじ開けると思っていた通りの女が、フードで顔を隠した従者を二人従えて、面白そうに私を見下ろしていた。眩《まばゆ》く輝く真っ直ぐな金髪に、碧眼《へきがん》、王妃譲りの華やかな顔立ち。

「こんにちは、ローゼンバルク辺境伯令嬢、あ、はじめましてね！」

彼女がチラリと供に視線を送ったとたん、体に気持ち悪い気配が走った。鑑定めいたことをされた？　悔しいことに自動の防御魔法で弾《はじ》くことすらできなかった。不敬にならずに済んだけれど。

「……う……」

声も出ない。エメルの毒、なかなかだ。

「本当にご病気なのね。お見舞いに来たのだけれど、もちろんすぐにお暇《いとま》するわ。私はエリザベスです。兄のアベル王子、ドミニク王子がお世話になっております」

彼女は可愛《かわい》らしく私に微笑《ほほえ》んだ。私は目を開けているだけでも重労働で、ただ、見つめ返した。

「大好きなお供が演習で怪我をしたんですって？　それもガブリエラ伯爵令嬢の〈火魔法〉の暴発で。そして、自分の未熟さを棚に上げて、この私に命令されたと言っているとか？　おかしなこと。私はあなたと会ったこともないのに。もちろんいずれ交流を持ちたいと思っていたわ」

「…………」

「だからね、速やかに処したわ」

処す？

「先程、ガブリエラを処刑しました」

「……あ？」

脳が、言葉を理解しない。昨日会ったばかりのガブリエラが……もうこの世にいない？

「当たり前でしょう？　王女である私の名を騙《かた》ったのよ？　全くひどいったらないわ」

たとえ王女の言うとおりだとしても、裁判もせずに昨日の今日で処刑なんて……。

「まあでもドミニク兄様と仲が良かったようだし、伯爵家としての関与はなかったから、対外的には病死ってことにしてあげたの」

王女は扇子で口元を隠しながら、優雅に微笑み続ける。

「リールドの校長もそれで納得してくれたわ。ああ、私からあなたの従者と、もう一人の平民には見舞金を差し上げてよ。彼のご家族は、今回の事件を喜んで水に流してくださるのですって」

力ではない、未知のものに遭遇した時の恐怖が、私の体にじわじわと染み渡る。

「クロエ、私、あなたとじっくりお話がしたいから早く元気になってね。回復したら、私のお茶会に来て……ああ、学校でおしゃべりしてもいいわね。あなたが私の婚約者と過ごしていた中庭で」

それはかつての婚約者であるリド様のこと？　それとも現婚約者であるシエル様のこと？　誤解を招く言い回しに怒りが込み上げるけれど、表情には出ない。エメルの毒で手一杯だから。

「私、優秀な人間がとっても大好きなの。どうぞよろしくね」

王女が帰るやいなや、私は解毒剤と水を大量に飲み、エメルとベルンが屋敷に結界を張り直す。

レベルMAXの魔法使いを二人もこの屋敷の中に入れてしまったのだ。

ベルンが「ちっ！」と舌打ちして屋敷中を走り回っている。何か仕掛けられていたのだろう。

二時間ほどで私は毒が粗方抜けて、起き上がれるようになった。

「ベルン、ダイアナの様子は？　おじい様とお兄様に手紙は出してくれた？」

「王女との面会中、ダイアナは念のため起こして結界を張り巡らせておりました。接触はありません。お館《やかた》様とジュード様には連絡済みです。ジュード様は目下移動中です」

最優先事項をやり終えた私たちはしばらく黙り込み……結局私が口火を切った。

「ガブリエラ、死んでしまったわ……」

ベルンがそっと私の手を取り、両手で包み込んだ。その温かさに励まされ、辛《つら》い状況を整理する。

「ダンジョンの壁を爆破して、ダイアナを閉じ込めて殺しかけた実行犯はガブリエラ。彼女は王女に命じられたと言った。しかしそのガブリエラは死んだ。死人に口なし」

『レベルMAXのクロエが作った自白剤を飲んで、王女に命じられたと発言したのに？』

「校長は納得したそうよ。つまり自白剤なんて飲んでないことになったのでしょうね」

あの場には王家の密偵もいただろうけれど、王家の子飼いが王族の不利になることを口にするわけがなく、王女が「そんな事実はない」と言えばあっさり無かったことになる。

「刃向かえば殺されるとはっきり示されたのです。学校の人間も自分の矜持《きょうじ》のために、自分だけでなく自分の大切な人が殺されると思ったら……王女の言いなりになるでしょうね」

ベルンが自分の感情を抑えて、平坦《へいたん》な声で言う。

「ガブリエラ……死んでしまった」

私が自白剤を飲ませたせいで、王女に殺された。直接的な原因は私？

冷静に考えれば違うとわかる。彼女がダイアナを殺しかけ、私は糾弾《いじ》した。それだけ。

私は聖人じゃないからガブリエラが大嫌いだ。前回率先して私を虐め殺した一人なのだ。でも嫌いであっても、「死ね」と思ったことはない。私に関《かか》わるな、ほっといて、というだけだ。

『クロエ、何を考えているか手に取るようにわかるけれど、お前は悪くない』

エメルがそう言いつつも、慰めるように私の頬《ほお》をペロリと舐《な》める。私はエメルにキスを返しながら、そばにいて力づけてほしい人を思い浮かべる。

「お兄様……」

賢く視野の広い兄ならば、今後の我々の行動を決めることができるだろう。今回ばかりは早く兄に頼ってしまいたい。でも、兄が来るまでは私が持ち堪えなければ。

ベルンが私の肩をトントンと叩《たた》き、気負う私を落ち着かせる。

「王女による非道はとりあえず脇におきましょう。そもそもダイアナを怪我《けが》させたのは、クロエ様を領地に戻さないため、とのこと。クロエ様に何か仕事をさせたかったか？　クロエ様を人質にローゼンバルクを動かしたかったか？　というところでしょうか？」

「ローゼンバルクへの脅迫の線だと、一番に思いつくのは薬の値段の引き下げ、かなあ」

我々の薬は依然十倍の価格のままだ。王都には他にも薬師がいて、うちの売価に納得できないものは、他をあたればいい。しかし値上げした後も、売上は大幅に落ち込むことはなかった。

『薬価の引き下げよりも、捕まえたクロエに無理矢理薬を作らせたほうが簡単じゃないか？』

「私一人で薬を作っても、量的にたかが知れてるよ」

「クロエ様にしか作れない、高度な薬を作らせたいのかも？」

「王家周りにでも、重病人がいるのかしら？」

『それか……逆に元気でピンピンしすぎてて、どうしても目障りな奴《やつ》がいる、とか？』

「毒、だよね……」

毒薬作りは権力を欲する人間が私を欲しがる一番の理由だろう。一度目の人生では教授も……。

「今、毒殺したい相手が具体的にいるのではなく、王女の手駒《てごま》の兵器として私を手元に置いておきたい、ということも考えられるかな？」

『それだと、王女には何か、戦う相手がいるように思えるな』

可憐《かれん》な少女であり、大抵のことは実現できる権力を持つ王家の娘に、毒を盛って密《ひそ》やかに排除したい相手がいるとは、普通であれば考えにくいけれど。

「クロエ様、王女についてはこれまでノーマークでして。こちらも至急調べ直します」

ベルンに頷きお願いする。私の頭にも今回の王女の情報は、王と王妃から溺愛《できあい》された末娘、前婚約者はリド様で、現婚約者はシエル様。そのくらいしかない。リド様と言えば……。

「ベルン、リド様に手紙を書いてくれる？　今回の事件に関して私たちにとっての真実を。私の愛する人はベルンを含め皆、強いけど、アーシェルは私の弱点だから」

アーシェルを人質にされれば、私はなんでも言うことを聞くことになるだろう。

『アーシェルはもはや〈魔親〉として、大神殿になくてはならない存在だよ?』

「だからこそ、神殿で完璧《かんぺき》にお守りください、とお願いするの」

「そうですね、トリーに学校で直接渡させましょう。間に入る人間は少ないほうがいい。……とりあえず意見は出尽くしましたね。一服しましょうか?」

ベルンがニッコリ笑って、侍女を呼ぶことなく魔法を使いながら自らお茶を淹《い》れだした。

その鮮やかな手際を現実逃避気味に眺めていると、膝上《ひざうえ》のエメルが私を見上げた。

『クロエ、アベルが何か、王女を弁明してきたらどうする?』

アベル殿下を最後に見たのは、水鏡越しの、父モルガンを殿下自ら裁く場面だった。相手は侯爵、殿下でなければ、あのようにすんなり事は運ばなかっただろう。

私を高く買ってくれ、両親を流罪にしてくれた殿下に恩を感じている。それでも、

「リールド王国の辺境伯の娘という立場失格だろうけど、私の信じるべきはダイアナよ。殿下が妹の肩を持つのは人として当然。でも、もしそうなれば私は二度と、殿下とお会いすることはない」

殿下が犯人である王女を庇《かば》うのなら、これまで積み上げてきた彼への情は……消さなければ。

まだ少年だったアベル殿下がこの王都ローゼンバルク邸にお忍びでやってきて、〈光魔法〉を教えてくれと頭を下げた情景が、昨日のことのように思い出された。

心を通わせて私のために〈草魔法〉まで覚えてくれた殿下と決定的に敵になるかもしれない、と考えることは、思った以上に辛かった。

『愚かな男かどうか?　見ものだね』

エメルはたまに、見た目を裏切る辛辣《しんらつ》なことを言う。

夕闇《ゆうやみ》に紛れ、トリーが私の結界を通り抜けて密かにやってきた。ヘッドボードに寄りかかる私に手紙を差し出す。受け取った手紙には神殿の封印と、リド様の流れるようなサインがあった。

『クロエ先輩、状況は把握しました。お気の毒です。とりあえず神殿は不干渉を貫きますのでご承知おきください。

私人、ただの後輩として忠告を。我ら神殿に例の件のような神秘があるように、王家にも外部に知られていない秘密があります。それゆえに王家なのです。くれぐれも油断しないように。

王女は人に先んじられることを許容できない人間でした。適性が四大魔法でない〈色魔法〉であったため、ますますコンプレックスを持ち、優秀な人間を使うことでそれを補おうとしていました。

私が婚約解消したことも、彼女のプライドを傷つけたことは想像に易《やす》く……ごめんね。リド』

王女は〈色魔法〉……初めて知る。つまり王子王女のうち、四魔法はドミニク殿下だけだったのか。それもあってドミニク殿下はあのような尊大な性格になってしまったのかもしれない。

トリーに続いて入室したベルンに手紙を渡す。それをトリーも背伸びして覗《のぞ》き込む。

「なーんだ。リド様がクロエ様のこと大好きだとか、めっちゃ仲良しだとか言ってたから、ローゼンバルクを応援する！　とでも書いてあるかと思えば……」

トリーが唇を尖《とが》らせる。

「トリー、神殿が情報の裏も取らず分析もせず、断言するはずがないでしょう？　噂《うわさ》になる前の段階で神殿に連絡した、という事実そのものが大事なのです」

ベルンが側近の後輩を指導する。

「そうだといいけれど。ひとまず、アーシェルの身辺を注意してくれたら十分。トリーありがとう。お兄様には私からしっかり褒めておくから。美味《おい》しいものを食べてから、寮に帰ってね」

「さすがクロエちゃーん！　ありがと～！」

トリーは騒ぐだけ騒いだけれど、帰る時は音もなかった。ベルンも退出し部屋が急にシンとする。

ふと、ベッドで丸くなるエメルに視線をやり、そっと背中を撫《な》でる。

こうしている間にも、教授の、王女の足音がヒタヒタと忍び寄る。

「……エメル、もし私が彼らの手に捕まったら、エメルは逃げて……」

『クロエ！』

エメルが顔をぐいと上げ、文字通り牙《きば》を剥《む》く。

「最後まで聞いてってば。エメルは逃げて、みんなと冷静に作戦を考えて、迎えに来て」

ローゼンバルクは人材の宝庫。知恵を出し合えばいかなる状況も打開できるはずだ。

「エメルを置いて、死に急いだりしないから」

私は〈魔親〉。私の魔力がなければエメルは死ぬ。エメルを衰弱死などさせやしない。

『わかってきたじゃない？　でも、相談している時間が不安だよ』

「焦ってもいいことないよ。そして私を盾にされたことで、ローゼンバルクを売ったりしないでね。そんなことをする親不孝ものは、祟《たた》るわよ。他の方法を探して」

ローゼンバルクを不幸にしたうえで生き延びても、それは死ぬのと同義だ。

『オレは……わかった』


翌朝もまた、王妃からお茶会の手紙が来た。当然病がまだ癒《い》えていないと断った。

「ジュード様が到着するまでは、大人しくしておきましょう」

ベルンに頷《うなず》いて、私は寝間着にガウンを羽織り、お手洗いに行こうと部屋を出た。

母屋から五メートルほど離れた小屋がそれなのだが、その渡り廊下にも母屋同様結界を施している。それがきちんと作動しているのを確認して、エメルを肩に乗せたまま、足を踏み出した。

そこには、竹箒《たけぼうき》を両手で掴《つか》んだ少年が佇《たたず》んでいた。庭師がこちらで雇い入れた見習いのようだ。

十歳前後だろう。こちらを見て震えている。今日は少し風があるからだろうか。

「ひょっとして寒い？　風邪でもひいたの？」

どうしても小さな庭師は気にかけてしまう。自分とルルの幼い頃の姿と重ねてしまうのだ。

養育院の子どもたちのために買っていたキャンディーでもなかっただろうかとマジックルームを漁《あさ》っていると、彼はくしゃりと顔を歪《ゆが》めながらこちらに駆け寄り、いきなり私の手首を掴み、思わぬ力で渡り廊下……つまり結界内から私を地面に引きずり出した！

「うそ……」

『なんだと!?』

「クロエ様はここにおりますー！　病気のはずなのに、歩いてここに来てますー！」

少年が空に向かって悲鳴のように叫んだ。

その言葉に空気が震え、一瞬で外部と我が家屋の境界である一番外の結界が破られた。そして昨日王女の供としてやってきた、レベルMAXの魔法師二人が黒いローブを翻しながら、うちの護衛を力ずくで倒してこちらに向かってくる。

一人は戦闘時にフードが外れ、髭面《ひげづら》の痩《や》せた中年の男が現れた。竜巻を起こしてうちの護衛を宙に飛ばしているから、こいつが〈風魔法〉らしい。男はニヤニヤと下品な笑みを浮かべている。もう一人の少し大柄のほうは相変わらずフードで顔は見えない。

少年はうずくまって大声で泣き出した。その様子を見るに、彼も……断ることができない脅しを受けたのだろう。心に傷が残らなければいいのだが。

男二人、私と十メートルほど間をあけて立ち止まった。

「ローゼンバルク辺境伯令嬢、王妃殿下のお茶会を断りながらも随分とお元気な様子ですね。これは由々しき問題。少しお付き合い願えますか？」

「寝間着姿でお手洗いに行くところまで見張られているなんて、私の乙女心はズタズタですけど」

そう言って睨《にら》み合《あ》いながら、術を展開するきっかけを探る。MAXレベルの魔法師であれ、一人なら簡単に排除できた。しかし、敵が二人では……楽観できない。

「私どもは、病気だと聞いていた貴方《あなた》様が心配で駆けつけたまで」

「この屋敷に私を心配する使用人がいないとでも？　ともかく、このローゼンバルク辺境伯邸への不法侵入、許すことはできません」

「これは随分とお元気になったようだ。これならばお茶会に来ることができますね」

「私は辺境伯の娘。私を外に出したいのならば、手順を惜しまず辺境伯の許可を取ってください」

「私どもの主《あるじ》はエリザベス王女殿下であり王家。その命に従うまで。それにお茶会へのお誘いはこ
こ一昨日よりしておりますので突然でもないでしょう？　さあ、ご案内いたします」

「あなた、こんな無茶なことを……王家と辺境伯が衝突しても構わないと？」

「我々は特に困りませんねえ。……ただ、そうはならないと、殿下がおっしゃってました」

「殿下？」

「ええ、エリザベス殿下は、辺境伯は今後王家に楯突《たてつ》くことなど不可能だと。命令に従い従順に辺
境を守るようになる。正しい形に戻るのだ、とね」

よくわからないけれど舐められたものだ。信頼関係を壊されて従順に仕えるわけがない。私は自
分の魔力を屋敷の中に放つ。異常を知らせるために。

するると、ヒゲ男はチラリと屋敷に視線を移し、

「あの、〈記憶魔法〉MAXの執事が来ると面倒ですね。挟み打ちで行きますか。せいっ！」

一瞬で私は私を覆う見えない箱に閉じ込められた！　もう一人は〈空間魔法〉だった。

そしてヒゲ男がその箱の中で風切を起こす。風切とはいえ、レベルMAXの風魔法師が唱えれば、
研いだばかりのナイフと一緒だ。体中がビシビシと切り付けられ、鮮血が飛ぶ。

「くっ！　成長！」

私は手持ちの草を私の体に巻きつけてガードしようとするが、この空間は何かが……おそらく炭

素が足りていなくて、思った以上に育たない。この箱を壊さなければ意味がない。

私は手持ちの種を地面に植えた。まだ、地中は〈空間魔法〉の領域に入っていない。

「成長！」

瞬時に私の草が地中から空間魔法師にたどり着き、太い茎がその男に絡みついて襲いかかる。

「わっ！」

男は悲鳴をあげてよろめき、フードが後ろに落ちた。思いのほか若い男だ、と思った次の瞬間、その顔はつい二日前に出会った人間のものだとわかった。

「ブラウ……ジョージ様……」

「…………」

目の合ったジョージは不愉快そうに顔を歪め、よくわからない方法で私の草を追い払おうとしている。業を煮やしたヒゲ男は、風で私の茎をスパスパと切り、加勢した。

「ジョージ様……なんで？　あなたは〈木魔法〉でしょう？」

「はんっ！　適性魔法の偽装くらい簡単だろうが。モルガン侯爵すらできたんだぞ？　適性魔法を管理する王家が書類をいじることくらい、なんてこたあねえなあ」

答えるのはヒゲ男。そうかもしれないけれど、あの拙《つたな》い〈木魔法〉は適性ではなかったから？

「あの時から……私を見張っていたの？」

「あったりまえじゃねえか。あんたの力量を測りつつ、あのダンジョンが思いどおり崩れるか、ジョージはチェックしてたのさ」

ヒゲ男のあまりの発言に目を見張る。

「本当なの？　ジョージ様がダイアナたちの大怪我《おおけが》に加担していたの？」

「……そうだよクロエ様。命令だから。ごめんなさい」

ジョージが右手を私に突き出し、手のひらをぎゅっと握り込んだ。すると、私を囲った空間から酸素が一気に抜かれていく。

「あ……う……」

膝《ひざ》から崩れ、酸欠で朦朧《もうろう》とする中彼を見上げれば、彼は冷たい瞳《ひとみ》で私が死ぬのを待っていた。

やはり私はバカだ。今回もまた、一見ひ弱で善良に見える人間に騙《だま》された。

私は絶対に死んではならないのに！　そう思って口を大きく開けて空気を取り入れていると、

『クロエ！』

エメルが私を救おうと、巨大化して姿を現した。エメルに心で詫《わ》びながら、後を託す。

しかし、思いもよらないドラゴンの登場に怯《ひる》むと思っていた敵は、なぜか瞳を輝かせた。

「やはり！　エリザベス殿下が言った通りだ。捕まえろっ！」

ジョージが私への術を中断し、己のマジックルームに手を入れた。やがて何かを取り出し、正面に向けて投げつけた。てっきり私に来ると思って、力を振り絞って草盾を展開したが、その鈍く光るものは真っ直《ま》ぐ《す》にエメルに向かった。

そして、巨大化したエメルがそれを手で払った瞬間、禍々《まがまが》しい黒い帯がエメルの腕に巻きつき、ガチャリと金属の音がした。

「グギャアアアア！」

エメルが足を踏み鳴らし体を捻《よじ》り暴れる。エメルの腕には赤く変色した鉄のような、禍々しい腕輪が嵌《は》められていた。

「エ、エメル――‼」

『これは古代の隷属の……おのれ人間、許すまじ……』

エメルが聞いたことのない苦しげな鳴き声を上げる。

「なんなの？　止《や》めてっ、止めてー‼」

私はジョージの箱の中からエメルに向かって叫んだ。

「クロエ様、いかが……え、エメル様っ！」

ベルンが駆けつけ状況を一瞬で見極め、両手を振り上げ敵の二人に攻撃を仕掛ける。

しかし、ヒゲ男はベルンにニタリと笑い、エメルを見据えた。

「黙れ、暴れるな。静かにしろ」

エメルは血走った目をギラギラと光らせながら、口をつぐみ、動かなくなった。

「まさか……エメル様はこのような者たちの言いなりに？」

無理矢理言うことを聞かせられているの？　従わない場合は苦痛を与えられている？

私もベルンも、身動きが取れなくなった。

「ははは、面白いように筋書き通り。さあ、辺境伯令嬢クロエ様、ドラゴンの身が心配ならば、私たちと共に、お茶会に来てもらいましょうか？」

刃向かう選択などなかった。小さく頷いた。

「素直ですね。結構です。ではしばらくそのままで。ジョージ！」

ジョージはチラリと私を見たがすぐにエメルに視線を移し、両手を天に向かって広げた。すると三階建てのこの屋敷と同じ高さの虚無の空間――ジョージの巨大なマジックルームが口をぽっかり開け、じわじわとその穴がエメルを喰《く》らうように被《かぶ》さった。

「エメル！」

私の悲鳴はどこにも届かず、エメルは吸い上げられるように、その中に消えた。

そしてジョージがパチンと指を弾《はじ》くと、私を覆っていた箱が消え、私は地面に倒れこんだ。

「私のドラゴンは……無事なんでしょうね？」

「それはクロエ様次第ですねえ」

エメルが無事である保証なんてない。でも一縷《いちる》の望みがあるのなら、従うしか道はない。

「ベルン……後はよろしく……それと、いつもありがとう」

「クロエ様……っ！」

大事なことは、口にしておいたほうがいいと思った。機会があるうちに。

第五章　師弟とは

私は馬車に押し込まれ護送された。両脇をジョージとヒゲ男に挟まれたけれど、特に拘束されはしなかった。エメルを人質にされている以上、私が歯向かうことはないと彼らはわかっている。

エメル……今頃どうしているのだろう。マジックルームの中がどうなっているのか？　そこで生物は生きていられるのかもわからない。もっと〈空間魔法〉を学んでおくべきだった。

思ったとおり馬車は真っ直ぐ王宮に入り、宮殿の裏に回った。一言で言えば裏庭だろうか？　王宮の一角というのに華やかな草木で彩られることもなく、土壌が悪いのか植物も昆虫も気配がなく、馬車を降りてみれば僅《わず》かながら血の匂《にお》いがした。大層なお茶会会場だ。

二人に挟まれた状況でその荒れ地に立たされる。そうして一時間ほどたった頃、

「伏せろ」

ヒゲ男に頭を押さえつけられた。抵抗せずに膝をつくと両脇の二人も片膝《かたひざ》をついて首を垂れた。ドアの開く音と同時に数人の足音がこちらに近づいてくる。

「面をあげよ」

従わせることに慣れた、ハリのある傲慢《ごうまん》な声で命令された。

両脇の男とタイミングを合わせ、ゆっくりと顔を上げると……王族が勢揃《せいぞろ》いしていた。

中央に王、その右脇にアベル第一王子殿下。その隣にドミニク第二王子殿下。王の左に王妃殿下、そしてその隣にエリザベス王女殿下。アベル殿下の息を呑《の》む音が聞こえた。

男性王族はこの呼び出しが不意打ちのものだったのか？　シャツにパンツ姿と砕けた装いだった。その反対によく似ている女性二人は、王族そのものである煌《きら》びやかなドレス姿だ。

王子二人は目を見開いて注視している。なぜ私がここにいるのかわからないというように。

陛下は私たちを熱量のない視線で一瞥《いちべつ》した。かつて祖父と一緒に対面した時の朗らかな雰囲気は上っ面の演技だったようだ。そして末王女に視線を移した。

「……エリザベス、我々をこうして集めたということは、『選定』ということでいいのだな」

王女は一歩前に進み出てニッコリ笑い、陛下に向かって一礼をした。

「はい。私こそが王太子に相応《ふさわ》しいことを証明できる算段がつきましたので、継承権を持つ王族に一生に一度だけ与えられている『選定』の機会を、ここで使わせていただきます」

『選定』？　これからなんらかの儀式が行われるということ？

「ウフフ、我が国の王太子の条件は王家の直系で『最も強い者』。まさか、その『選定』を王女が最初に言い出すなんて思わなかったわ。三人とも私が産んだ子。皆可愛《かわい》いけれど、エリザベスは一番若く、適性も〈色魔法〉。どうしても遅れを取るから私、少しだけ肩入れしてあげましたの。資金面や、そこのクロエ嬢を呼び出したりね。陛下、このくらい構いませんわよね？」

王妃が私を扇子で差しながら、クスクスと陛下に尋ねた。

「構わん。〈光魔法〉ＭＡＸとなり、モルガンを排除した功績で、来月にもアベルで結論を出そうとしていたところだが……だからこそこのタイミングということか。なるほど」

目の前で繰り広げられる会話に必死にしがみつく。一番強い者が王になる。それはこの国は長子継承でもないし当然だろう。だからこそ順当に〈光魔法〉MAXのアベル殿下が王太子だと思い込んでいた。一度目も、二度目も、王太子はアベル殿下が最有力、〈土魔法〉適性のドミニク殿下が次点で、この王女が国王になる野望を持っているだなんて、思ってもいなかった。

「では、私が兄妹《きょうだい》の中で……いえ、この世界で一番強い証《あかし》をお見せいたします。さあ、ジョージ！　出してちょうだい！」

右隣にいたジョージはすくっと立ち上がり、後ろ歩きして王族と距離をとった。そして先ほどと同じ、両手を天に向けて広げるフォームで魔法を展開した。

真っ黒な虚空が上空に現れて、ずずずっと巨大な透明の箱が引き下ろされた。その中には、私のエメルが、巨体のままうずくまっていた。

集まった王家、護衛全《すべ》てが目を見開いた。その様を見た王女は満面の笑みを浮かべる。

「グリーンドラゴン……」

アベル殿下の呟《つぶや》きが耳に届いたが、私はそんな周りの様子は後回しで、食い入るようにエメルの状態を確認した。鼻の頭が少しだけ上下している。とりあえず生きている。暴れたためか、エメルのエメラルドのように光沢のある体は傷だらけで血が滲《にじ》み、全く無事ではない。エメル‼

「なるほど、ローゼンバルクのグリーンドラゴンをその手に墜《お》としたか……ほう？　宝物庫の〈調伏の首輪〉を持ち出したようだな？」

〈調伏の首輪〉、それがあのエメルの腕にはまり、苦痛を与えているものの名前のようだ。そんなものが王家に存在したなんて知らなかった。前回のお妃《きさき》教育でも聞いたことがない。

そういえばリド様が、『王家にも外部に知られていない秘密があります。それゆえに王家なのです。くれぐれも油断しないように』と、教えてくれていた。神殿を将来背負うリド様が明かせるギリギリの忠告だったのだ。この禍々しい首輪のような物を、王家が所有していることへの。

情報はあったのに、活《い》かせなかった。

それにしても調伏？　調伏とは悪《あ》しきものを制することを指す。私のエメルが悪だと言うの？

「ほ、宝物庫には、たとえ我々でも近づけないはずだ！　厳重に結界が施されている」

ドミニク殿下が声を上げた。するとそんな兄を王女は鼻で笑った。

「お兄様、役に立つものがあるのに使わないでどうするのよ。結界なんて壊せばいいだけよ」

言葉に詰まったドミニク殿下の代わりのように、アベル殿下が静かに妹に尋ねる。

「ベス、お前は結界がかかっている意味を尊重しようと思わないのか？」

「アベルお兄様、私は中に何があるか把握した上で、必要だったから取り出したのです」

「なぜ、宝物庫の中身を知っていた？　あの中は王と王太子のみが立ち入れるはず」

「それは建前でしょう？　先ほどお兄様も言ったように結界を施す魔法師も定期的に入室しますし、清掃人も入る。調べようとさえすれば、知ることができるものです」

「君の言う使用人たちは、厳しく守秘義務を課せられているはずだ。どうやって聞き出した？」

「大事の前の小事ですわ。まあ、それを咎《とが》められるのであれば、甘んじて受けますわよ？　でも陛下、御覧くださいませ！　ドラゴンが我が手にありますのよ！」

「ふむ……どうやって、おびき寄せた？」

陛下が顎《あご》をさすりながら問う。

「少し考えれば簡単ですわ。ローゼンバルクに引き取られた〈草魔法〉の子。その後突如、ローゼンバルクに現れたグリーンドラゴン。さらに王都にドラゴンが現れた時も〈草魔法〉のこの女がそばにいた。つまり、この女にドラゴンは従属させられているのです」

王女の言うことはほぼ正しいが、私とエメルの関係を「従属」と言った。〈魔親〉を知らない？　ドラゴンの生態について半端な知識しかないのだろうか？　その点大神殿は詳しかった。ドラゴンを崇《あが》め待望する姿に嘘《うそ》はなく、それだけで他の不愉快な出来事を水に流せる気持ちになった。

王家にはそれがない。ドラゴンを自らの強さを誇示するための生物兵器くらいにしか思っていない。ひょっとしたら、ドラゴンに人以上の知能も知識もあることすら分かっていないのではないだろうか？　今この時も、エメルはきっと全てを聞き逃すまいと息を殺して我慢していることを。

「あとは、この女が王都にいるうちにこの女を餌《えさ》にドラゴンを引っ張り出して捕まえただけ。常にこの女のそばにいるか、ローゼンバルクの屋敷に潜んでいるとわかっていましたので」

「なぜ、わかっていたと断言できる？」

「観察眼ですわ。この女、気を抜いている時にひとり言が多いのです。見えざるドラゴンへ指示を出していたのでしょう。無個性な学生が柱の陰にいるとも気づかずに……ほら、このように」

そう言うと、王女はパチンと指を鳴らした。すると王女の体は蜃気楼《しんきろう》のようにゆらりと揺れて、全く別の姿を再構築した。

「うそ……バカな……」

思わず声が出たけれど、両脇の二人からも衛兵からも咎められなかった。感嘆の声が上がるのは、当たり前だと思われたのだろう。でも私の声は、ただの感嘆だけではない。それがかつて知っていた人物であったことと、それを今まで見抜けなかった自分の愚かさに対して飛び出したのだ。

目の前に立つ王女はもはや輝かしい金髪碧眼《へきがん》ではなくて、黒髪の肩までの巻毛に変化し、分厚い前髪が黒縁のメガネにかかっている。

彼女は、アン・マックイーンだ。一度目の人生での、サザーランド教授の研究室仲間の。

アン……前回彼女は寡黙で黙々と研究していた（ように見えた）から、特別親しかったわけでもなかったけれど……同志だと思っていた。まさかカラーが王女だったなんて。

ああ、思い返せばリド様から王女は〈色魔法〉だとも聞いていたのに。〈色魔法〉なんて珍しい適性、なぜアンと王女を結びつけることができなかったのか？

「この女の能力を利用しようと思っていたら、今回はまさかのドラゴンの登場。もはや〈草魔法〉の毒なんてどうでもよくなったわ。おまけにこのドラゴンはローゼンバルクの弱点！　私のモノになった今、あの辺境の者たちを大人しくさせたうえで、意のままに働かせることができる」

やはりジョージやヒゲ男を従えるように、私にも毒を作らせてこき使おうと思っていたらしい。

そして今、王女の口から『今回は』と聞こえた気が……。

王女はもう一度パチンと指を鳴らし変身を解き、父親である王に自慢げに笑った。

「陛下。このように私が王位継承者の中で最強。私が王太子ですわよね」

「お待ちください！　先ほどの話からすれば、王妃殿下はベスに随分と肩入れしてきたのですね？それは公平ではないでしょう⁉」

ドミニク殿下が慌てて異議を唱えた。

「何か問題でも？　私は不遇な〈色魔法〉ですもの。あらゆる方面に力添えをお願いするのは当然でしょう？　ドミニクお兄様ってば、四大魔法だからってあぐらをかいて、威張り散らしているから、バカにしてきた妹の私なんかに追い抜かれるのです」

「ベス、私はただ、おまえを可愛がっていただけ……」

「それがバカにしているというのです！　競争相手にもならないと思ったから、可愛がってくれたのでしょう？　本当に……腹が立つ！」

吐き捨てるようにそう言った王女に、ドミニク殿下は驚きを隠せない。

そんな二人をじっと見つめるアベル殿下の視線に王女が気づいた。

「アベルお兄様はまあ、私と一緒の不遇な適性でありながら苦労してレベルＭＡＸに上りつめられたわけで、その努力には敬意を表しますが、上に立つにはあまりに人がよすぎるのではないかしら？　〈光魔法〉は潔癖すぎます。王は手を汚すことの覚悟もなければ」

「……ベス、お前にはそれができると？」

王女はニッコリ笑って頷《うなず》いた。

「そもそも王は、自分が強くなくともいいのです。強い駒《こま》さえあれば、自分の思う政治を行えます」

「そのお前の駒は……全部お前が弱点を握って従わせているみたいだよね？」

「王太子の条件は一番強いこと。手段など、どうでもいいですわよねえ」

耳を塞《ふさ》いでしまいたい。この人がこのまま王太子になり王になるの？　この国は終わりだ。

王女はチラリと陛下に視線を送った。

「陛下も、実の姉上だったリリィ王女を過去最悪のスタンピード討伐に追いやって、その輝く地位を手に入れられたのだもの」

「伯母上《おばうえ》の名誉の戦死を、そのように言うのは冒涜《ぼうとく》だぞ」

アベル殿下が冷ややかすぎる声で忠告した。

「内輪しかいないところでいい子ぶってもしょうがないでしょう？　リリィ王女は努力を重ね〈雷魔法〉MAXだった。そんな優秀すぎた姉に、国を守るために出陣してくれと泣いて頼んだんですわよね、陛下。ご丁寧にも恋人で、師弟の間柄であった伯爵令息と共に。今はジルニー子爵と言ったかしら？　そして王女は自分の死を引き換えに魔獣を王都に入れず殲滅《せんめつ》し、愛する彼と多くの人間の命を救い――陛下が王になった。リリィ王女は立派に国の礎として祀《まつ》られた」

あまりにむごい話に顔を歪《ゆが》めて聞いていると、思わぬ名前が飛び出した。……ジルニー子爵、それはホークだ！　私の大好きな、ベルンと共に父代わりの！

ホークは愛する師匠を戦場で失ったと言っていた。……そういう……ことなの？　そっか……。

貴族であるホークが王都を離れローゼンバルクに身を寄せていることや、祖父と同レベルの王家への不信感。師を理不尽に奪われた私への同調や、ベルンや私たちの恋を応援しつつ、自分は一歩くれぐれも御身を大切になさいませ？」

「ふふふ、真面目《まじめ》で努力家なアベルお兄様は、リリィ王女とどこか重なりますわねえ。

　自国の闇《やみ》を見せつけられて、私の心の中の健全な希望の灯《あか》りが、一つ一つ消されていく。

引いていること。いろんなピースが瞬く間に埋まっていく。

　そう言って晴れやかに笑う王女と表情をなくしたアベル殿下の会話を、陛下が終わらせた。

「素晴らしい。では、可愛いエリザベス。最後の試練だ。これを乗り越えれば、君が王太子だよ」

「つまり現在私は暫定の王太子ということですわね。必ずやご期待に応《こた》えます」

　ドレスのスカートをつまみ、きどって頭を下げる王女に、陛下は目を細め、鮮やかに笑った。

「頼もしいことだ。ではローゼンバルク辺境伯に、お前への忠誠を誓わせておいで」

「簡単なこと」

　王女はこちらに優雅に歩いてきた。やがて私の目の前に来たが、話しかけることもない。

「ナイフ」

　王女の声にヒゲ男が応え、懐からナイフというには長い刃渡の刃物を渡した。

「ベス！　何をするっ！」

　そうアベル殿下が叫ぶと、王女は恐ろしい表情で兄王子に振り返り、睨《にら》みつけた。

「お黙りなさい。私は暫定の王太子です。私に指図できるのは、もはや陛下だけ」

　この兄妹の修羅場に、息を詰め固まっていると、王女の手が私の首に回った。

　ザクリ、と音がした。目の前の王女の手に、私の茶の髪の束があった。風を首に直《じか》に感じ、随分バッサリと刈られたことがわかった。

「辺境伯に送りつけてちょうだい。あらがっても無駄だ、と。ジョージ、ドラゴンを片付けて」

王女はヒゲ男にナイフと私の髪を渡すと、私を一瞥《いちべつ》もせずに引き返した。

ジョージはゆっくりと立ち上がり、先程と同じようにエメルを虚空に引き込んだ。

「エメル……」

エメルは一度も、目を開かなかった。

既に国王と王妃はこちらに背を向けて歩き去り、王女もそれに続いた。

アベル殿下は厳しい顔をして私と一度目を合わせたが、何も言わず足早に立ち去り、ドミニク殿下は右手で額を押さえ、付き人に支えられてよろよろと去った。

かたわらのヒゲ男もまた、私の髪を手持ちの袋に入れて立ち去った。

ジョージに促され、再び馬車に乗せられる。今度は入念に目隠しされた。


目隠しが外された先は、見慣れた石壁の独房だった。鉄扉の引《ひ》っ掻《か》かれたような傷も全く前と同じ……ここは一度目の人生で収監されたのと同じ場所だ。

魔法師を収監するための、王宮の北に位置する孤立した灰色の尖塔《せんとう》の最上階。背伸びすると顔を出せる換気のための穴——換気口から外を覗《のぞ》くと、そこから見える狭い景色も同じだった。

換気口は穴だ。窓ではない。ガラスなど高価なものがはめられるわけもなく、前回ここで過ごした冬は、雪が吹き込んできて極寒だった。その寒さが絶望を引き立て、身も心も弱らせたのだ。

一度目は、日にちを数えるために風切で壁に一日一回傷をつけていた。それがない。

「風切」

術は問題なく発動し、一日目の傷を再び壁につけた。

この獄中は魔法を行使できる。ただ、壁に幾重もの結界が張ってあり、内側から魔法で塔を破壊することはできず、外に向けて干渉もできないのだ。

その状況に前回は心が折れたけれど、今度は違う。何がなんでもエメルを救い出さなければ。私は〈魔親〉。エメルを諦《あきら》めるなんて絶対にあってはならない。全力でもがき足掻《あが》かなければ！

命を繋《つな》ぐ最低限のものはマジックルームに入っている。

「最優先はエメルの救出。次にローゼンバルクが危機に陥らぬよう、エメルと二人で脱出……」

だとしたら、やはり外に連絡を取らなければ。私を信じ必ず助けにきてくれる人がこの二度目の人生にはいる。最初は祖父。それ以降はずっと……兄が、私の窮地には駆けつけてくれた。

「お兄様……」

今もローゼンバルクから全力で駆けている。賢く、敵に容赦なく、身内にはひたすら甘い兄。

尊敬する祖父のローゼンバルクを薬師として支え尽くすことが、私の一番の望み……愛する兄と一緒に、ずっと仲良く……。

「会いたい……」

私は再び兄に会えるのだろうか？　馬上の兄の姿を思い浮かべただけで、胸がキュッと鳴る。

なぜ私は、兄とその気になればいつでも会えると思っていたのだろう？　運命は簡単に日常を奪い去ると、身をもって知っていたというのに。私は……やはりバカだ。

『クロエ』

兄に出会えて抱き上げられて、名を呼ばれることがどれだけ幸運だったのか、自由を失ってようやく気がついた。兄のそばにいたい、ずっと一緒にいてほしい。もう会えないなんて嫌だ。

『好きだ、クロエ。お前は俺の生きる意味だ』

あの日、兄は私に真《ま》っ直《す》ぐ伝えてくれた。

「そんなの……私も一緒だったのに……」

なぜ、キチンと返事できなかったのだろう。大事なことを、結局何一つ伝えていない。

「あの、花冠をもらった日からずっと……ずっと大好きだったくせに……」

祖父は私にとって神様に等しい。そんな祖父を例外にすれば結局、この世で一番好きなのは兄だ。兄である兄も、男性としての兄も。私にはその二つに種類も境目もない。この世の誰よりも幸せになってほしい。そのために私にできることがあるならなんでもする。それが兄だ。

難しく考えるのは止《や》めれば、私の気持ちはとてもシンプルになった。私はジュード・ローゼンバルクを誰よりも好きだ。一生見つめていたいのは、兄のアイスブルーの瞳《ひとみ》。この私の精一杯の気持ちが愛でないのなら、私には生涯愛などわからないだろう。

「窮地に立たされて気がつくなんて……いつものようにバカクロエって、怒って……お兄様……」

じわりと涙が浮かび、袖口《そでぐち》でゴシゴシと目元を拭《ふ》き、膝《ひざ》に顔を埋《うず》めた。

しばらくそうしていると、突如ガタッと隣室から音が鳴った。隣に誰か収監されているの？　いや、そうだとしても、この石の壁越しに物音なんて聞こえるわけがないと思うのだが。

「集音」

警戒しながら私は隣室の音を拾おうとした。すると術の発動後まもなく反応があった。

『おや？　この気配はかつてよく知る魔力……クロエさん、いやクロエだね？』

一度目の人生から脳裏に強烈に刻みつき、離れたことのない声だった。驚きと同時に、怯《おび》えで体が小刻みに震えた。

「……サザーランド教授……ですか？　どうしてここに？」

『もちろんクロエと同じくエリザベス殿下に入れられたのです。もはや役立たずだが、知りすぎたと言われてね』

教授も私の声を拾っている。集音を使えるようだ。というか、教授まで投獄されている？

『ふむ。クロエならば力を隠しても今更だね。ちょっと壁から離れなさい。これでは話しづらい』

唐突すぎて逆らうタイミングもなく、私は反対の壁まで退いた。

すると二人の間に立ちはだかる石の壁がグニャリと曲がり、自分の独房と対称の作りになった場所で、あぐらをかいて座っている教授の姿が見えた。

「これは一体……」

「私の適性魔法です。少し空間を歪めました。しかしなんの干渉もない……ジョージの小さな反抗ってところでしょうか？　ん？　クロエ、その髪は……クソッ！　殿下め……」

空間を歪める？　つまり教授は空間魔法師？　ジョージは本当の意味で教え子ということ？

「まあ、時間がないからその件は置いておきましょう。クロエ、君は学校でなぜ私を避けたのですか？　ああ、ドミニク殿下やガブリエラ嬢も避けていたね」

「……申し訳ありませんが、先生の授業に関心がなかっただけです。辺境ですぐに役立つ知識でもありませんでした。殿下方と接触がなかったのは、クラスが違うだけです」

「時間がないと言っているのに……わかりました。ではこれでどうでしょう？　『四大魔法以外の適性でも、彼らに負けないくらい世間の役に立つことを、一緒に検証しないか？』」

それは、一度目の私をこの男に縛りつけた呪《のろ》いの言葉だ。私は取り繕うことなどできない。

「なっ、なぜ、それを……」

「ふふふ……やはり……クロエは前の記憶を持ったまま、巻き戻ったのですね」

もはや疑う余地もない。この人は一度目の私を知っている！　でもなぜ？

「前回の経験から辺境に逃げこんだのでしょう。今回は随分と血色がいいと思っていたのです。肉もついているし。もう私の揚げイモをガツガツ食べなくとも、栄養は足りているようですね」

「……どういうこと……なのですか」

「簡単です。私が時を戻しました」

教授はさも当たり前のようにそう言った。

「は？　何を一体……」

「私の適性は〈時空魔法〉なんですよ」

「〈時空〉？　……そんなの聞いたことがない。時を戻すなんて絵空事です……できるわけがない」

「そうですね。レベルＭＡＸなだけでなく、なかなか条件が難しいことは確かです。代償に私のこの眼《め》やらエリザベス殿下の命やらが必要でした」

そう言って、教授は自分の左眼《ひだりめ》に触れた。ザックが見破ったとおりらしい。

「エリザベス殿下の……命？」

「はい。殿下はね、前回王太子になれないとわかって、私に巻き戻しを命じたのです」

もうお手上げだ。これ以上何も知らずにいることなどできない。私は装うことを諦めた。

「教授、私に教えてください。何もかもを」

「ふふふ、クロエに頼られるなんて、懐かしいね」

教授はふぅと息を吐き、どこか遠くを見つめた。

「エリザベス殿下はね、王太子になることを熱望してるんです。昔も今も。でも適性は〈色魔法〉、力勝負では勝ち目はない。だからね、前回は実力者を従えて、王位を取ろうとしたんですよ」

ジョージやヒゲ男、そして目の前の教授を見ながら、今回も同じでは？　と思う。

「どうやって非力な王女が有力な魔法使いを従えるのですか？」

「案外簡単なことです。人質を取るのです。二人」

「二人？」

人質が王女の常套手段《じようとうしゆだん》であることはわかる。今、私も祖父への交渉を有利にするための人質で、その私への人質はエメルだ。だが二人とは？

「そう。ひ弱な人質を二人。一人はターゲットの目の前で殺す。そしてもう一人もこのように殺すぞと脅す。ターゲットは残りの一人まで失うことは耐えられないと、絶対服従を誓うのです」

本当であれば……あまりに悪質すぎて吐き気がする。

「真実ですよ。私の実体験です」

私の疑いが顔に出ていたのか、教授が言葉を足した。思わず息を呑《の》む。

「つまり教授も……大事な人を……」

「王家には適性検査の結果が集まる。それで〈時空魔法〉の私は見つかり、王家の管理下に置かれました。そしてエリザベス殿下に祖母と妹を人質に取られ、祖母を殺された。たった一人の家族の妹を失う選択などありませんでした。彼女がいなければ……私に生きる価値などない」

『好きだ、クロエ。お前は俺の生きる意味だ』

同じことを、私も最愛の人に言われたのを再び思い出す。

「……それは今の話ですか？　それとも前の？」

「両方ですよ。知っていたところで、発見当時いつも農民の子どもの私に何ができますか？　今回も王家に監視され訓練されるうちに、殿下が記憶を持ったまま誕生した」

教授なんて嘘《うそ》つきで大嫌いだ。でも、深い同情が湧《わ》き起こる。

「……隣国の貴族出身というのは？」

「デタラメですよ。私が失敗した時に、自分と国が傷つかず捨てやすいように作られた身分」

教授はふっと髪をかき上げた。現れた顔は思っていた以上に若かった。一度目の人生から随分経《た》ち、私の想像で老獪《ろうかい》な男に補整されていたのかもしれない。

「命令により〈時空魔法〉を極めると、今度は有益な人材を見つけて育てろと私は学校に放《ほう》り込まれました。〈時空魔法〉は数学の理論と通じるものがあるから、案外馴染《なじ》みました」

ザックが「至って普通の講義だ」と言っていたのを思い出す。教授は確かに溶け込んでいる。

「……だから、私たちを、集めたの？」

教授は、いつか見た控えめな笑顔を私に向けた。

「ふふふ、ようやく前回の私たちを認めたね。久しぶり。私の可愛《かわい》いクロエ」

とっくに前回の記憶があることを隠す気力などなくなった。

「そして王女はアン・マックイーンとして、私が思い通りに流れているか見張っていたの？」

「見張られていたのは君だけではない。私を含め全員です。そしてクロエやジョージたちが聞きなれていない応援や励ましを、たまにこぼして士気を上げていました」

王女の飴《あめ》と鞭《むち》に、私は転がされていたのだ。

「つまり、私に毒を作らせたのは、王女の意向だった？」

教授は私の目を見て、ゆっくりと頷《うなず》いた。しかし王女は巻き戻りを教授に命じた。

「私の死後、うまくいかなかったということですか？　だから教授が時間を戻したのですか」

「前回のドミニク殿下は、空気を読むのが非常にうまく、四大魔法ではない兄王子がつまずくのをじっと待っていた。大衆は四大魔法である自分を王位に推してくれると確信していました」

私はかつての、今回よりもずっと立ち回りがうまかったドミニク殿下を思い出し、頷いた。

「そして彼は、これまた非の打ち所がない女性、ガブリエラと手を組みました。彼女もまた家柄、適性魔法、容姿、全《すべ》て観衆を惹《ひ》きつけるに足る魅力が備わっていました」

彼らの周りには人が集まり、平民から貴族にいたるまで熱心な信者がいた。

「そして、婚約者である君の様子の変化に気づいたドミニク殿下は、君が毒薬を作っていることを知りました。彼はガブリエラを使って清らかさを前面に打ち出し、毒薬とはとんでもない害悪で、人類が持ってはならぬものだと声高に訴えました。毒を持つだけで罪悪だと人々に……特に国の中枢にいる有力者に植え付け、自分たちの立ち位置をぐんと押し上げたのです」

殿下が私に関心を寄せるなんて思わなかったから、探られていたことなど気づかなかった。

「そうなると、エリザベス王女は世論と対立するあなたの毒薬で、二人の兄と戦うことができなくなった。もう新しい武器を調達する時間などない。彼女は王太子争いの負けを悟ったのです」

「潔く負けを認めて王女として国に貢献しよう、と思わなかったのでしょうか？」

「彼女は素直に負けを認めることができない人種でしてね。兄たちよりも自分のほうが優秀なのになぜ敗北宣言せねばならないのだと、いきりたちました」

同じようなことが、リド様の手紙にも書いてあった。

「ということで、私に時を戻せ！　と命じたわけです」

「で、でも、新しい時間の中で、自分の思い通りの展開になるとは限らないでしょう？」

結局時を巻き戻しても、王女は兄弟の中で一番年下なのだ。分が悪いのは変わらない。

「時戻しは〈時空魔法〉のレベルＭＡＸな上、命と引き換えでね。まあ時を戻せばその前の自分が生きていようが死んでいようが関係ないのですが。そして、時戻しに成功した術者には、当然前回の記憶が残ります。たどり着いた先でねじ曲げた時空間を修復しなければならないので」

「そういう……ものですか……」

命と引き換え？　当然記憶が残る？　さっぱりわからないが、ひとまず相槌《あいづち》を打つ。

「すると王女が『私もこの場で死に、術の贄《にえ》となる。自分だって時が戻るのであればこれからの人生など意味がない。だから私の記憶を残しなさい。いいわね！』と、命じたのです」

「そんなこと可能なのですか？」

「身の程を越えた魔法を使う時は、贄を捧《ささ》げる……といった言い伝えは全ての魔法にあります。結果的に可能でしたね。今回改めて出会った幼い王女に記憶があったから」

「そんなの……そんなの断れば良かったじゃないですか！」

王女の私欲で時を戻すなんて、どう考えても間違っている！

「無理ですよ。私の妹は人質のままだった。もし巻き戻しを失敗して王女が生き残ったら、妹はおぞましい目に遭わせた後で、なぶり殺しにすると言われました」

下唇を噛《か》んで耐える。王女の残虐性は、ガブリエラの件で身をもって知っている。

「そもそも初めての術の上、前代未聞な王女の注文。妹のために失敗できない。私は大きなプレッシャーの中で術を行使し、過去に戻る時に時間の奔流を制御できず、この目を贄にした。結局、完《かん》璧《ぺき》な勝者は王女だけです。恐ろしい悪運の持ち主ですよ、あの方は」

教授は苦笑いしながら、垂れ下がった前髪をかきあげた。

「……私にはなぜ記憶が残ったのですか？」

「わかりません。ただ……術をかけ時間を渡る時に、クロエのことを一瞬思い浮かべました。真摯《しんし》にビーカーに〈草魔法〉の魔力を注いでいるあなたと、獄中で死を目前にしているあなたを。思い当たるのはそれだけです」

その、教授の哀れみがイレギュラーを引き起こした？　いえ……きっと、誰にもわからない。

「ここからは、今回の人生の話です。記憶を持って過去に戻った王女は、前回の成功はそのままに、失敗は繰り返さぬよう行動しました。具体的にはやはり人質を取って身の回りを優秀な魔法師で固め、四大魔法以外の使える人間を訓練。そしてドミニク殿下を甘やかし、ガブリエラ嬢を早いタイミングで王宮に招き、高価なプレゼントを贈って欲を覚えさせました」

計画通り着々と、そして非情に、後の憂いの芽を摘んだのだ。恐ろしい。

「ではなぜ教授と私は今、この牢《ろう》にいることになったのでしょう？」

一度目二度目と王女をサポートし続けた教授と、今回王女の視界にも入らなかった私だ。

「クロエが前回と全く違う行動をしたからですよ。まあ記憶を持っているなら、さもありなん、だ」

「私の行動？」

「王女はまたクロエを懐柔し、最高級の毒薬を作らせて王位を取ろうと思っていたのです。今度はドミニク殿下の発言は重く受け取られない土壌になっていますからね。足がつかない殺人は、結局クロエの毒以外にない。国王陛下へのアピールでありプレゼントとしてこれ以上ないものです」

私に無理やり毒薬を作らせて人々を恐怖に落とすだけでなく、交渉の手土産にしようとしていたの？　本当に腹が立つ。私がどんな思いで前回今回と技を磨いてきたのか知りもしないで。

「王都から逃げたクロエを手元におこうと策を巡らしていると、ローゼンバルクにドラゴンが現れ、タイミングや色からおそらく君と親交があるのだろうと想像がつきました。扱いにくくなったクロエよりもドラゴンを手に入れたほうが、よほど王太子レースの勝負は確実なものになると思った王女は、標的をドラゴン一本に絞りました」

「王家はドラゴンをどのように認識しているのかご存じですか?」

「神殿にとってドラゴンは信仰の対象ですが、国にとっては……まあ、有り体に言えば最強の兵器ですね。はるか昔の書物によれば、ドラゴンを従えた国こそがこの世界を統べたと記してあります。そんな存在が再び現れたのです。喉《のど》から手が出るほどほしいし……そのドラゴンが巣を作ったローゼンバルクを脅威と見做《みな》すのは当然の流れですね。そういえば、王女はあなたの領に内側から綻《ほころ》びを作ろうと、入り込める領境周辺の町でいろいろと工作していたようですよ?」

「それって……レナドの町のこと?」

「さあ、名前までは。しかし一度や二度ではありませんでした。確か王宮専属の薬師に毒を作らせてましたね。王女は毒を使えば君に疑いがかかると、笑いながら言ってましたっけ」

レナドの騒動やワームの暴走……自国の王家の仕業だったとは。そのせいで混乱が起き、無辜《むこ》の民が傷ついたことも、先ほど同様に大事の前の小事と言う気だろうか? 頭にくる。

そして私の美しく気高いエメルを……他国を侵略するための兵器にしようというの?

「王女は君を使ってドラゴンを引っ張り出し、古《いにしえ》の魔道具を装着させることに成功しました。そして自分の思い通りにならなかったクロエを痛めつけた。ああ、クロエが神殿と良好な関係であることにもイライラしていましたので、今頃さぞやスッキリしていることでしょうね」

「……つまり、今回の王女の物語で、出番の終わった私たちはさっさと退場させられた、と？」

「ええ。唯一無二のドラゴンが手に入り、王太子がほぼ確定した今、彼女にとって道具でしかない私と君はお払い箱となり投獄されたのです。捨てるには、知りすぎています」

乾いた笑いが漏れた。教授の話は辻褄《つじつま》が合っている。おそらく真実だ。

王女や王族となんて一生関《かか》わらなくてよかった。私はずっと辺境で、静かに畑を耕し薬を作って生きていければよかったのに。勝手に私の人生にズカズカとやってきてめちゃくちゃにした。

「今回のジョージはやはり洗脳状態なのですか？　随分仲が良さそうに見えたけれど」

「いえ、彼の才能は前回でわかっていましたので、今回は手っ取り早く早い段階で人質で縛っているそうです。クロエを罠《わな》にかけましたが、本来はあなた同様、優秀で優しい子なのですよ」

教授は俯《うつむ》き、自分を責めるように首を横に振った。

ジョージも大事な人を一人、殺されているのか……これでは恨めない。

「辺境伯令嬢を牢に入れて、ローゼンバルクが黙っていると思っているのかしら？」

「黙ってるしかないでしょう。君の家族は守護神と敬う、かのドラゴンを攻撃できるのですか？」

「……クソッタレ！」

私がそう吐き捨てると、教授は顔を上げ目を丸くした後、クスクスと笑いだした。

「前回のクロエならば絶対に言わない言葉ですね」

「……それはどうも」

当たり前だ。前回の私の周りに、悪い言葉を率先して教えてくれるゴーシュはいなかったもの。ゴーシュにも……会いたい。大好きな人たちの顔が次々と頭に浮かび、じわりと涙ぐむ。

「そう……今回のクロエは、大事なものがたくさんあるようですね」

そう言って目尻《めじり》を下げる教授は、私の癇《かん》に障った。

「それが何か？」

「いえ、頼もしくなったと感動しただけです。そうか……」

そう言うと、教授は顎《あご》に右手をやり、何か思いを巡らせた。

「クロエ、私にできる範囲で……ドラゴンを救出するところまでなら助けてあげられますよ？」

ドラゴンを救出するところまで？　もちろんそれだけでも十分だ。エメルが私の腕の中に戻れば、祖父や兄はどれだけでも暴れることができる。しかし話がうますぎる。

「……条件は？」

私はもう以前のようなお人好《ひとよ》しではない。いっそ交換条件があったほうが、疑わなくて済む。

「妹をローゼンバルクにて保護し、穏やかな生活を送らせてほしい。それだけです」

教授は真剣な表情でそう言い切った。教授の妹……教授の話が本当ならば、確かに妹さんはずっと辛《つら》い思いをしてきただろう。でも、教授は嘘つきだ。前回も善良な顔をして私をはめた。それが妹さんを人質に取られていたからやむなしだったとしても、結果的に教授は私を壊した一人だ。

「こうしている間にも、ジョージのマジックルームの中でドラゴンは弱っている。それに、用無しの私のために妹を生かしておくメリットなど王女にはない。私も切羽詰まっています」

教授が私をぐいぐいと揺さぶる。

「そうだね……どうだろうクロエ。そんなに私が信じられないのならば〈契約魔法〉を使おうか？　決して互いを裏切れない強力なものを」

決して互いを裏切れない強力な〈契約魔法〉？　……私が知るその方法は、一つだけ。

「それって……師弟の本契約のことを言ってるの？」

「そう。クロエ、君が私の弟子になればいいのです」

師弟の本契約は、理論上その前の契約が何らかの理由で解除されていれば、複数回結ぶことも可能だ。しかし、そんな人がいるとは聞いたことがない。心情の問題だ。

私は思わず右手首の一重になったマーガレットを見る。これが刻まれた日と、それに続くトムじいとの美しい日々を思い出す。状況があまりに違う。真逆だ。私は顔を歪《ゆが》めて叫んだ。

「どの口がそんなことを言うの！　信じてたのに。信じてたのに裏切ったくせに！　もはや信頼も尊敬もないあなたを私が師に望むとでも⁉」

しかし、私が激昂《げきこう》するのに反して教授は落ち着いていた。

「信頼も尊敬もいらない。契約すれば、今後私は君を裏切りません。それが全てです」

「そもそも私は〈時空魔法〉など知りもしない！　弟子になどなりえないわ」

「適性じゃなくてもレベル差があっても、師弟契約はできる。ただ、力量の差で弟子のほうが知力体力が追いつかず、のたうちまわる痛みを伴う。しかしクロエは魔力量が通常の三……いや今回は四倍か？　君ならなんとかなるだろう」

私は必死に気持ちを立て直す。怒っている場合ではない。

「……具体的にはどうするつもりなのですか？」

「〈空間魔法〉は〈時空魔法〉と元は同じ括《くく》りです。そして時も操る〈時空魔法〉のほうが上位。〈時空魔法〉ＭＡＸの私は低レベルの術者の空間に干渉できます。私がジョージの空間から君のドラゴンを引っ張り出しましょう。そこから先は君が考えなさい」

結局他に手段も術《すべ》も持たない私は、教授の案に乗るしかないのだ。エメルの生死がかかっているのに、自分の感情を優先させてどうするの？　あらゆるわだかまりを……呑《の》み込もう。

私は左手から風を出し、右手の親指を切った。真っ赤な血がたらりと手首に流れる。

「クロエ……決断が早くて助かります。少し待って」

教授は私に向かって右手をあげ、人差し指をぐるりと一回しした。すると私たちの間に立《た》ち塞《ふさ》がる教授の映った壁がグニャリと渦を巻くように歪み、その中心がぽっかり空いて、教授が右足から私の独房に現れた。きちんと正面から向き合った教授は猫背ではなかった。

「壁、こ、壊したの？」

「いえ、歪めただけです。一刻の猶予もない。急ぎましょう」

教授もカリッと親指を嚙み切《き》り、血を流した。私たちは無表情で互いの親指を合わせた。

「私、ピーター・サザーランドはクロエ・モルガ……、クロエ・ローゼンバルクを弟子に迎え、我が妹を保護する事を望む」

「私、クロエ・ローゼンバルクはピーター・サザーランド教授を師と仰ぎ、ローゼンバルクの守護神たるグリーンドラゴンの救出を望む」

〈草魔法〉と同様に二人の血が上空に伸びて、くるくると螺旋《らせん》を描いて互いの手首に戻ってきた。

しかし前回と違い、ズンッと体中に重しのようなプレッシャーがかかる。これが全く習得していない魔法を引き受けた弊害だろうか？　たまらず両膝《りょうひざ》をついてうずくまる。意図的に私の魔力で新しく入ってきた何かを覆うと、どうにかこうにか融合し、数分で立ち上がれるまでに回復した。

ふと手首が目に入る。私の二本目のマーガレットが数箇所、メビウスリングで繋《つな》がれていた。

なんの感慨もない。必要だから繋がっただけ。

「うん。成功したね。ご苦労様でした。クロエ、魔力はまだ残っていますね？」

「まあ、人並みには……」

今の〈契約魔法〉で大人一人分ほどの魔力を失った。残りは三人分ってところだろうか？

「よかった。ではまず私に毒薬を出してくれますか？　君の作った一番レベルの高いやつを」

教授は有無を言わさぬ口調でそう言って、微笑《ほほえ》みながら私に左手を差し出した。

毒？　私は……呆然《ぼうぜん》として、腕をだらりと下ろした。師の命令には……逆らえない。でも、

「……なぜ？」

「ドラゴンを助けるのに必要だからですよ」

私たちは互いに裏切ることができない絆《きずな》で結ばれた。だから、エメルを助けるために必要というのは偽りではない。

しかし、その渡した毒は誰が飲む羽目になるのか？　王女？　術者のジョージ？　それとも……

私？　ドラゴンを助けるために必要であれば、私を殺しても裏切りにはならないのでは？　ダメだ。私は死ねない。私が死ねば、エメルは助かってもやがて魔力が欠乏して死ぬ。そういう知識がこの人にも王家にもない。多分卵から成竜になる過程なんて伝わっていないのだ。ならば——私はマジックルームから透明の小瓶を出した。これはエメルのおかげで夢で会えたトムじいに教えてもらった……仮死薬。この薬は私が作る一番レベルの高い毒薬の一つであり、裏切りにはならない。そしてたとえ飲まされたとしても私は二十四時間後に生き返る、はずだ。

私がそれを教授に渡そうとすると、教授は人差し指を横に振った。

「クロエ、たぶんそれではありません。確か名は……ゼロの薬だったね。それを渡してください」

……なぜ、知っているの？　あれは私のとっておきの、最後の希望の薬。先日兄にはバレてしまったけれど、それまで誰にも絶対に話していない！

「……前回のクロエはここに入った後、錯乱状態で『ゼロの薬さえあれば、私は苦しまずに済んだ！』と何度も何度も繰り返し呟《つぶや》いていたのです」

あまりのやるせなさにうなだれた。巻戻り直前の自分がそういう状態だったと突きつけられるのは苦く、辛い。

契約した以上出さなければ。現に今、それはマジックルームにあるのだから。それでも私がノロノロと躊躇《ちゅうちょ》していると、教授がポンと手を叩《たた》いた。

「ああ、なるほど。では約束しましょう。私はゼロの薬を君に飲ませない。これでいいでしょう？」

そこまで言うならば用途を教えてくれてもよさそうなのに、教授はニコニコと微笑むだけだ。私は、最低限の答えは得られたと無理矢理自分を納得させ、青い小瓶を取り出し教授に差し出した。

「これが薬師クロエの集大成ですね……ありがとうございます。クロエ」

どう使うかわからないのに、どういたしましてとも言えない。モヤモヤしている気持ちを持て余していたら、教授は私の頭をフワッと柔らかく撫《な》でて、私が驚いているうちにあっさり壁の渦巻きを乗り越え、隣の独房に戻ってしまった。

「え？」

戸惑っている間に壁の穴は消え、再び透明な壁ごしに教授と向き合う状況に戻った。

「ではクロエ、後ろの壁に、寄りかかってごらん？」

「……ジョージのマジックルームを取り出すスペースを空けろってことでしょうか？」

「まあ、そんな感じです」

そのはっきりしない返事にまたもやモヤッとしたが、私たちは既に師弟、裏切ることはできないのだ。私は言われたとおり後退《あとずさ》り、石のゴツゴツした壁に寄りかかった。

「床に座って。……いい子ですね。そのまま全身に力を入れ、踏ん張っておくんですよ」

よくわからないが、膝《ひざ》を抱きしめるように座って教授を見上げた。

教授は一つ頷《うなず》くと青い瓶の蓋《ふた》を開け、静かに、水でも口にするように……飲み干してしまった。

「なっ……ど、どうしてっ！」

驚愕《きょうがく》し、慌てて教授を映す壁に走り寄った。ゼロの薬だけは解毒剤を作っていないのだ！

確実に、死ぬために。

「教授っ！　あっ！　あああっ！」

私の右手が勝手に高く持ち上がる。今つけたばかりのインフィニティを象《かたど》った模様が、手首から抜けていく。そしてそれが雨のように降り注ぎ、暴力的な量の情報が私の脳に侵入してきた。

「うぐっ！」

反動で、ドンッと私の体は後ろの壁に吹き飛ばされた。これはトムじいの時と同じ、師から弟子への全《すべ》ての知識の継承だ！　どうして⁉

激痛の走る体を叱咤《しった》して瞳《ひとみ》をこじ開けると、教授は口の端から血を流しつつ、まだ生きていた。

「……ゼロの薬を飲んだのに、生きられるの？　ひょっとして〈時空〉に毒は効かないの？」

「いいえ、死にますよ。ただ、時の流れを十分の一に遅らせています」

むちゃくちゃだ。

「どうして自殺など！」

教授の囁《ささや》くような声を、集音が拾う。

「私はほっといてもやがて死ぬのです。前回、自分の意思で死と引き換えに巻戻りをかけた以上、その地点以上は生きられない。だから、クロエは気にしなくていいですよ」

「気にしないなんてそんなこと、できるわけないでしょう⁉」

「……それとね。実を言うと私は既に魔力がすっからかんでね……ジョージの空間からドラゴンを引き出す余力はないのです……騙《だま》した格好になってごめんね。でも今、クロエは私の知識が身についた。そして魔力もまだ残っています。君ならば……ドラゴンを救える」

そう言われて意識すれば、この周囲にいる空間魔法師の展開するマジックルームが数十個、縦に並んでいるように視覚で捉《とら》えられる。さらに、それぞれに干渉できることも肌でわかる。

私は間違いなく、〈時空魔法〉MAXになっていた。

「はぁ……ドラゴンの行動を封じる魔道具は私にはどうにもできないけれど……努力家のクロエなら……きっと解決できると、信じていますよ」

「なんで……なんで最後になって、そんな励ますような昔みたいなことを言うの⁉」

「ふふ……失礼。私は君にずっと憎まれる必要がありますからね……クロエ、自分の作った薬で人が死ぬのを、その目で見ておきなさい。それもまた毒薬も作る薬師として必要な過程……私の置き土産です……乗り越えられるかな？　……っ！」

ゴフッと音を立てて教授が大量に血を吐いた。もう内臓がもたない！

「教授！　教授！」

「ああ……ようやく死ねる……もう利用されることもない……約束です……妹を……頼みます……」

私は聞きそびれていたことに、ハッと気がついた。

「待って！　妹って誰？　どこにいるの？　まだ逝っちゃダメ！」

「ああ……君もよく知ってますよ……カーラです……あの子には、くれぐれも目立たぬよう言いつけてきました……〈氷魔法〉も決して磨いてはならぬと……強くなったら最後……」

「カーラさん？　カーラさんが教授の妹？」

「色々……ご迷惑をかけたようですね……兄妹揃《きょうだいそろ》って……」

教授はふらりと体を揺らし、ばたっと横向きに床に崩れた。そして手首の私のマーガレットを、血を流す口元に引き寄せ……キスをした。

「誰も守れなかった……最後に……やっと先生らしく役に……かつて君に先生と言われて私は……」

「せ、先生！　先生！　いやあああ!!」

私の声は、もはや悲鳴だった。

「クロエ……辺境に行ってよかったね……生き延びなさい……私など飛び越えて……幸せに……」

プツッと、術が消えた。視界には灰色の石壁しかなくなった。何もかもが……悪夢だ。

「う……うう……うわああああああ……ああ……あ……」

両腕で頭を抱え、床に突っ伏した。私はまたもや……師を失った。


どれほど泣いただろうか。涙で石の床の色がすっかり黒ずんでしまった。

教授なんて……でも全てを知ってしまえば……どうして私たちばかりこんな目に……。

ふと、手首を見ればマーガレットの間にやはり一つだけ、インフィニティマークが残っていた。死後もなお、弟子の絶体絶命を一度だけ助ける、師の守護の証《あかし》。

「先生……私はこれを使うことなんて、一生ないわよ」

師との絆を完全に断ち切られることなど、一度で十分だ。

『努力家のクロエなら、きっと解決できると信じていますよ』

こんな言葉を残すなんて反則だ。歯を食いしばる。泣くのは後だ！　私は〈魔親〉なんだから。

「頭のいい先生の考えた……命懸けの作戦だもの。絶対に成功してみせる！」

ぎゅっと手首を握りしめる。腕で涙を拭《ぬぐ》いとる。今更ながら一刻を争うのだ。

「弟子になってしまったからには裏切らない。必ずサザーランド教授の遺志を継ぎ、エメルを助け、カーラを自由にする！　……空間展開！　範囲は王都全域！」

両手を大きく真横に広げるフォームで魔力を放出する。すると私の亜空間の入口が開き、その奥に立方体の形をした他人のマジックルームが数百、先程よりもクッキリと浮かび上がる。

「レベル80アンダー除外！　生命反応確認！」

一気にほとんどの箱が溶けるように消滅し、マジックルームは三部屋に絞られた。生き物をマジックルームに入れる鬼畜が他にもいるらしい。この中から、愛するエメルの魔力を探す。

「……見つけた」

エメルの爽《さわ》やかで強いミントのような魔力がわずかに香る。これがジョージのだ。

そもそも初めて行使する魔法だから加減などわからない。全力で引っ張り出して、エメルをこの胸に抱くだけだ。奪われて既に半日経《た》つ。躊躇《ためら》っている時間も惜しい。両拳《こぶし》を握り込み魔力を最大限引き上げ、脳裏に自然と浮かぶ教授のやり方どおりに〈時空魔法〉を発動する。

「空間……強奪！」

亜空間に魔力を放ち、目的のマジックルームを強引にジョージの領域から引き離す。

油断すると、逆に引きずり込まれそうになる。足を踏ん張ると、魔力がうまく紡げない。

「ぐっ……、負けるな！　成長、草縄！」

草で自分の腰を独房の石柱にくくりつけ、両手を突き出し全力で目標を手繰り寄せる。

途中、グンと向こうに勢いよく引き戻された。おそらくジョージに気付かれたのだ。

「私が私のエメルを、奪われっぱなしでいると思うの⁉　捕縛っ！」

私はレベルMAXオーバーの〈草魔法〉の網で、ジョージのマジックルームを覆うイメージをする。そして魔力だけでなく、草そのものの強さ、しなやかさでもって引っ張り出す。

「絶対に、取り返すーっ‼」

師であるトムじいそして教授から継承した全ての技能と、私の根性に賭《か》けて！

〈時空魔法〉〈草魔法〉双方に、一気に魔力を注ぎ込む。すると、すぐに均衡が崩れて手応《てごた》えがなくなり、巨大な空間がズルッズルッとこちらにやってきた。ジョージ……諦《あきら》めた？

この際そんなことはどうでもいい！　この隙《すき》を逃すなと全力で引っ張り、亜空間の入口を部屋いっぱいに広げると、白く濁った巨大な四角い箱が全容を現した。

「出た！　空間封鎖、撹乱《かくらん》！」

空間に残る私の魔力をたどられぬよう、急いで虚空を閉じた。

「裂斬《れつざん》！」

マジックルームに時空の裂け目を入れ、そこから草を這《は》わせ四方に引っ張りこじ開ける。

やがてビョンッという不思議な音と共にマジックルームは消滅した。それと同時に巨体のまま傷だらけで横向きに倒れた……エメルが現れた。

「エメルッ！　結界、隠蔽《いんぺい》！」

蜃気楼《しんきろう》原理の〈水魔法〉の隠蔽をフロア中にかけ、エメルに駆け寄る。生きている！

「エメル！　ああ、秘密が少しでも漏れないように大きいままでいたんだね。魔力注ぐよ！」

私はエメルの巨体にしがみつき、有事のために貯《た》めていた魔力を解放し、どっとエメルに流す。

『……クロエ？』

囁き声がようやく私の耳に届く。巨体サイズの凛々《りり》しいエメルの大きな瞳は開かない。

「エメル、聞こえる？　聞こえてるなら小さく、せめて本当の大きさに戻って！」

『……でも……そうすれば……オレがさらに御しやすい子どもだとバレる……』

「その時は私のマジックルームに隠すから！　私の中に入っちゃえば、無理矢理な命令なんて届かないはずよ。届いたとしても、私が取り出させない！　エメルの自由は私が守る！」

『クロエのマジックルーム？　そんなことできっこ……んん？』

エメルが辛《つら》そうに薄目を開けたと思ったら、ギョッとした表情になった。

『クロエ……なんだその見たことのないヘンテコ魔法MAXは……』

エメルのその、少し生気の戻った顔が嬉《うれ》しくて、私は涙を流しながら笑った。

「そのヘンテコ魔法のお陰で助けられたの。結界も張ってる。安心して小さくなって？」

エメルは力をふっと抜き一瞬でミニサイズに戻ると、私の首筋にガブリと噛《か》みつき、魔力を必死に吸い上げた。痛みすら……大歓迎だ。私は二度と離れないように、ぎゅっと抱きこんだ。

『クロエ……全部見てた。短い髪も可愛《かわい》いよ。さすがオレの〈魔親〉』

「……でしょう？」

『……なるほどね』

エメルは少し体力が回復すると、自分がいなかった時の出来事を話すように私に言った。エメルが魔力補給を続けている間に、私はこの身に起こったことを語り尽くした。

『教授は哀れだな。しかし同情はしない。人質のことを考えても、巡り巡ってオレをこんな目に遭わせたことは万死に値する。まあ、それがわかっていたから死んだんだろうね。割と賢明な男だ』

教授については、私はエメルほどあっさり気持ちに整理がつかない。今頃……隣の部屋で冷たくなっている。いつか骸《むくろ》を運び出して、カーラが望む葬儀を出してあげたい。そしてきちんと弔いたい……弟子として。トムじいの時はできなかったから。

ふと、カーラが私に教授の講義を受けるよう熱心に勧誘してきたことを思い出した。

あの時は、カーラはすっかり教授に洗脳されている……と思った。しかし今思えば、自分なりに考えて、兄の仕事が完遂しやすいように、不自然でない範囲で行動した結果だったのだろう。

ああ、教授とカーラ、鼻筋が似ているかもしれない。というか、カーラの紺の髪と教授の群青色の髪……一緒だ。私に接触したり離れたりと一貫性のないカーラの行動は、彼女のままならない立ち位置ゆえできっと……。

そこまで考えて、頭をブンブンと振る。過去の考察は全て終わってからでいい。

もうじき異変に気付いた誰かがここに様子を見に来る。相変わらず時間はない。急いでエメルを隠さなければと腕の中のエメルを見下ろすと、なぜか魔力はほとんど回復していなかった。

『この腕輪が、魔力の吸収を妨げている。クソ忌々しい！　そもそも本来は首輪だと？　許せない』

「そんな……こんなに衰弱しているのに。どうすればいいの。この魔道具のこと何か知ってる？」

『ガイアの前のドラゴンの記憶によれば、この魔道具に血を垂らしたやつの言うことを聞いてしまうみたい。あのヒゲ野郎とクソ王女が確実だね。ジョージも可能性はある。範囲はオレの聴力が拾えるところまで。古《いにしえ》のドラゴンが全て破壊したはずなのに隠し持っていやがった。外し方はガイアたちの記憶に残ってない。無理やり引き剥《は》がそうとすると、痛みを伴う』

外して私の手でぶっ壊したかった。壊せないのであれば、草で誰も触れられぬようにぐるぐる巻きにして、教授の時空の彼方《かなた》に放《ほう》り投げたかった。

「エメル、マジックルームの中はどうだった？」

『……酸素が薄い中、見えるのは真っ暗な虚空。普通の動物ならば生きていられない』

そんな未来のない場所で生き延びてくれたエメルに感謝し、額に労《ねぎら》いのキスをする。

「自分の作ったマジックルームならば怖くないんじゃない？　エメルが自分のマジックルームに入ったところで、それごと私の空間に引き受けるわ。それしか思い浮かばない。ごめん、エメル」

『そんなことできるの？』

「だって私、〈時空魔法〉ＭＡＸになっちゃったもの。ジョージのマジックルームをぶん取れたんだから、好意的なエメルのマジックルームなら楽勝だと思う」

『……あやつも継承相手を間違わなかったことだけは、褒めて然《しか》るべきだね』

エメルの隠し場所は決定だ。しかし根本的な解決は腕輪が外れなければどうにもならない。

「王族ならば、知っているかしら……」

私はアベル殿下を思い浮かべる。あの方以外、王族で話が通じそうな相手はいない。

『クロエ、そろそろ灯《あか》りを入れて』

思考に沈んでいた私に、エメルが覇気のない声で伝える。確かに外は暗くなっていた。ごめんと謝って、私は壁に備え付けてあるランプに火を入れた。火はゆっくりと大きくなり、私とエメルは温かな灯りに包まれた。

すると、背中にゾクっと悪寒が走った！

私は急いでエメルを抱き込み、魔力を引き上げながら背後に振り向く。すると、なんと私たちの影がもじゃもじゃと蠢《うごめ》き、一番黒の濃い場所から同じように黒い何かが迫《せ》り上がってきた。

「ひっ！」

思わず悲鳴をあげると、その何かは影から勢いよく飛び出して私たちの前に着地し跪《ひざまず》いた。

「クロエちゃん！」

声を聞き、膝《ひざ》から崩れる。この声は聞き慣れた、うちの一番の……いたずらっ子だ……。

黒ずくめのトリーが鼻と口を覆う黒い布をグイっと首まで引き下ろし、ニカッと笑った。私たちを元気づけるように。その笑顔に私も涙ぐみつつ笑みが浮かんだ。外と……繋《つな》がった！

「トリー……もう、心臓が止まるかと思った。お兄様の命令で来たのね」

トリーは兄の命令ならば、どんな危険にも飛び込む人間だ。

「はい。オレは〈影魔法〉を活《い》かして、お館《やかた》様と次期様の直属部隊にも属してます。オレ、影さえあれば結界に関係なくどこでも行けるから。クロエちゃん、ランプつけるの遅すぎ！」

トリーはいたずらっ子なんかではなかった。とっくに一人前の、兄の側近だった。

『〈影魔法〉……デタラメだな』

エメルが力なくそう言った。そのいつもと明らかに違う様子に、トリーがとたんに青ざめる。

「でもオレ、自分しか移動出来ないんだ……連れていけない。こっちこそ期待させてごめん……」

「何言ってるの！　トリーが来てくれてどれだけ私が救われてるか……ありがとうトリー」

私はエメルごとトリーを抱きしめた。

『うん。トリー、見直したぞ。ただ時間がない。クロエ』

私は現状をトリーに全《すべ》て話した。王家の思惑とエメルにつけられた魔道具、エメルを盾にローゼンバルクを服従させようとしていること。トリーは口を挟まず真剣に聞き入ってくれた。

「そういえばトリー、私の髪に驚かなかったね」

「クロエちゃんの髪、屋敷に届いてたから覚悟してた。でも短い髪のクロエちゃんも好きだよ！」

子どもだと思っていたトリーは、いつの間にか、こんなに気を遣えるいい男になっていた。

「トリー……みんなにも、短髪も似合ってたって言っておいてね。心配しないでいいって」

「心配しないわけ、ないじゃん……」

トリーが視線を落として、らしくない小さなため息をついた。

するとと突然エメルが私の腕をすり抜けて、床に落ちるように着地した。

『……トリー、紙とペンをここに』

トリーが疑問に思いつつも懐から取り出したペンをエメルに渡すと、エメルはそれを器用に咥《くわ》えて床に置かれた紙に何か書いた。その紙を折りたたみ、トリーを見上げる。

『トリー、この手紙を決して見ないと誓え。そして紙鳥に変えてリチャードに至急送るように』

トリーは即座に右手を胸に当てて誓いを立てた。

「かしこまりました。でもエメル様、ジュード様ではダメなのですか？　ジュード様は此度《こたび》もお館様から全権移譲されております」

『……その紙には、オレの逆鱗《げきりん》の場所を書いている』

「「逆鱗……」」

逆鱗とは、ドラゴンの急所だと言い伝えられている場所だ。

「エメル、どうしてそんな大事なことをおじい様に教えるの？」

『オレが結局王女に操られ、ローゼンバルクを襲った時に、即座に殺してもらうためだ』

「殺すなんて！　なんてこと言うの⁉　そんなことするわけないじゃないっ！」

あまりの発言に私は怒りながら、エメルの肩を掴《つか》み揺さぶった。

『……だからリチャードだ。クロエとジュードはオレを殺せない。でもリチャードならば躊躇《ためら》いなく殺すだろう。こういう……神殺しは年寄りの仕事なんだとわかってくれる』

エメルの達観した覚悟に茫然《ぼうぜん》となり、言葉も出てこない。

『オレはあのクソ女の命令を拒めず望まぬ殺生をし、誇り高き我ら種族に泥を塗ることなどしたくない。それにオレもローゼンバルクが好きだ。その厳しい風土も逞《たくま》しい人間も。自分の手で愛する土地を破壊するよりも、リチャードの木の杭《くい》で殺されるほうが、何倍もいい』

私の結界に振動が走る。誰かが来た。エメルもドアの方向をチラッと見る。

『トリー、もう時間だ。行け。オレの本心の願いだ』

すると意外なことに、トリーがギッと反抗的な視線を私たちに向けた。

「次期様からの伝言です。『二人とも俺を信じて待て』と」

下唇をぎゅっと噛む。エメルも爪を私の腕に食い込ませる。わかってる……でも、手立てが……。

「エメル様！　殺せなんて、なんでそんな悲しいこと言うのっ！　オレたちの次期様を信じてください！　オレたちだってエメル様のことが大好きですから。すぐ戻ります。影路！」

トリーは涙声で洟《はな》を啜《すす》りながら、私の影に向かってジャンプして、ズブズブと潜って消えた。

『……あんなやかましいなんて、影としてダメだろう』

「そこがトリーでしょ？　可愛くて……仕方ない」

『うん。でもまだ子どものトリーを使うのは……酷だったかな』

でも、トリーしかいなかった。私たちはギリギリの選択をしながら、生き残る道を探っている。

私の結界が、来訪者の魔力をジョージと判断した。もう下の階まで来た。

「エメル、怖いと思うけどマジックルームに入って。ごめんね」

エメルはあっさりと首を横に振り、懐かし気に微笑《ほほえ》んだ。

『バカだな。クロエのマジックルームに入るのは……きっと卵の頃に戻るのと同じだ』

ふと、草で編んだ柔らかい籠《かご》にエメラルド色の卵を入れ、ちょこまかと領地を走り回っていた小さな頃の日々が思い出された。祖父やマリア……ローゼンバルクの愛に包まれて。

「卵かあ。エメルと私のマジックルームが殻ってことね。卵と同じく、外の声が聞こえるようにできないか……あ、いけそう！　さすが教授。じゃあ、卵の中で……お兄様を信じて待ってて」

『クロエもジュードを信じて、持ちこたえてね』

エメルの言葉に唐突に、一番に伝えておきたいことがあったのを思い出した。

「もちろん信じてるん……だけど、あのっ、あのね、エメルにいっちばんに教えるけど、私、お兄様のこと……好きだから。そのっ、恋愛みたいな、感じでも……」

我が子に秘密を打ち明けることが、こんなに恥ずかしく、バツの悪いものとは思わなかった。

するとエメルが目を丸くして、大げさにため息を吐《つ》いた。

『何を今更……そんなの、屋敷全員が知ってるよ』

「うそぅ！」

つい声が高くなる！

『くくっ！　早くクロエの口からジュードに伝えてやって？』

ショックを受けている私の頰《ほお》にエメルが笑いながらキスをした。私も脱力しながらキスを返し、笑った。お互いの笑顔を脳に刻みつける。そして一緒に息を吸い込んだ。

「『マジックルーム！』」

エメルがかつての自分の殻のような、光沢あるグリーンの箱を自分の周りに展開した。状態が安定したのを確認ののち、私が教授から引き継いだ、己の巨大な空間の口を開けた。

「エメル、エメルが卵だった頃のように……命懸けで守るから！」

『……それも、知ってるよ』

私の空間がエメルのグリーンの箱を横から覆っていく。両手でふんわり包み込むように。

エメルが静かにアイスブルーの瞳《ひとみ》を閉じたのを確認し、私の異空間に取り込み……厳重に私の心臓と縛りつけた。これで私とエメルは一心同体。〈空間魔法〉MAXごときでは引き剥がせない。

さすがに高レベルの魔法を連発しすぎた。前回の私が見つけた、最も背中にフィットする壁に寄りかかって座り込み、マジックルームから回復ポーションを取り出し、グイッと飲む。

寝間着のスカート部分を引っ張り、足首を隠しながら、来訪者を息を殺して待った。

二人……いや、三人の足音がして、隣の独房に向かっていく。慌ただしい叫び声がし、バタバタと階段を駆け降りる音が一人分。きっと教授の躯《からだ》を見つけたのだ。私のゼロの薬は完璧《かんぺき》。何も痕跡《こんせき》を残さない。一度目の教授や王女が望んだとおり。どの角度から見ても、自然死だ。

次に、パキンと魔法で解錠する音が鳴り、ここの重い鉄扉がギギギと音を立てて開いた。ノロノロと顔を上げると、予想どおり青い顔をしたジョージが立っていた。

「クロエ様……何か変わったことはありませんでしたか？　悲鳴とか。魔法の発動を感じた、とか」

「悲鳴も魔法も私が目一杯出したけど？　どちらも効果がなかったわ」

ジョージが私に次を問いかける前にバタバタと足音がして、ヒゲ男が入ってきた。

「クロエ嬢、お前一体何をした？」

男は怒りからか低い声を震わせて、私に詰め寄る。私は視線を上げ彼の目を見据えた。

「さっきから何を聞かれてるかさっぱりわからない。私はあなたたちにここに閉じ込められて、一歩も動けないことくらいわかってるでしょ？　いったい何があったっていうのよ。ねえ」

「うるさい黙れ！　おい、ドラゴンが大切ならば、この部屋の結界を解け！」

私は顔を顰《しか》めながら立ち上がり、これ見よがしに草を枯らせてみせ、定位置に再び座った。

二人は私と隣室を仕切る石壁を調べはじめた。しかし、当然なんの細工も見つからない。

「クソッ！」

ヒゲ男はそう言うと、壁をガツッと蹴《け》った。

「私も散々この牢《ろう》を破壊しようとしましたが、傷ぐらいしか入りませんでしたよ」

「そのくらい知ってるよっ！　ったくジョージよお？　何やらかしてくれてんだ！　ああん？」

ヒゲ男が右腕を振りかぶりジョージの頭を殴った。ジョージがよろけて膝をつく。

「…………」

「戻って、他の空間魔法師を片っ端から当たるぞ！　クソッ！」

ヒゲ男はバタバタと私の独房から出ていった。数秒遅れでジョージがよろよろと立ち上がる。

そんなジョージの頬は……意外にも涙で濡《ぬ》れ、絞り出すような声で呟《つぶや》いた。

「僕が命令に応じれば……教授の命だけは助けてくれると言ったのに……」

「え？」

「クロエ様、大事なものを人質に取られたからって言いなりにならないほうがいいよ。結局、そんな約束、守るつもりもないんだ……」

ジョージの光を失った瞳を見て、私の背中にぞわぞわとした嫌な違和感が走る。

「ジ、ジョージ様、待って」

ジョージはチラリと私に顔を向け、寂しげな笑みを見せて、早足でヒゲ男の後を追った。

「まさか……そういうことなの？」

ジョージは教授を生かす条件で王女の駒《こま》になっていた？　ジョージの人質は教授だったの？　そのことを、教授は知らないまま……逝ってしまった？　ダンジョン演習の時、ジョージが教授に駆け寄る様子が思い出される。ジョージは教授のことを疑いようもなく……慕っていた。

胸が、苦しい。

「ああ……王女は……なんて……なんて恐ろしいことを考えるの……」

ボロボロと涙が床に落ち、またしても黒く変色する。それを呆然《ぼうぜん》と眺めていると、心が何か爽《さわ》やかなもので保護された。これはエメルの魔力だ。エメルは今、全てを聞いて私に寄り添ってくれている。私は一人じゃない。泣くのは後だ。耐えろ！　踏ん張れ！　手の甲で涙を拭《ぬぐ》った。

「エメル……ありがとう。もう、大丈夫」

ここからエメルと脱出すれば、踏み台にされてきた人々の無念を晴らす機会は、必ず来る。

「とりあえず……魔力を戻さなきゃ……草繭！」

一人用シェルターに入るのは随分久しぶりだ。あの時は壊れそうな心のために避難したけれど、今日は違う。来《きた》るべき戦いに向け英気を養うため。兄や皆の足手まといにならないため。

「朝までぐっすり寝る。おやすみエメル」

私は横向きに、卵を抱きしめる体勢で目を閉じた。

夜明けを感知し、草繭がサワサワと外側から解け始めた。その感触に目を覚まし、草を払って起き上がると、空気はピリピリと研ぎ澄まされて、音は不自然なほどなかった。

マジックルームの中のエメルを確認する。ちゃんと生きていることが伝わったが、相変わらず魔力が吸収できず、危険な状況だ。

ポーションを飲み、邪魔にならないように髪をまとめようと手を頭にやって、昨日の出来事を思い出す。マリアが毎日、心を込めて手入れをしてくれた……大丈夫！　髪なんてすぐ伸びる。

そうして私が手早く身繕いを済ませるうちに外が完全に明るくなった。

カツンと私の独房の外壁に何かがぶつかった音がした。合図だ。

私は深呼吸して、換気口から外を覗《のぞ》いた。そこには期待を裏切らない光景が広がっていた。

「お兄様……」

兄が、幼い私をモルガン邸に迎えにきた時の祖父と同じ、ローゼンバルクのカーキ色の指揮官の軍服を着て、馬上からこちらを見上げていた。兄の両脇には険しい表情のホークとニーチェ。後ろに怒りを隠せない様子のミラーとデニス。その後ろに覆面の兵士たちが三十名ほど。

そして、そんなローゼンバルクの中隊規模の軍団の周りには、百……いや二百のこの牢の警備兵が倒され、転がっていた。

兄が馬の腹を軽く蹴り、ゆっくりと私の塔の真下にやってきた。

集音を静かに唱えると、兄の息遣いすら聞き取れるようになった。全く乱れていない。

「クロエ、遅くなってすまない」

私は首を横に振りながら、そんな仕草、兄からは見えないと気がついた。きちんと声にする。

「いいえ……いいえ」

「クロエ、帰ろう。まずはエメルを外に出せ」

「え？」

ここは王家のテリトリーで、敵兵は次々と補充され、やがてヒゲ男レベルの強者も集結する。

「お兄様、それはあまりに無謀……」

そう言いかけた矢先、我が軍勢にごうごうと燃えた火球が十数個襲いかかってきた。魔力の出元を探すと、隊列を組んだ華やかな制服を着た騎士の一団とジョージの着ていたローブ姿の人間たち、そして絢爛《けんらん》豪華な馬車が王宮方向からこちらにやってきている。

「クロエ、聞いているのか？」

しかし兄は動じない。私が迫り来る火球にハラハラしていると、ニーチェが右手をさっと上空に向けて払うフォームをした。途端に我が軍を覆う水の結界が可視化され、結界から水が蛇のように立ち昇り、次々と火球を飲み込み、ほんの数秒で心配が消え去った。ニーチェはじめ兄の連れてきた兵たちは、全員魔法ＭＡＸかそれに準ずるレベルだ。正直、この我が手勢に負けなどない。

私たちに弱点さえなければ。その弱点である、私とエメル。

私がモタモタしているうちに、敵の援軍が到着した。ジョージやヒゲ男と思われる黒尽くめ集団に守られて馬車から降りてきたのは、やはりエリザベス王女殿下と……国王だった。

「ジュード・ローゼンバルク、あなた、思ったよりもバカだったようね。まさか私の命令に叛《そむ》くとは思わなかったわ。ドラゴンと妹がどうなってもいいわけね？」

早朝にもかかわらず、王女の出立《いでた》ちは完璧《かんぺき》だ。そして今日は、陛下も国王のマントを纏《まと》っている。

「妹を誘拐し、神であるドラゴンを禁断の魔道具で使役しようとする、人とも思えぬバケモノに、なぜ我々が服従せねばならない？」

「なっ……」

王女が頬を引《ひ》き攣《つ》らせた。

兄が下馬することもなく、王に向けて尋ねる。

「陛下、改めてお聞きいたします。陛下はこの王女のローゼンバルクへの常軌を逸した行いを、承認されていらっしゃるのですか？　是か非かお教え願います」

陛下は右眉《まゆ》をピクリと上げ、声を張った。

「是。……ドラゴンは古来より王家のもの。元の形に戻すだけのこと。ジュード、控えよ」

兄がアイスブルーの瞳を眇《すが》めた。

「自らの力を保持するためならば、家臣だけでなく神をも傷つけることも厭《いと》わぬとは。もはやリールド王家は尊敬に値わず。ただ今をもって我々ローゼンバルクはリールド王国を離れる。王家との主従関係はない。あなた方はローゼンバルク一族の最愛の姫を誘拐し暴行を加えた……敵だ」

唐突にデニスの後ろから数えきれない真っ白な鳥が、青空に向けて一斉に羽ばたいた。紙鳥だ！

ダイアナも……来ているのだ。あのひどい怪我《けが》をおして。

「な、何、この鳥は！」

王女がキョロキョロと周囲を見回す。

「今の、王家と我々ローゼンバルクとの決別のやりとりを、辺境伯のサイン入りで国内の領主及び国外の君主全《すべ》てに送った。信じるも信じないも受け取り手次第だが、見るものが見れば、高レベルの紙魔法師が真実であると、その命を賭《か》けて誓約していることがわかるだろう」

ホークが、国王を冷え切った目で見据えながら、そう教えた。

ローゼンバルクとリールド王国の決別。それは建国以来三百年、身を挺《てい》して国の北西部で他国と魔獣から自分たちを守ってくれていた存在がいなくなったということだ。

今この時、リールド王国は武力的に裸に近い状態になった。敵陣に動揺が広がる。

「……エリザベス、どういうことだ。お前は自信たっぷりに、ローゼンバルクに忠誠を誓わせられると言ったはずだが？」

国王が王女を睨《にら》みつけた。

「陛下、事態は何一つ変わっておりません。なんといってもドラゴンに〈調伏の首輪〉はついたままなのです。皆、ここにいるローゼンバルクの者たちは謀反人です！　討伐なさい！」

王女の命令に軍が一気に動き出した。

ホークが指示を出し、相性の良い相手から順に容赦なく倒していく。ニーチェは例のヒゲ男の竜巻を滝のような水で吞《の》み込み倍返ししている。ミラーが馬でこちらにやってきて、兄の背中についた。全ての動きが計画通りで、全く隙《すき》はない。危なげのない戦いだ。

しかし、それでも王女の言うとおりだ。エメルが王女の手に渡れば、戦況は一瞬で変わる。

「クロエ、急げ。次から次に援軍の相手をしていればさすがに疲れる。デニス！」

戦闘中のデニスが私に向かって人差し指を突き出し、魔力を放った。驚いているうちに、目の前の換気口に取り付けられていた鉄格子が溶けた。結界をものともしない、強力な〈鉄魔法〉だ。

「エメルを俺に向けて投げろ。エメルならばその穴を通れるだろう？」

「でも！　エメルは魔道具をはめられてて、出せば利用されてしまう！」

「クロエ」

兄が忍耐強く、私を説得する。

「俺がかつて、クロエとエメルを受け止め損ねたことがあったか？」

そんなの……ない。初めて町へ買い物に連れて行ってくれた日からずっと、どんな荒《すさ》んだ私であってもまるで宝物のように抱きしめて、慈しんでくれた。

「クロエ、必ず助ける。エメルもクロエも。俺を信じろ」

兄が信じろと言う。……最愛の人を信じずに、誰を信じろと言うのだ。

「……マジックルーム」

右肩の上に虚空を開き、私の草でぐるぐる巻きのエメルの箱を両手で取り出す。それをそっと抱き締めると、草が地面に落ち、グリーンの箱がキラキラと霧散して、エメルだけが残った。

「聞いてた？」

『うん。行こう』

ますます弱って見えるエメルをぎゅっと抱き締める。目につく場所全てにキスを落とす。

「エメル……大好きよ。たとえエメルがどんな状態になっても、私は大好きだよ！　エメル……私の大事な子……どんなエメルでも、私は絶対そばにいるから！」

エメルもペロリと私の涙を舐《な》めとり、穏やかに笑った。

『心配しないでいいって。オレもオレの〈魔親〉である二人を、誰よりも……信じてる』

私たちは最後にもう一度抱きしめ合って、脱力しきったエメルを抱え上げ、換気口に乗せた。

「お兄さまっ、お願い！」

「来い！　エメル！」

兄が手綱を放し両手を広げた。私は腕を精一杯伸ばして、兄に向かってエメルを落とした。

エメルは朝日を受けて、キラキラと幻想的に輝きながら落下した。しかし兄の腕に届く寸前で、ニーチェと交戦中のヒゲ男に気づかれた。

「クソがっ！　やっぱり隠してやがったか。それも小さくなんぞして。エリザベス殿下！　やはりドラゴンはここにおりました。おい！　大きくなりやがれ！」

そのヒゲ男の命令は、無情にもエメルの耳に入った。

エメルの目から光が消える。体は輪郭がぼやけ、ゆっくりと巨大化していく。

「エメル――ッ！　耐えて――！」

「でかしたわ！　ドラゴンよ。身の程を弁《わきま》えず我《われ》らに歯向かうかつてのお前の主《あるじ》たちを、殲滅《せんめつ》なさい！　あーおかしい。私に逆らう者などドラゴンに踏《ふ》み潰《つぶ》されて死ぬがいい！」

王女が耳障りな声で、高らかに笑った。

エメルが！　兄が！　皆が！

「いやあああああ‼」

私の胸が恐怖で引き裂かれた！


――その時、なぜか急に世界が暗くなった。巨大な影に覆われた。一瞬皆、わけがわからず思考も動作も停止した。空を見上げた瞬間、上空から、凛《りん》とした澄み切った声が響いた。

「『……解呪《かいじゅ》』」

その声が下界に伝わると同時に空気が波状に震え、肌に刺さる衝撃と共に、地上が真っ白に光った。あまりの眩《まばゆ》さに皆目をぎゅっと閉じる。

数秒経《た》ったが何も起こる様子はない。恐る恐る目を開けると、光が少しずつ収束しつつある。私は鉄格子の外れた狭い換気口からぐいぐいと身を乗り出して、上空を見上げた。

そこには真っ白な大きな翼を広げ、急降下してきている……神がいた。背の黒い点は……人？

「あねうえ――っ！」

思いがけない呼びかけに、思わず右手で口を覆う。一度目の人生の時から心のどこかで熱望していた、私を欲する家族の声だった。

近づいてきたその巨体は……翼に薄緑の渦模様の入った、全身から光が溢《あふ》れる世にも美しい、

「……ホワイトドラゴン……」

心当たりが一つだけ。そんな、こんなに早く？　まさか……でも、それしか考えられない。

ああ……無事あの子は……孵化《ふか》したのだ。

そして、その背には私に向かって泣きながら手を伸ばすアーシェルと……神々しい特級神官の衣装に身を包み、優雅に佇《たたず》むリド様がいた。

「間に合った……姉上、ああっ！　あの美しい御髪《おぐし》が！　くそう……」

アーシェルの瞳《ひとみ》からはらはらと涙が落ちる。私のために……怒ってくれている？

そんなアーシェルの肩に手を乗せ、ドラゴンの背でゆるりと立ち上がったリド様は、神殿の壁画に描かれた神の使徒、そのものだった。悠然と大地を見下ろし、声変わり前の美しい声が逆に畏《おそ》れを抱かせた。

「……身の程知らずとはお前たちのこと。ドラゴンは神の化身。そして我らは神の僕《しもべ》。王族といえども神に手を上げし者に我らは容赦などしない。覚悟せよ。……天誅《てんちゅう》」

リド様がカッと目を光らせ、大神殿での祈祷《きとう》の際に見たものと似た印を右手で切った。すると、複雑な神殿文字が空中に丸く渦巻くように浮かび上がり、一瞬で地表全体を覆った。さらにそれに力を上乗せするようにホワイトドラゴンが白く輝くブレスを勢いよく吐いた！

「「「うぎゃあああああ!!」」」

あちこちから苦しげな喚《わめ》き声、うめき声が上がる。地面を見ると、その声の主たちはキラキラと光る文字の鎖で縛り上げられていた。それは王家の兵士のほとんどで、当然国王も王女も恐ろしい

表情をして、のたうち回っている。

これは……〈光魔法〉だ。それもエメルの記憶にはなかったもの。おそらくは神殿にのみ伝わっているドラゴンと協働の、本当の秘伝だ。

その想像を絶する光景に畏怖《いふ》の念を抱き、再びホワイトドラゴンを見た。すると一瞬バチリと視線が合い、神はその、リド様そっくりの金の鋭い眼光をフッと和らげた。

ドラゴンは大きく羽ばたき、リド様とアーシェルと共にブワリと上空に舞った。

すると、バサッバサッと音を立て、もっと大きな何かが地面から飛び上がってきた。それは傷だらけで、でもそれでもキラキラとエメラルド色に輝いていて――。

「ああ……」

アイスブルーの瞳は英気に溢れ、腕を見れば、あの忌まわしい魔道具は跡形もなかった。

「エメル……」

いつもの巨体よりさらに頭一つ分大きくなっているエメルの背には、剣を抜き水色の髪をなびかせた兄がいた。兄は……当然、約束を守ってくれたのだ。

『クロエ！　後ろに下がって身を守れ』

エメルのハリのある声に、私は感極まってただ頷《うなず》き、言われたとおりにした。

エメルは悠々とホバリングしたまま右腕を振りかぶり、一撃で灰色の尖塔《せんとう》を私の頭上から粉砕した。埃《ほこり》の向こうに青空が見える。バラバラと瓦礫《がれき》が落ち終わるのを待って、私がそろそろと結界を解いて立ち上がると、エメルの背中の兄が剣を納め、体を倒し身を乗り出す。

「クロエッ！」

「おにいさまーっ！」

私が兄に手を伸ばすと同時に、兄が私の腰に腕を回してぐいっと引き上げた。私はいつもの馬上のように、兄にしっかりしがみつく。

『よし！』

私が己の背に着地したとわかるやいなや、エメルは翼をバサリと動かし、一気に天高く飛翔《ひしょう》した。

戦いと、リド様たちをも遥《はる》かに見下ろす空まで飛び、エメルはようやく翼を止めた。

ドキドキと激しく心臓が鳴っている。恐る恐る顔を上げると、兄の決して嘘《うそ》をつかないアイスブルーの瞳が真剣に見つめ返していた。

体からふっと強張《こわば》りが抜けた。ハラハラと涙が溢れ落ちる。エメルがいて、兄がいる。

兄がやはり私を救い出して、受け止めてくれた。

「よく頑張ったな、クロエ。偉いぞ」

兄が私を膝《ひざ》の上に抱き直した。頭や背中を、労《いたわ》りをこめてゆっくりとさすってくれる。

「や、約束したもの……がむしゃらに足掻《あが》けって。生きることを諦《あきら》めるなって」

「うん、そうだな。俺が頼んだ」

「お兄様っ……ありがとう……信じてたけど怖かった……」

二度と皆に……兄に会えないことも、覚悟した。

「クロエ……もう二度と、離さないから」

兄は私の頭に頬《ほお》を載せ、大きく息を吐いた。兄にしがみつく私の腕、私に回される兄の腕。私たちは隙間なくひっついて、こんなこと兄以外とできるわけがないと改めて身に染みた。

「うん……二度と……もう二度と離さないで……ずっと一緒にいて……」

「……もちろん」

兄の胸から顔を離し、兄を見上げて懇願する。

「ようやくわかったの……大好きなの……お兄様としてだけじゃなくて、ジュード様のこと、全て好きなの。そんなのジュード様だけなの。覚えてて。一番好きなの」

想《おも》いはきちんと伝えておかないと後悔する。死んでしまえばチャンスなんてない。今回十分に懲りた私は思いの丈を焦って言葉に紡ぐ。少しでも伝わってほしい。

兄は一瞬瞠目《どうもく》した後、切なげに眉根《まゆね》を寄せた。

「……ジュードでいい」

兄――ジュードは私の剥《む》き出《だ》しになった首の後ろをグッと掴《つか》み、さらに顔を上向かせた。そして疲労と涙でぼろぼろな顔のはずの私に首を傾け、いつもと違う、誓いのようなキスをした。額、まぶた、鼻先、そして唇。私の二度の人生通しての、ファーストキス。

ジュードは〈氷魔法〉なのに……私の体を沸騰させるように熱くした。やがて名残り惜しげに唇を離し、祖父がするように自分のマントで私を包み込んだ後、エメルの背を軽く叩《たた》いた。

「エメル、そろそろ降りよう」

『……そうだな。こんな忌まわしい場所、長居は無用だ……でも……』

二人がこれからについて話している。草繭できちんと休息をとったはずなのに、徐々に思考がぼんやりしていき、ついていけない……。

「エメル、自分の体を無茶苦茶にされたんだ。好きにするといい。煩わしい後始末は、俺に任せて」

『ジュード、さすがオレの〈魔親〉。クロエ、魔力もらっていい?』

私の名が出てハッとして、慌てて兄の懐から顔を出すと、首を回してこちらを振り向いているエメルは……凄《すご》みのある笑みを浮かべていた。

「もちろんよ。エメル、やっぱり辛《つら》いのね?」

『ちょっとだけ。っていうか疲れてるな、クロエも。さもありなんだけど。でも遠慮なくもらうよ』

「う……」

ルルとの会合の時のように、私の持つ魔力を根こそぎ奪われた。エメルが回復するためならばなんの問題もないけれど……体がいうことをきかなくなり、ジュードの胸に沈み込む。

「クロエ、おやすみ」

ジュードが私の額にキスを落とし、視界が暗くなった。マントを頭からかけられたようだ。

朦朧《もうろう》としていると、頭上からエメルの声が聞こえた。

『大罪人め……ぶっ殺す』

私の意識は途絶えた。

自分の腕の中に取り戻した傷だらけのクロエに幾重にも氷の結界をかけて、ジュードはようやくひと心地ついた。

「エメル……行くか？」

エメルが先ほどクロエと話していたものとは百八十度違う、冷ややかな声を出す。

『ジュード、クロエの髪持ってるだろ？　出して。クロエの髪は魔力の塊だ。補給にちょうどいい』

「……まあ、エメルにならいいよ。クロエも自分の髪がエメルの力になるのなら本望だろう。それにしてもクロエから魔力、生存限界スレスレまで抜いたのにまだ足りないのか？」

エメルはフンッと鼻を鳴らした。

『足りないね。あんな呪具《じゅぐ》をつけられていたんだもん。枯渇寸前だった。その結果魔力量が一気に増えて、ガイアよりも大きくなれるようになったけどね。しかしそれはそれで魔力をくう』

「俺のは吸うなよ。まだ仕事が山積してる」

ジュードはそう言いながら、マジックルームからクロエの茶色い髪束を取り出した。

『……短い髪のクロエも、可愛《かわい》いだろう？』

エメルの声が少し揺れる。

「どんな髪だろうが問題ない。俺の隣で笑ってさえいれば。ただ、髪を奪われたことをクロエが悲しんでいるのなら別だ」

『ふふ、オレもそう思う』

エメルは満足そうに頷くと、ジュードから髪を受け取り、そのまま口に入れ飲み込んだ。

『ああ……満たされる』

エメルの体隅々に、清くしなやかなクロエの魔力が行き渡る。

「そうそう、これも返しておくよ」

ジュードがもう一つ、懐から取り出した。それは昨夜エメルがトリーに託した手紙だった。

『……リチャードに、送らなかったの？』

ジュードはパシッと、軽くエメルの首を叩く。

「当たり前だ。トリーを責めるなよ？　俺が無理やり取り上げたんだ。ちなみに読んでないから。これ以上おじい様に悲しみを背負わせるつもりはない。今後、汚れ仕事は俺とエメル専門だ」

『……なるほど』

エメルは一瞬で手紙を燃やした。

「で、エメル、手順は？」

『……我が番《つがい》には生まれたばかりだというのに無理をさせた。大技を使ったリドも、一人で魔力を我が番に注ぎ続けたアーシェルも限界だろう。……今、大神殿に下げた」

ジュードが下を覗《のぞ》き込むと、ホワイトドラゴンが朝日を浴びながら、大神殿の方角へ悠然と飛び去っていった。

『オレたちはまず真っ先に宝物庫とやらを潰《つぶ》す。まだ他にもくだらんものを隠し持っているかもしれんからな。今後反撃する機会もないほどに一瞬で破壊しつくす。そしてすっかり思い上がった人間を、神の代行者として裁いてやろう。命乞《いのちご》いなど聞かん。踏み越えたのは人間だ』

エメルは牙《きば》を剥き、残忍に笑った。

「好きにしたらいい。どこまでも付き合う」

『オレの〈魔親〉は間違わないね。じゃあ遠慮なく。ジュード、しっかり掴まってろ』

エメルはスウッと息を吸い込むと、ギラリと目を光らせた。そして土属性のブレスを一気に地上に向け放った。激しい衝撃音と土煙が一面を覆う。その煙が大気に散ると、宝物庫があると想定された王宮は原形をとどめておらず、少しの建物の残骸《ざんがい》と、地面のクレーターだけが残った。

「……〈草〉じゃないんだ」

『クロエの〈草〉は命を救うもの。殺生はしない。使うのはガイアの〈土〉と〈氷〉だ』

「なるほど……異存ないよ」

『ジュード、行くよ』

二人は同じ色の瞳を合わせて、頷いた。

ジュードは左手でエメル自身がジュードのために作った手綱である草縄を握り込んだまま、クロエを固く抱き寄せた。そして、右手を高く掲げ、魔力を集約する。

エメルは二度、大きく翼をはためかせ、地表に向けて急降下した。

「氷獄」

『……砂地獄!』

私欲に走り、多くの無辜《むこ》の民とドラゴンを傷つけた人間に、容赦ない天罰が下った。

第六章　草魔法師クロエの二度目の人生

ふと、馥郁《ふくいく》たる鈴蘭《すずらん》の香がクロエの鼻をくすぐる。重いまぶたを開けると、懐かしい人がいた。

『姫さま、具合はどうじゃ？』

『……トムじい！』

私はいつものようにトムじいの膝に座り、彼の腕の中でゆらゆらとあやされていた。

『あのね、トムじいの教えてくれた仮死薬、見破られて使えなかったよ。だから試してないの』

『バカじゃな。使わぬほうがいいじゃろう。それにしてもよく頑張った。さすがわしの姫さまじゃ』

トムじいが目尻《めじり》を下げて私の頭をふわりと撫《な》でてくれた。

『あのね。ルルと仲直りできたの。なんとなく、だけど』

『……二人とも力を身に付けた大人になり、自分の心を信じ、それを貫けるようになったのじゃな。本当に強くなった……もう、大丈夫。これからゆっくり無理なく交流するといい』

『うん』

『もう、わしが教えることはなさそうじゃ。姫さま、最後にこの師と約束しておくれ。これまでの辛い経験の倍幸せになって、次代の草魔法師を育てて、ゆっくりここに来ること。その時はわしがちゃんと迎えにくる。早く来たら追い返すぞ。良いな？』

『……はい！』

トムじいがパチンと指を弾《はじ》くと、クロエという名のピンクのバラが一輪現れた。それを私に渡すと、微笑《ほほえ》みを浮かべたトムじいはゆらゆらと蜃気楼《しんきろう》のように消えた。

『クロエ』

一度だけしか会ったことのない、けれど決して忘れることなどない、重く慈悲深い声。慌てて振り向くと、山のような巨体の……黄土色のドラゴンが鎮座していた。

『ガイアさまっ！』

私が慌てて駆け寄ると、ガイア様は目を細め首を伸ばし、顔を私の視線まで下ろしてくれた。

ガイア様の体は、傷だらけで乾燥しシワだらけだった以前と違い、黄土色の体は内側から光り……すなわち黄金に輝いていた。

『クロエ……我が子の命を諦めないでくれて、礼を言う』

「そんな！　そんなの当たり前です。私たちあれからとっても仲良しになったのです。エメルなしの人生など、もう考えられない」

『そうか、やはり見込みどおり、クロエは立派な〈魔親〉になってくれた』

「立派なんかじゃ……今回も私のために、エメルは危険に飛び込むことになって……」

グッタリしたエメルを思い出し、顔を歪《ゆが》める。

『ドラゴンと〈魔親〉、たとえ危険が迫っても、心を一つにして乗り越えていけばいい』

そう言うとガイア様はゆっくりと首を回し、自らの背に視線を向けた。

そこには冒険者風のラフな格好をした体格のいい男性が足を組んで座っていて、私を見ると、ニカっと笑った。その方はガイア様とお揃《そろ》いの、金色の瞳《ひとみ》をしていた。

『もうこれで我が子も心配ない。待たせたな。行こう』

『ガイア様、どこへ？』

『旅に。クロエも我が子と世界中を巡るといい。世界は広い。楽しいぞ？　また会おう』

ガイア様は男性を背に乗せたまま、ブワリと翼を広げて垂直に飛び上がった。

私は体をそらして、二人が点になるまで見送っていると、

『クロエ』

静かな低い声は、これまで聞いてきた中で一番穏やかに私の耳に届いた。

昨夜の今日で、まだ心の準備などできていない。ガイア様たちと違い、顔を合わせるのが怖い。

『クロエ？』

懇願するような声色に負け、恐る恐る振り向けば、晴れやかな顔をしたサザーランド教授が私を見て微笑んでいた。

『上手にドラゴンを解放できましたね。さすがクロエです』

教授への感情はまだ整理できておらず、どう返事をすればいいかわからない。

『私の顔など見たくもないと思いましたが、あと一つだけ、私のお願いを聞いてくれませんか？』

『……カーラさんのこと以外で？』

『ええ。あなたに継承した〈時空魔法〉は、誰にも伝えないで。私の弟子のクロエで最後に』

トムじいと真逆の願いだ。

『クロエ、〈時空魔法〉は世を乱します。私の知識を受け継ぐ弟子たちが、時の権力者に命じられ、己の命を懸けて時を遡《さかのぼ》るなど……想像もしたくない』

『でも、〈時空魔法〉を適性として生まれてくる子はどうするのですか？』

『今後、〈時空〉適性は生まれてこないようお願いし、認められました』

『誰に？』

『もちろんジーノ神に。既に誕生している子は、なんとか保護してあげてください』

神が認めたことならば当然従うけれど、私は魔法をＭＡＸまで引き上げる困難さを知っている。

『でも、それでは教授の二度もの〈時空魔法〉を研鑽《けんさん》してきた日々が報われないのでは？』

『クロエ、いかに理由があったとはいえ、私が犯罪の片棒を担いだのは事実です。君は私から受けた苦しみを忘れたの？』

『忘れるわけない！』

『だから、私に情けなど無用です。さあクロエ、君のこれから先の二度目の人生は白紙。大好きな〈草魔法〉で自由に生きてください』

『……わかりました。弟子として、あなたの魔法を後世に伝えないことをお約束します』

『……よかった。ではク……』

物わかりの悪い弟子である私は、話途中の教授をさえぎり、渾身《こんしん》の力で睨《にら》みつけた。

『でも私は！　私だけは全部忘れない！　一度目あなたが私を気にかけてくれたこと、ガリガリに痩《や》せた私に美味《おい》しいお芋を食べさせてくれたこと……裏切ったこと！　二度目に師となり……私の宝であるエメルを救ってくれたこと！　全部……全部生涯……忘れない！』

『クロエ……』

『さよなら、先生……』

突如、常に落ち着いた表情をしていた教授の顔が歪み、目一杯見開かれた教授の瞳から、ポロポロと涙が溢《あふ》れた。その涙に天から注ぐ光が当たりキラキラと反射して、両手で顔を覆い体を震わせる教授を包む。そしてそのまま教授は……光の中に消えた。

不意に、私の意識は曖昧《あいまい》になり、立っていられなくなった。体が後ろに倒れまぶたが下りる瞬間に、天頂の虹色《にじいろ》の瞳の瑠璃色《るりいろ》の巨体と目が合った。

あのドラゴンは——。

◇◇◇

目を開けると、木を組んだ天井が目に入った。空気は肌がピリッとするほどに、清浄だ。

少し頭を起こせば、私の胸にいつもどおりミニサイズのエメルが乗っていた。ホッと息を吐き、顔を横に向けて……ギョッとした。すぐ隣のベッドでリド様とアーシェルが眠っていた。そして二人の間には、子猫サイズの小さな小さなホワイトドラゴン……。

全《すべ》て思い出した。何はともあれエメルがいる。私は重い腕をなんとか持ち上げてエメルの頬《ほお》にそっと触れた。即座にまん丸のアイスブルーの瞳と目が合った。

『クロエ！　起きたね！』

「エメル……無事なの？」

『うん。クロエのおかげだ。もう何も心配しなくていい。ちょっと待ってて、呼んでくる』

エメルは慌ただしく外に飛んでいき、数分で兄……ジュードを伴い戻ってきた。

「おに……ジュードも無事？　あの後一体……」

私が焦ってまくしたてようとすると、その私の口を、兄が人差し指で塞《ふさ》いだ。

「クロエ、静かに。ルーチェ様とリド様とアーシェルがお休みだ。おいで」

ジュードは手早く私を毛布でくるむと、横抱きにしてエメルを伴い外に出た。晴天だった。

私たちは大きな楠《くすのき》の下のベンチに落ち着いた。葉っぱが生い茂り、影を作って穏やかな場所だ。

まだ体を持ち上げる力もなくジュードの胸に寄りかかり、ゆっくりと顔を上げる。

「ここは大神殿の神域？」

「うん。今日は二人を救出してから五日目だ。一刻も早くローゼンバルクに連れ帰りたかったが、ルーチェ様、リド様、アーシェルはクロエと同じく魔力欠乏中。そんなルーチェ様からエメルは離れられない。そしてエメルにはクロエも必要。ということで、ここで休ませてもらってるんだ」

「そうなの……エメルはあの魔道具の後遺症はない？」

『全く。ルーチェとリドの〈光魔法〉で浄化してもらったから、砂粒ほども残ってない』

ホッとして、首に巻き付くエメルにキスして、ジュードをゆっくりと見上げる。

「ジュードは……この大神殿に応援を頼んだの？」

「そう。王都に駆けつけている途中で、ベルンからエメルに怪しげな魔道具をつけられ奪われたと連絡を受けた。俺は真《ま》っ直《す》ぐここに向かい、助勢を求めた。ドラゴンの一大事だと」

さすがだ。私だったら敵に向かって闇雲《やみくも》に突き進んだことだろう。そうせずに専門家？　の意見を求めたのだ。遠回りのようでそれが解決の最も近道になると知っていたのだ。

「王家と袂《たもと》を別《わか》つ決意さえすれば、力でクロエとエメルを取り返すことはさほど難しいことではない。実戦離れした王家の騎士など、日々討伐している魔獣と比べれば……つまり、問題はエメルの魔道具だけだった。それがまあ、格段に厄介だったわけだけど」

「大神官様はその要請をすんなり受け入れてくれたの？」

「当然。ドラゴンに関して大神殿は敏感だ。大神官はかつてエメルと対面しているしね。クロエがリド様に冷静に経過を報告していたことも、影響したと思うよ。ドラゴンの件ということで、リド様とアーシェルも面会に同席した。二人とも随分と研鑽したらしく、魔力量がかなり増えていた。体力魔力の許す限り卵と一緒に過ごしていると言い、その場にもアーシェルが抱いてきていた」

アーシェルは卵を連れ回せるほどに……カリーノ神官の下、ひたむきに努力を続けているのだ。

「俺が包み隠さず話すと、顔に心情を出さない大神官やリド様と対照的に、アーシェルが大いに動揺した。『なぜ姉ばかりこんな辛《つら》い目に遭わせられるのか？　大神官様、リド様、姉をお助けください！　神よ、私の信仰の全てでお願いいたします。姉を助けたまえ！』と号泣したんだ」

アーシェル……私のために……あの子が……。

「すると、我らの目の前でアーシェルの腕の中の卵が光り、殻が割れ、ドラゴンが誕生した。エメルの誕生の時と同じく……神聖で感動的な光景だった。大神殿中がキラキラとした光で包まれ、あの大神官が大粒の涙を流し跪《ひざまず》き、リド様はじめ全ての神官がそれに倣った」

その光景を想像し、この神殿での奉公中に身につけた感謝を表す印を、思わず胸の前で切る。

「リド様が誕生したドラゴンに、光を意味するルーチェと名づけた。そしてルーチェ様は幼い体から想像もできない威厳のある声で命じた。『我らは神の眷属《けんぞく》。我が唯一の番《つがい》とその〈魔親〉に仇《あだ》なし、我が〈魔親〉にここまで悲痛を与えたこと許すまじ。天罰を下す』と」

「ルーチェ様……」

「ルーチェ様は神殿に代々巣を持ったドラゴンの記憶を持つそうだ。それゆえ我《われ》らの知らない各国の権力者の汚い歴史や、例の魔道具の存在をご存じだった。そして神殿とは、ドラゴンを神と崇《あが》め、万が一の時にドラゴンを手助けするための組織……というのが原点なんだって」

「そう……なの……」

「ドラゴンは神。清廉で嘘《うそ》を嫌い間違いを起こさない。大神官たちは一斉にルーチェ様の意志のとおり動いてくれた。我々と同じ熱量の怒りをもって」

思えば避妊薬で会合を持って以降、結局神殿は我がローゼンバルクに協力的だった。信仰対象のドラゴンの住まう土地だから微塵《みじん》も問題なし！　ということだったのだろう。

「ルーチェ様、エメルのこと、番ってわかってくれたんだね」

『うん。オレの魔力が入ってきて、生への渇望が湧《わ》いたって言ってたよ。まあルーチェも同胞がオレしかいないってわかってて、その唯一が腐った人間に殺されかけてると知れば、キレるよね。この国が形を残したのは幼いルーチェの魔力切れのためだ。それに感謝したほうがいい』

エメルは冷ややかにそう言い放つと、私を見上げる。

「やはりルーチェ様同様に、大神殿はあの魔道具を知ってたの？」

『うん。で、ああいった呪《のろ》いを解き放つ〈光魔法〉もきちんと伝えられ、ルーチェも親から受け継いでいた。さすがにマジックルームの中には解呪も届かないから、強引にオレを外に出したんだ。オレの命の灯《ともしび》が消えそうな気配を察知し恐怖して、一刻も早くとジュードを脅したって言ってた』

今にして思えば、あの極限の場面でペラペラと手の内を晒《さら》せるわけがなかったとわかる。ジュードは私たちがジュードを信じると……信じてくれたのだ。

「ジュードは、それを見当つけていたの？」

「そうだな。解決方法が一つくらい伝わっていると思った。でも、ルーチェ様の誕生に居合わせるとはさすがに思わなかった。エメルの誕生時より二回りは小さい。無理に孵化《ふか》してくださったのだ」

私は手を組み、二度の人生で最も真剣に神に祈りを捧《ささ》げた。

「それで……ローゼンバルクは、皆は無事なの？」

「当然。皆かすり傷程度だよ。それすら神官たちが呆気《あっけ》なく治療してくれた」

「……王家は？」

ここまで後回しにしてきた、最も知りたくて、でも知りたくない質問を絞り出した。

「ルーチェ様の〈光魔法〉で、ドラゴンを害したものは全て死んだ。ルーチェ様の登場はまさしく神の降臨で、その断罪の声は国中に響いた。神に刃《やいば》を向けたリールド王家に同情するものは貴族であれ平民であれ、おおっぴらにはいない」

『ルーチェはまだオレほど人間と馴《な》れ合《あ》っていないからね。よほど神に等しい。厳格で苛烈《かれつ》だよ。で、ルーチェが取りこぼしたやつはオレが仕留めた』

仕留めた……エメルもドラゴンなのだ、と痛感する。

王女や王はこの厳かなドラゴンを従えることができるなど、なぜ思ったのだろう。根拠のない自信があったのだろうか？　あの魔道具さえあれば、恐れるに足らずと。

「巻き込まれた人とか、いない？」

「天誅《てんちゅう》は、神に仇なしたものだけが的になるらしい。だから王宮は壊滅状態だけど、なんの関係もない文官や下働きの人間は無傷だ。まああありえない光景を見てショックは受けているけどね」

ジュードが事実そのままを伝える。

「つまり……エリザベス王女や国王は……」

『死んだよ、確実にね。神を冒涜《ぼうとく》した魂は永遠に混沌《こんとん》を彷徨《さまよ》い、救いはない』

「直系の王族で生き残ってるのは、加担していないアベル殿下とドミニク殿下だけだ」

エリザベス王女と国王と王妃、愛するエメルを苦しめた三人ではあるが、彼らの死にやはり動揺する。私は……凡人だから。でも、ホッとしたのも事実。これで二度とエメルが恐ろしい目に遭うことはない。

神たるドラゴンが国王と王女を断罪した。国は根幹からひっくり返った。世界は確実に荒れる。

それを思い体を強張《こわば》らせた私を、ジュードが優しく抱きしめた。

「ここから先はおじい様と大神官が話を整える。おじい様が到着するまでクロエは休め」

祖父が、たくさんの命を一人で背負い、厳しい表情で荒野に立つ姿がまぶたに浮かぶ。

「おじい様、今度こそ怒ってない？　私、いつも迷惑ばっかりかけてる……」

「ものすごく心配してるよ。でも……よく耐えたって手紙に書いてあった」

とりあえず足掻《あが》いて生き残った。一度目の人生の最期を過ごした、苦しみ孤独に死んだあの牢獄《ろうごく》の塔から、兄とエメルと仲間の力が合わさって、たった半日で生きたまま脱出できた。

事態を改善したり、誰かを救うなんて仰々しいことはできなかったけれど、人に恥じるようなことはしていない。ジュードの言うとおり、ここからは祖父に任せよう。

「おじい様……早く会いたい……」

「ああ。俺もだ」

私にとってもジュードにとっても、おじい様の腕の中こそが……家だ。


大神殿に到着した祖父は、私をしばらく抱きしめて頭や背中を確かめるように何度も撫《な》でさすり、「クロエ……」と繰り返した。私もただ祖父にしがみついて、少し泣いた。

そして神殿との会談となり、初めて会場となる大神殿の奥殿に通された私は目を見開いた。そこは四方、圧倒的なあらゆる色彩のドラゴンの壁画に囲まれていた。

最奥の祭壇には、眠るルーチェ様と、そのルーチェ様を翼で覆うようにして守る、本来の……私よりも一回り大きな姿のエメルが姿を隠すことなく鎮座している。手前に準備された長テーブルに、神殿とローゼンバルクがどちらが上でも下でもなく、向かい合って座った。

神殿側は大神官とカダール副神官長に、リド様とアーシェルと特級になったカリーノ神官。ローゼンバルクは祖父と次期領主ジュード。そしてホークと神殿慣れしているミラーと私。ドラゴンに関することには〈魔親〉は絶対参加らしい。

「クロエもリドもアーシェルもすっかり痩せて、見るからに魔力不足……大丈夫なのか？」

大神官が眉尻《まゆじり》を下げ、本当に心配している。しかし、

「「「大丈夫です！」」」

結局〈魔親〉である私たちは、子ドラゴンが心身共に健やかであれば、多少体力が落ちようがめまいがあろうが、短髪になろうが問題ないのだ。

「揃《そろ》いも揃ってボロボロのくせに何を……はあ、全く信用ならん。さっさと済ませよう」

祖父が大袈裟《おおげさ》にため息をつき、内戦処理のトップ会談が始まった。

「では辺境伯は王にならずとも良いのですね」

「ならんわ。わしをいくつだと思っている。こんな爺《じい》さんが国を治めていいことなどあるか」

リールド王国は現在崩壊状態だ。

リールド王家はこれまで大きな失策もなく、華のある容姿で国民から人気があった。しかしその裏で神を兵器に仕立てようとしたことが明らかになり、さらには優秀な人間を人質を盾にして手駒《てごま》として使ってきたことを、不遇を見ていた人々が次々と暴露し、栄光は地に落ちた。

そもそもドラゴンは神の眷属。すなわち正義であることは、子どもでも絵本から見知っている。そしてそのドラゴンが巣を作る、ローゼンバルク辺境伯に新しい国の舵取《かじと》りをしてほしい、という声が上がるのは至極当然の流れだ。これまでも王家と距離を置いていて、王家の策略に加担していないことは明らかだし、何より皆、ドラゴンに怯《おび》えている。

しかし今、祖父はキッパリと否定した。

「相変わらず欲のない御仁だ。次期殿はいかようにお考えで？」

大神官がジュードに視線を向ける。

「私も辺境伯に同意している。もう、一つの一族が権力を持つ時代は終わったのだ。海の向こうの大陸に倣い、我々の風土に合った合議制を整えるのが望ましいと思う」

さらにホークが言葉を加える。

「そして神殿にも協力していただかねば。醜い私欲に走ると天罰が下ると、日々の講話で浸透させてください。国に属さない、安定した存在である神殿の役割は大きいですよ」

「なるほど。まあ、新体制が固まるまでは巨大な力を背景にしたほうが、上手《うま》く回るでしょうね。これ以上の混乱は他国につけいられる。ドラゴン様、名前をお借りしてもよろしいでしょうか？」

ルーチェ様は眠ったままだが、エメルはパチリと瞬きした。たったそれだけの仕草に大神官たちは目を輝かせた。今後の方針が決定した。

「生き残った王族はどう始末をつけますか？　今回の件には関《かか》わりはなかったとはいえ、過去の歴史や呪具《じゅぐ》を知らなかったのも罪。王女が調べられる程度のことだったのですから」

リド様の意見は手厳しいが神殿側の共通の意見のようだ。皆頷《うなず》いている。

生き残った王族は、アベル殿下、ドミニク殿下はじめ二代前の王の血を引く幼い姫など十人ほど。

この少なさは、王太子を巡り兄弟姉妹で蹴落《けお》とし合ってきた結果なのだろう。

「クロエ嬢の自白剤を用い、問題あるようならば生涯投獄。問題なければゆかりある土地を与え、一領主として働いていただくのはいかがでしょうか？　王族を全員処罰するのも王族を慕っていた民を傷つけますし、何より……アベル殿下の〈光魔法〉が惜しいです」

副神官長の言を考えようとすると、ホークが手を上げた。

「生き残りは禍根を残します。たとえ今は畏怖《いふ》の念によって自らの立場に納得しても、後々不遇に不満を募らせれば、離反しかねない」

ホークの意見は厳しい。しかし私たちを思ってのことだ。将来的にローゼンバルクを恨む人間を残すなと。皆が嫌がる血なまぐさい発言を敢《あ》えて口にしてくれた。

でも……アベル殿下を殺す？　私にとって殿下は……簡単に死んでいいと言える人ではない。

すると、エメルが首を伸ばしこちらを見据えた。

『……ひとまず副神官長の意見でいい。民に人気のあるアベルを殺せば民の心が離れる。もし将来的に反旗を揚げたら、オレが処分する』

「「「「かしこまりました」」」」

皆が頭を下げる中、私だけ目を丸くしてエメルを見ていると、エメルは右眉《まゆ》をピクリと上げてウインクした。……私のためだ。

「クロエ、アベル殿下に会いたいかい？」

リド様が首を傾《かし》げながら尋ねる。私とアベル殿下の学校での交流を聞いているから、心配してくれているのだ。確かに殿下とは幼い頃より有意義で楽しい時間を共有してきた。でも……。

「私が殿下ならば、会いたいと思わないでしょう。もっと……何もかもが落ち着いた時に……」

あの、王女が戦利品のようにエメルを見せびらかし、私を罪人のように扱った現場で、殿下は一歩も動かなかった。それが現実だ。それを恨みになど思っていないけれど、生真面目《きまじめ》な殿下は私と顔を合わせたくないだろう。いつか……昔話として、語り合える日が来るといい。来てほしい。

そして王家が担ってきた国としての外交や内政は有力領主の合議で決める。その合議のトップは当面重しの意味で辺境伯で、軌道に乗ったら交代制にし、その場には大神官かリド神官が同席する──つまり神殿のドラゴンも注視していることを知らしめる──ということに決まった。

会議もお開きになるところで私は恐る恐る手を上げた。弟子として、伝えることが残っていた。

「あの、一点お願いがあります。〈時空魔法〉の子どもが見つかりましたら、私にお知らせくださ い。他の魔法を身につける手助けをいたします。師と約束しました。〈時空〉を扱うのは私で最後だと」

教授が前回の人生で時を戻したとかそういったことは、これまで同様祖父とジュードにしか伝えていない。ただ、教授は王女に妹を人質に取られたゆえに歯向かえず、非道なことをしたけれど、最後にエメルを助けるために私に全《すべ》てを継承し死んだという、今回の事実だけを話した。

「確かに〈時空〉を操る術は危うい。しかし適性を否定することに本人は納得するだろうか？」

「説得するしかありません。そして、今後は生まれることはないと……約束されました」

「誰が？」

「神域で休んでいる時にサザーランド教授と……虹色《にじいろ》の瞳《ひとみ》に瑠璃色《るりいろ》の体の大きなドラゴン様が」

大神官を筆頭に、神官が一斉に息を呑《の》んだ。

「……ふふっ、クロエ、上を見て？」

リド様が面白そうに笑いながら人差し指を上に向けた。促されるまま、天井を仰ぎ見ると、

「あ……」

瑠璃色のドラゴンが、静かに私たちを見下ろしていた。

「それこそがジーノ神だよ。クロエ、すごいね」

私は瞠目《どうもく》して、固まった。

「差し当たって新しい国づくりに大きなものは求めない。とにかく、犠牲になる者のいない国になるように、神を裏切る行いをしないように、それだけを、民の前で祈ることといたしましょう」

「二度と天罰が下らぬよう、まっとうに生きていかねばな」

大神官と祖父の言葉に、神官たちは印を切り、私たちは頭を下げた。


「結局、慈悲深き大神殿だけがいいとこ取りで、ローゼンバルクは怖がられて貧乏くじなのですね」

ミラーが美しい顔を顰《しか》めてそう言うと、祖父が苦笑した。

「構わん。目立っていいことなど何もない。とりあえずエメル様の威を借りて、国の乱れを抑え、

国としての体を成すようになったら、とっとと引っ込み隠居だ」

「お館《やかた》様の良きように」

祖父の横でにこやかに笑うホーク。私の大好きなホークの憂いも……少しは晴れたのならいい。

祖父は新しい国の枠組み作りはジュードとベルンに任せ、さっさとローゼンバルクに戻っていった。エメルのいない領地はまた魔獣が増えており、ゴーシュがなんとか抑え込んでいる状況だ。

「ローランドが可愛《かわい》い盛りですしね～お館様」

「うむ。最近はわしのことをじぃと呼び、わしの後追いをして足にピットリしがみつくようになってな！　……皆、これは決してベルンに告げ口するでないぞ！　火に油を注ぐことに……」

王都のローゼンバルク邸では、目の前で私とエメルを誘拐されたり、愛する家族に会えなかったりで、ベルンがこれまでになく荒れているらしい。

マリアもローランドを背負いドーマ様の神殿を訪れて、養育院の子どもたちと一緒になって、今もって毎日私の無事を祈っていると聞く。

元気になったらきちんと労《ねぎら》わないと。大事な私の家族である、ローゼンバルクの民全てを。

ルーチェ様の体調も徐々に整って、エメルも少しの間なら大神殿を離れることができるようになった。大神殿で居候中の私もようやくローゼンバルクに帰れる。

というか、とっくに領地に戻った祖父が早く帰ってこいとヤキモキしているのだ。ホークによると、結局私が王都にいる間は心配であまり眠れないらしい。

しかし、今回のように体力が落ちている状態では一週間かかる行程。改めて……遠い。

『無理無理、オレは一週間もルーチェと離れられないよ！　ルーチェはまだ幼いんだぞ！』

「じゃあ何日なら我慢できるの？」

『往復三日ならなんとか』

「無理だろ？」

ジュードがそばの机で書類仕事をしながら言い捨てる。

「あ、捕縛で連れて帰ってくれるってこと？」

「エメルの網に俺とクロエ二人か？　あれは狭い！　長距離は無理」

「え、おに……ジュードも一緒に戻るの？」

ジュードはこちらの残務処理を託されているから、もうしばらくは王都に残ると思っていた。

「……俺がなんで、今までここに残っていると思ってる。バカクロエ！」

スパンッ！　と丸めた書類で頭を叩《たた》かれた。

「紙鳥やタンポポ手紙があり、こっちにベルンなりミラーなり誰か側近がいれば、仕事なんてどこでもできるんだよ」

エメルが私の肩に飛び乗った。

『クロエ……もうジュードがクロエから目を離すことはないって』

「そのとおり。昔からいっつもいっつも、俺がいない時に事件は起こる！」

「心外だわ！　私のせいじゃないし！　それにもう、何もかも片付いたからきっと大丈夫だもん」

「クロエはもうエメルの〈魔親〉であることが公にされてるの！　ちょっかい出してくるバカがいるかもしれないだろ！」

　面識のない人間が、〈魔親〉の私に擦り寄ってくるということ？　それはかなり苦痛だ。

『それにしても捕縛が狭いって、ジュードも我儘《わがまま》言うなあ……あ！　いいこと思いついた！』

　エメルがパチンと手を叩《たた》き、顔を突き合わせ言い合いをする私たちの間に割って入った。

「『エメル？』」

『オレの背に二人乗って帰ればいい。体がデカイ分捕縛より速いし、魔力も〈魔親〉二人と一緒なら、どうにでもなる。さらに、大きく恐ろしげなオレと、〈魔親〉であるクロエとジュードの仲を国中に見せつけてやろう！　簡単に声などかける気が起こらないように』

「いいの？　そんなおおっぴらなことして」

「いいんじゃないか？　たまには姿を現して、気楽に平和を享受してる奴《やつ》らに緊張感を与えるのも。そもそも数百年前は、ドラゴンは空を仰げばたまに見られる光景だったんだ」

　納得したらしく、ジュードが書類を片付けはじめた。

『オレが良いって言ってるんだから、いいの！』

　そういえば……そうか。

　神域の草原で、ジュードが私を片手で抱いたまま丘の大きさのエメルに跳び乗り、自分の前に座らせる。エメルが適当に草の手綱を首に引っ掛けたので、兄がそれを握り込んだ。

『結界』

エメルが周囲に薄い風の膜を張った。これで風圧や冷気から私たち人間は守られる。

「あねうえー！　お元気でー！」

「クロエー！　またねー、いつでもおいでー」

「アーシェルー！　リド様ー！　お手紙くださいねー。ルーチェ様ーお健やかにー！」

見送りのアーシェルと、ルーチェ様を抱いたリド様に手を振った。するとルーチェ様がゆっくり瞳を開けて、パチンとウインクし、また休まれた。

エメルはそんなルーチェ様に優しく吠《ほ》えて、大神殿の人々に頷き、大きな翼を一度はためかせると垂直に飛翔《ひしょう》した。バサリと大きく翼を広げて風に乗り、西に向けて一直線に飛ぶ。

一斉に上がった王都の人々のどよめきは、あっという間にはるか後ろだ。

そして……この天空で、ジュードとエメルと三人きり。青空を背景に白い雲の海を、愛する人と渡る。結界で威力の弱まった爽《さわ》やかな風が、私の短い髪をなびかせる。

「いい天気……気持ちいい……」

「うん。夢が叶《かな》ったな」

ジュードの言葉に、昔――ルルと辛《つら》い再会をした時に、ジュードと一緒にエメルに乗って世界中を旅して回りたい、と話したのを思い出した。懐かしい。

……こんな美しく完璧《かんぺき》な日ならば、他の夢も願ってもバチは当たらないかもしれない。

私はそっとマントから腕を出し、ジュードの手綱を握る手に上から手を重ねる。

「ん？　どうした」

「実はね……わ、私には、夢があるの」

「ふーん、教えて？」

「……時代がどう流れても、私はローゼンバルクの薬師として生きていきたい。おじい様を支えながら……ジュードの隣で。ずっとずっと……」

頭上から、くすっと笑い声が聞こえた。

「奇遇だな。俺もクロエの隣でローゼンバルクを守っていきたい。そしておじい様に恩返ししたい」

私を否定しない優しい声色に励まされ、首を捻《ひね》ってジュードを見上げる。

六歳の頃からローゼンバルクをいつか巣立って、遠くから兄や祖父を支えていこうと、過ぎた夢は見ないように戒めてきた。でも、

「欲張って……いい？」

心臓をバクバクと鳴らしながら、ジュードの返事を祈るように待つ。

すると、ジュードは目尻《めじり》を下げて、私の頰《ほお》に手綱を握りこんだ手を添えた。

「随分控えめな欲だ。めったにないクロエの夢、俺が叶えるよ」

私の手を掴《つか》み、指先にキスを落とす。彼の思わぬ行為に、顔に血が集まってくるのがわかる。

「クロエ、俺は何も持たない男なうえに、これからも必要とあらば手を汚すことを厭《いと》わない。そんな俺でも……結婚してくれる？」

一瞬で涙が込み上げて、ポロポロと空中に落ちていく。最近泣きすぎなのに……止まらない。

清廉を好むドラゴン、エメルの〈魔親〉であるジュードが、罪を犯すことなどありえない。でも、辛い判断を迫られた時は……私が一緒にその荷を背負おう。

兄で、男性であるジュードの心と、いつも共にありたい。そして……ひとりじめしたい。

「……はい。あ、愛してる」

涙声になるのは許してほしい。きちんと笑えているだろうか？

「クロエ……俺も愛する女はクロエだけだ。クロエがいればいい」

上から顔を寄せられ二回目のキスをされる。ついばむように何度も。私も必死に縋《すが》りつく。やっぱり体中の血が沸騰して、ジュードのこと以外何も考えられなくなった頃……、

『ねーえ。オレの背中でイチャつくの、そろそろやめてくれなーい？』

「きゃあああ！」

我《われ》に返り前方を見れば、エメルがこちらに振り返り、アイスブルーの瞳を薄目にして呆《あき》れていた。

私ってばエメルの前でなんてことを！　あわあわしていると、ジュードが派手に舌打ちした。

「なんだよ。エメルだってさんざんこれまで俺にけしかけてきただろう？」

『だって、〈魔親〉がイチャつくのを見るのが、こんなにいたたまれないなんて思わなかったの！』

「ご、ごめんエメリュッ！　って、いやあああ！」

痛恨！　ここで……この場面で噛《か》むとは！　視線をそろそろと上げると、ジュードが昔同様に体を震わせ笑いを堪《こら》えていた。存分に笑っていいよ……。

「あーもう！　こんなに可愛《かわい》くて愛《いと》しいのはクロエだけだ。それにしてもエメル、案外お子様だ

な？　ちゃんと聞いてたか？　俺のプロポーズ」

ジュードが幼い頃のように私の頭を優しく撫《な》でつつ、エメルの首を叩く。

『聞いてた聞いてたおめでとう！　……よいしょ、はい、今紙鳥飛ばしてリチャードに「こいつら結婚するってよ！」って伝えた。これで到着次第、早速宴会だ。よーし飛ばすぜ～！』

「「うわあああああ！」」

エメルは急に翼を前に押しだすようにはためかせ、尋常じゃないスピードで風を切って飛ぶ！

私とジュードは恐怖に震え、エメルの背中に張りつくようにしがみついた。

『いい気分だから宙返りしよーっと！』

「エメルッ！　やめろっ！」

「は、発芽っ、成長っ！」

私は振り落とされぬよう、無我夢中で私とジュードを蔓《つる》でエメルにくくりつけた。

「「ぎゃあああああ！」」

『あー幸せー！　〈魔親〉と飛べるなんてサイコ――‼』

私たち三人は、ぴったり一つになった。

終章　～十年後　ローゼンバルク～

『――クロエが送ってくれた種は、我々旧王族に与えられた荒れ野でも無事に芽吹いたよ。ありがとう。一度汚染された土地はいかに〈光魔法〉でも完璧には元に戻らない。私は昔から君に頼ってばかりだね。明日からまた浄化の旅に出る。海を渡るので、おそらくは一年以上の行程――』

懐かしい友人からの手紙を読みふけっていると、目の前で歓声が上がった。

「やったー！　見て見て！　僕の白バラ、ちゃんと青くなったよ！」

「……すごい！　ピーター、なんてお利口さんなんでしょう！」

「ああっ！　もう……師匠ってば頭撫ですぎ。髪がぐちゃぐちゃになっちゃったじゃん！」

ごめんごめんと謝りながら、ピーターの額に張りついた前髪を上げ、優しくハンカチで汗を拭《ぬぐ》う細い手首には、二本のマーガレットの紋に一つ残ったメビウスリング。そしてマーガレットがピーターの桔梗《ききょう》と絡み合った、真新しいもう一本。合わせて三本の文様がぐるりと一周していた。

「もうこんな時間！　日が暮れちゃうから帰りましょう。カーラ――お母さんが心配してるわ。それにしてももう着色をマスターしちゃったか。そろそろ簡単なお薬を作るのを手伝ってもらおうかな？」

「本当!?　やったー、師匠ありがとう！　僕ね、頑張って修行して伯父《おじ》さんみたいな立派な人になるの。そしていっぱいお薬作ってローゼンバルクのみんなを助けるんだ。僕、〈草魔法〉だーい好き！　〈草魔法〉でよかったあ」

「……私も……私も草魔法師でよかった」

師弟はお揃《そろ》いの手を仲良く繋《つな》いで、ローゼンバルクの雄大な夕焼けの中、帰路についた。

あとがき

　読者の皆様、表紙をじっくりご覧になりましたか？　クロエが晴れやかに笑っています。一巻二巻も微笑《ほほえ》んでいましたが、どこか控えめだったでしょう？　それがこんなに屈託なく……クロエの苦難の旅がようやく終わったのだとこの絵で実感し、涙がぽろぽろと零《こぼ》れてしまいました。

　ということで『草魔法師クロエの二度目の人生　自由になって子ドラゴンとレベルＭＡＸ薬師ライフ』、苦労人クロエの物語もとうとう最終巻です。今作でクロエがなぜ巻き戻り、二度目の人生を歩むことになったのかという最大の謎《なぞ》が明かされます。

　三巻で無事、クライマックスの救済シーンに着地できて感無量です。このシーンを書くためにここまで言葉を紡いできたと言っても過言ではありません。裏切りや声を殺して泣くシーンもありますが、今のクロエは一人ではありません。頑張ってきたクロエが必ず報われますのでご期待ください（そして表紙に繋《つな》がります）。

　また、今作は恋愛や家族愛が表のテーマだとしたら、裏のテーマは師弟愛でした。師の思いがクロエに届いた時に、クロエは何を思い、どう行動に移すのか？　とにかく三巻は作者、泣きっぱなしで書きましたので、ハンカチを準備して読んでいただきたいです。

　三巻を執筆中、ちょうどコミカライズのクロエも幼い頃の王都編でした。トムじいのお墓参りシーンの美しさに号泣しながら、大きくなったクロエの二度目の墓参を書いたり、どちらもホークが付き添い心に寄り添ってくれていたりと、とにかく関連シーンが多いのです。是非コミカライズも応援していただき、子ども時代に思いを馳《は》せ、私と切なさを共有してください。

それでは改めまして謝辞を。

ページを大増量して、私にクロエを全力で最後まで書かせてくれた担当編集Y様はじめ、出版に関《かか》わってくださった全《すべ》ての関係者の皆様。そして全編にわたり辛《つら》さの漂うこの物語を、泣きたくなるような美しさで温かく包み、救ってくれたパルプピロシ先生。辺境で愛を知り、成長し、回を重ねるごとに可愛《かわい》くなる小さなクロエで、毎回悶絶《もんぜつ》させてくれるコミカライズの狩野《かのう》アユミ先生、厚く御礼申し上げます。

そしてクロエの二度目の人生を一緒に笑って泣いて、最後までお付き合いくださった皆様、皆様の応援のおかげでクロエはこれから大好きなローゼンバルクで、エメルとジュードとおじい様（重要！）はじめ愛する仲間たちと、忙しくも心豊かに歩んでいくことができます。全ての読者の皆様に感謝いたします。

最後になりましたが、皆様のご多幸を心よりお祈りいたします。

またお会いできますように。

小田《おだ》ヒロ

カドカワBOOKS

草魔法師《くさまほうし》クロエの二度目《にどめ》の人生《じんせい》 3
自由《じゆう》になって子《こ》ドラゴンとレベルMAX薬師《くすし》ライフ

2023年 6 月10日　初版発行

著者／小田《おだ》ヒロ

発行者／山下直久

発行／株式会社KADOKAWA

〒102-8177
東京都千代田区富士見2-13-3
電話／0570-002-301（ナビダイヤル）

編集／ビーズログ文庫編集部

印刷所／暁印刷

製本所／本間製本

Printed in Japan
ISBN 978-4-04-737513-0 C0093

新文芸宣言

かつて「知」と「美」は特権階級の所有物でした。

15世紀、グーテンベルクが発明した活版印刷技術は、特権階級から「知」と「美」を解放し、ルネサンスや宗教改革を導きました。市民革命や産業革命も、大衆に「知」と「美」が広まらなければ起こりえませんでした。人間は、本を読むことにより、自由と平等を獲得していったのです。

21世紀、インターネット技術により、第二の「知」と「美」の解放が起こりました。一部の選ばれた才能を持つ者だけが文章や絵、映像を発表できる時代は終わり、誰もがネット上で自己表現を出来る時代がやってきました。

UGC（ユーザージェネレイテッドコンテンツ）の波は、今世界を席巻しています。UGCから生まれた小説は、一般大衆からの批評を取り込みながら内容を充実させて行きます。受け手と送り手の情報の交換によって、UGCは量的な評価を獲得し、爆発的にその数を増やしているのです。

こうしたUGCから生まれた小説群を、私たちは「新文芸」と名付けました。

新文芸は、インターネットによる新しい「知」と「美」の形です。

2015年10月10日
井上伸一郎